Thomas Baum

Böse Hoffnung

Kriminalroman

Thomas Baum

Böse Hoffnung

1

Er fuhr am Limit. Mit höchstmöglichem Tempo und extremer Kurvenlage. Nicht etwa, weil er gestresst war. Clemens Löffler wurde von niemandem dringend erwartet. Von keiner Verpflichtung unter Druck gesetzt.

Er trieb seine Yamaha so rasant über den Asphalt, weil er extrem happy war. Heute mussten die Korken knallen. Heute war Feiern angesagt.

Noch konnte er nicht wirklich fassen, was ihm gelungen war. Er hatte sich selbst am Schopf gepackt und aus dem Dreck gezogen.

Unzählige schlaflose Nächte waren diesem Schritt vorangegangen. Stundenlang hatten sich seine Gedanken wie ein Karussell gedreht.

Würde er es schaffen, dem zunehmenden Druck der Auftraggeber anders als mit Ja und Amen zu begegnen? Könnte es ihm gelingen, seine Feigheit zu überwinden und endlich einzufordern, was ihm zustand?

Eigenartig, dass er als ausgewiesene Autoritätsperson einen solchen Bammel vor Autoritäten hatte. Stand jemand auch nur einen Rang über ihm, verflüchtigte sich sein spärliches Selbstbewusstsein, und er verwandelte sich in einen angepassten Befehlsempfänger.

Was er als klugen Umgang mit hierarchischen Konstellationen bezeichnete, nannte seine Ex den widerlichen Hang, Vorgesetzten in den Arsch zu kriechen. Sich auf den Kopf scheißen zu lassen. Aber diesmal lief es anders. Diesmal wäre Chiara stolz auf ihn gewesen.

Gestern hatte er sich ein Herz gefasst. Hatte klargestellt, dass für ihn das Maß voll sei. Dass es so nicht weitergehen könne. Da stand seinem Gegenüber erst einmal die Klappe offen. Doch es kam noch weitaus dicker. Der sonst so leicht lenkbare Clemens Löffler, der seine Jobs stets ohne zu murren erledigte, begehrte nicht nur auf, sondern setzte auch noch nach. Verlangte, dass seine Arbeit ab sofort neu bewertet und honoriert werde. Falls er für die Auftraggeber weiterhin Kopf und Kragen riskieren sollte, koste es ab sofort das Doppelte.

Seine Ansprechperson starrte ihn erstaunt an. Brauchte ein paar Schrecksekunden, um das Gehörte zu verdauen. Konnte nicht verhindern, dass ihre Mundwinkel ein Eigenleben entwickelten und zuckten. Unter erheblicher Spannung entgegnete sie schließlich, dass diese überzogene Ansage bei den Leuten im Hintergrund für immensen Ärger sorgen würde. Ärger, den keiner haben wollte. Ärger, der zu Reaktionen führen könnte, die sich womöglich gegen Clemens richteten. Er wäre nicht in der Position, Bedingungen zu stellen. Vielmehr habe er ihren Anweisungen ohne Wenn und Aber zu folgen.

Die scharfe Stimme, die kurz angebundenen Sätze und der zurechtweisende Blick hätten Clemens fast zurückgescheucht. Es verschlug ihm die Sprache, er rang nach Worten, brachte schließlich seine von allen seit Jahren geschätzte, absolute Loyalität ins Spiel. Er habe bis jetzt nichts ausgeplaudert, keinem auch nur ein Wort erzählt. Er sei einer, auf den man sich tausendprozentig verlassen könne. Doch das müsse man sich in Zukunft um einiges mehr kosten lassen. Weil er sonst nicht mehr länger für seine Verschwiegenheit garantieren könne.

Ein Argument, das Wirkung zeigte. Sein Gegenüber lenkte tatsächlich ein und versprach, mit den Auftraggebern zu reden und ihnen ein Zugeständnis abzuringen.

Heute war es dann so weit gewesen. Ihm wurde mitgeteilt, dass die Verhandlungen kein Spaziergang gewesen seien, man habe sich aber letztendlich durchgesetzt und eine Verdoppelung seines bisherigen Honorars erwirkt.

Sensationell, schrie Clemens unter seinem Helm. Der reine Wahnsinn, brüllte er, als sein Knie beinahe den unter ihm vorbeirasenden Asphalt streifte. Er genoss die Fliehkraft, das Rupfen der Reifen, das Spiel mit der Gefahr.

Kurze Gerade, scharfe Rechtskurve, runter vom Gas, abdriften bis über die Mittellinie, zurück in die Spur. Alles kommt in Ordnung, alles wird gut, dachte er, als erste Regentropfen gegen das Visier klatschten. Längst fällige Vorboten eines Gewitters, das sich seit Stunden anbahnte und die schwere Schwüle eines stickigen Sommertages vertreiben sollte.

Clemens drosselte die Geschwindigkeit. Legte auf der leeren Landstraße einige lässige Slalomschwünge ein. Streckte zur Entspannung die Beine zur Seite. Spürte den Sommer, den Fahrtwind, die wiedergewonnene Lebenslust. Hätte in diesem Moment seine alte, klapprige, lendenlahme Yamaha liebend gerne gegen einen schnittigen, PS-starken Edelbrummer eingetauscht.

Doch zuerst würde er von seinem nächsten schwarz verdienten Geld für Niko ein Bett und einen Kleiderschrank kaufen. Dazu einen neuen, besonders flauschigen Teppich. Und natürlich jede Menge Spielzeug, damit Niko sich auch bei seinem Vater so richtig zu Hause fühlte. Dann könnte die Sozialtussi von der Kinder- und Jugendhilfe sich unmöglich weiterhin dagegen aussprechen, dass sein Sohn das Wochenende bei ihm verbringen durfte.

Vielleicht wäre dann auch Chiara zu einem Besuch bei ihm bereit, dachte Clemens. Er ging davon aus, dass sie Nikos Zimmer mögen würde. Sich vielleicht zu einem Aperol Spritz überreden ließe. Eventuell könnte man sogar gemeinsam anstoßen. Einfach so. Als Zeichen der Versöhnung.

Man könnte es doch noch einmal miteinander versuchen. Noch einmal von vorn beginnen, dachte Clemens, als im Rückspiegel plötzlich der SUV auftauchte.

Wie ein schwarzer Büffel, der rasch näher kam. Clemens gab Gas, konnte den Abstand kurz vergrößern, aber in einer engen Kurve schob sich der SUV wieder heran. Machte auf der anschließenden Geraden keine Anstalten, ihn zu überholen.

Nein, der blieb absichtlich hinter ihm.

Der hielt direkt auf ihn zu.

Die nächste Kurve nahm Clemens extrem riskant. Dennoch konnte er nicht verhindern, dass die Stoßstange des monströsen Wagens sein Hinterrad erwischte.

Er geriet ins Schleudern, brachte das Motorrad mit größter Mühe wieder in die Spur.

Unmittelbar danach folgte der nächste Stoß. Diesmal wuchtig, brutal.

Clemens hörte das Krachen. Spürte die Schubkraft, der er nichts entgegensetzen konnte. Die ihn auf die Gegenfahrbahn drängte.

Er verlor die Kontrolle, rutschte weg. Wurde aus dem Sattel katapultiert. Knallte auf den harten Asphalt, bevor er in die totale Finsternis kippte.

Als er kurz danach die Augen aufschlug, konnte er nicht fassen, dass er lebte.

Wollte sich aufrichten, sich bewegen.

Da sah er den schwarzen SUV. Der vor ihm gehalten hatte. Ihn mit laufendem Motor anvisierte.

Trotz höllischer Schmerzen hob Clemens die Hand.
Er war nicht tot.
Er brauchte Hilfe.
Stattdessen heulte der Motor auf.
Dann rollte der Wagen auf ihn zu.

2

Stimmungsschwankungen hatten bei Robert Worschädl nur selten mit dem Wetter zu tun. Von äußeren Faktoren ließ sich der Chefinspektor seine Laune nicht verderben. Ein paar Regentage konnten ihn ebenso wenig aus dem Gleichgewicht bringen wie nasskalter Nebel im Oktober. Den ausgeglichenen Seelenhaushalt des überzeugten Frühaufstehers vermochten meteorologische Kapriolen kaum aus dem Tritt zu bringen.

Wirklich allergisch reagierte sein Organismus nur auf Föhn und feuchte Hitze. Beim Heranrollen und Einsetzen eines warmen, trockenen Fallwinds entwickelte sich sein Kopf zu einem Bergwerk, in dem gehämmert, gestemmt und gegraben wurde. Drückende Schwüle wirkte sich deutlich anders aus. Die legte sich tonnenschwer auf sein Gemüt und verursachte eine bedenkliche Reduktion seiner Kombinations- und Entscheidungskraft.

Am heutigen Morgen plagten ihn die Höhepunkte einer bereits ewig lang andauernden Hitzewelle mit südtropischer Affenhitze und Saharasand. Draußen wie drinnen dominierte schweißtreibende Saunaluft. Von oben schürten tiefgraue Wolkengebirge seit Stunden die Hoffnung auf Erlösung und kündigten ein Gewitter an, das sich nicht und nicht entladen wollte.

Dabei wäre es vor geschätzten 40 Minuten fast so weit gewesen. Fette, schwere Regentropfen, die auf Fenster- und Windschutzscheiben prasselten, sorgten für erste Anzeichen von Entspannung, doch die Enttäuschung folgte auf dem Fuß.

Es blieb bei einem kurzen Guss. Für den 53-jährigen Chefinspektor nicht mehr als eine Frotzelei, die ihm das Leben in keiner Weise leichter machte.

Er hatte seine deutlich jüngere Kollegin Sabine Schinagl beim Einsteigen in ihr Auto mit knappen Sätzen über seine seelische und körperliche Verfassung informiert und damit die Ursache für seine grantige Grundstimmung geliefert. Sie musste seinen mürrischen Gesichtsausdruck, seine inkompatible Körperhaltung und seine dürftige Kommunikationsbereitschaft also nicht auf sich beziehen. Mit ihr hatte die mehr als üble Laune des Herrn Kollegen ursächlich nichts zu tun.

„Du weißt, wohin die Reise geht?", brummte er am Beifahrersitz.

„Selbstverständlich", antwortete Schinagl und lenkte den Wagen in die Hagenstraße. „Auf den Pöstlingberg."

„Ein Toter?"

„Sieht so aus. Angeblich ein Unfall."

„Na bravo! Ist doch herrlich, dass wir jetzt auch noch das Unfallkommando vertreten dürfen."

„Könnte sein, dass es sich um eine absichtliche Tötung handelt."

„Könnte sein, ist aber nicht sicher? Na gut, dann schicken wir auf alle Fälle die Idioten der Kripo hin. Und unser Weichei von Chef nickt das widerspruchlos ab. Ehrlich, ich habe es satt!"

Worschädl betätigte zornig die Klimaanlage, was nichts nützte, da diese ohnehin auf vollen Touren lief.

„Schweitzers Spielraum ist leider ebenfalls begrenzt. Und wir sind doch alle schon urlaubsreif."

„Nimmst du Schweitzer in Schutz? Spielst du jetzt die Schweitzerversteherin?"

„Überhaupt nicht. Aber wir sind alle mit unserer Geduld am Ende und brauchen dringend eine Pause."

„Meine kommt erst in drei Wochen!"

„Und dann geht's mit deiner Karoline ab in den Süden. Wie läuft es eigentlich bei ihr?"

Schinagl erntete nur unverständliches Gemurmel. Trotz ihres versuchten Themenwechsels hatte sie keine Chance, zum Herrn Kollegen durchzudringen. Den musste man granteln lassen, bis er eventuell wieder halbwegs genießbar war.

Sie überquerte die Schienen der Pöstlingbergbahn, bog kurz danach in die Samhaberstraße ein und brachte den Wagen hinter einem Notarzt- und einem Rettungswagen zum Stehen. Davor parkten mit rotierendem Blaulicht zwei Polizeiautos und ein Bus des Unfallkommandos. Rund um die Unfallstelle hatten die Kollegen bereits die üblichen Sperren errichtet.

Schinagl nickte Worschädl zu, dann stiegen sie aus dem Wagen.

Vor ihnen auf der linken Straßenseite lag wie hingeworfen ein Motorrad.

Etwa zehn Meter dahinter sahen sie einen leblosen Menschen in einer schwarzen Lederkluft.

Worschädl, der sich hinter Schinagl hielt, wandte seinen Blick sofort vom Unfallopfer ab. Heute war kein Tag, an dem er Tote sehen wollte. Auch die Frage, ob dieser Unfall aus Unachtsamkeit beziehungsweise aufgrund eines Fehlverhaltens passiert oder sogar bewusst herbeigeführt worden war, hätte er nur allzu gerne gemieden. Stattdessen hätte er sich weitaus lieber mit einer Kombination aus Sonnenliege, Strandbad und gutem Buch beschäftigt.

Als Gerichtsmediziner Jürgen J. Janko, der neben dem Toten seine Arzttasche schloss, aufstand und eifrig auf sie zueilte, fielen ihm vor allem dessen obligate

Stiefeletten auf. In denen muss der Schweiß bis über die Knöchel stehen, dachte Worschädl und hoffte, dass sich Jankos Bericht möglichst kompakt gestalten würde.

„Sehr schön, mein Lieblingsteam! Sicher topmotiviert und bester Laune! Ich habe vehement darauf bestanden, dass hier nichts verändert wird."

„Sehr gut, Herr Janko", lobte Schinagl.

„Ist eigentlich selbstverständlich", stichelte Worschädl.

„Genau so sehe ich das auch", parierte Janko souverän. „Laut unserem Augenzeugen wurde der Lenker des Motorrads um 8 Uhr 25 von einem Wagen abgeschossen. Nach dem Aufprall dürfte es ihn aus dem Sattel gehoben und weit nach vorn geschleudert haben. Der Aufprall auf dem Asphalt hat aber meiner Einschätzung nach noch nicht zum Tod geführt."

„Woran könnte er sonst gestorben sein?"

„Vermutlich an sehr üblen inneren Verletzungen. Als er auf der Straße lag, muss er noch brutal überfahren worden sein."

„Entsetzlich", entfuhr es Schinagl.

„Wissen wir schon etwas über die Identität des Toten?", wollte Worschädl wissen.

„Sein Führerschein steckte in seiner Jackentasche. Clemens Löffler, 43 Jahre alt."

„Viel zu jung", konstatierte Schinagl, tippte den Namen auf ihrem Handy ein und fütterte damit die polizeiinterne Suchmaschine.

„Reden Sie weiter, Herr Janko", forderte der Chefinspektor.

„Sehr gerne." Janko bemühte sich, Worschädls forschem Ton mit besonderer Höflichkeit zu begegnen.

„Nachdem ich den Tod des Mannes festgestellt hatte, habe ich natürlich sofort umfangreiche Erkundigungen angestellt."

„Die hoffentlich erfolgreich waren."

„Der Mann ist fast einer von uns."

„Wieso nur fast?", hakte Worschädl nach.

„Beruflich achtete er darauf, dass souvenirhungrige Urlauber keinen sardinischen Sand zu uns über die Grenze schmuggeln."

„Er arbeitete beim Zoll?"

„Als Controller am Linzer Flughafen. Ist vermutlich von der Nachtschicht gekommen."

„Danke, sehr gute Arbeit", lieferte Schinagl die angemessene Anerkennung. „Der Aufprall muss am Wagen doch sicher Spuren hinterlassen haben?"

„Sehr wahrscheinlich. Kratzer, Dellen ..."

„Kann der Augenzeuge eine brauchbare Beschreibung des Wagens liefern?", wollte Worschädl wissen.

„Das fragt ihr ihn am besten selbst. Er steht da drüben", erklärte Janko und deutete auf einen Mann, der in seiner orangen Arbeitskleidung etwas verloren neben einem Polizeiwagen stand.

„Na gut, dann reden wir mit ihm."

„Moment", warf Schinagl ein und wischte über das Display ihres Handys.

„Hast du etwas in unserer Datenbank gefunden?", erkundigte sich Worschädl.

„Allerdings. Das Opfer wohnt im Stadtteil Spallerhof."

„Am anderen Ende der Stadt. Er war also nicht nach Hause unterwegs."

„Vielleicht wollte er jemanden treffen. Oder ist einfach so durch die Gegend gefahren. Jedenfalls ist er amtsbekannt. Sieht so aus, als hätte der liebe Herr Löffler privat ziemlichen Mist gebaut."

„Inwiefern?"

„Es gab zwei Wegweisungen."

„Von zu Hause? Von seiner Familie?"

„Ja, Robert. Von seiner Frau und dem gemeinsamen Sohn. Wegen häuslicher Gewalt."

3

Als besonders sensibel hätte Straßenmeister Lorenz Furtner sich selbst wohl nicht beschrieben. Allerdings hatte ihn vor wenigen Minuten eine spürbare Unruhe erfasst. Seine innere Apparatur wurde von einem Dilemma auf Trab gehalten. Er befand sich in einer Entweder-Oder-Situation, die ihn heillos überforderte.

Dabei galt er sonst wahrlich nicht als entscheidungsschwach. Wenn die jüngeren Kollegen beim Einsetzen eines Leitpfostens den Abstand zu den Nachbarpfosten auf den Millimeter genau bestimmen mussten, genügte ihm eine ungefähre Daumenpeilung, um den Standort festzulegen. Beim wöchentlichen Lottospiel überlegte er nicht lange, sondern kreuzte die entsprechenden Zahlenkästchen in Sekundenschnelle an. Zugegebenermaßen bis dato nicht unbedingt erfolgreich.

Doch heute, am Rand einer Landstraße, etwa 480 Meter über Linz, kam er beim Hin und Her zwischen der einen und der anderen Möglichkeit auf keinen grünen Zweig. Er tendierte zwar in eine Richtung, aber dem Einschlagen dieses Pfades stemmten sich seine moralischen Prinzipien entgegen. Seine aufkeimenden liederlichen und schurkischen Anteile wurden zurückgepfiffen von eingefleischten Glaubenssätzen.

Als er den etwas gesetzteren Herrn und die junge Dame aus dem Wagen steigen sah und eine Polizistin auf sie zueilte, schloss er daraus sofort, dass die beiden eine wichtige Rolle spielten.

Vermutlich Kriminalpolizei.

Die würden mit ihm reden wollen.

Die würden ihn fragen, was er gesehen hatte, und eine ehrliche und detaillierte Antwort erwarten.

Die konnte er ihnen jedoch nur geben, wenn er bereit war, auf eine einmalige Chance zu verzichten.

Stimmt schon, Gelegenheit macht Diebe, und für einen Dieb wollte er keinesfalls gehalten werden. Zugleich gab es in so einem Menschenleben mitunter Gelegenheiten, die man auf keinen Fall versäumen sollte. Genau eine solche bot sich ihm jetzt überdeutlich an, und bestimmt würde er sich ewig in den Hintern beißen, wenn er sie nicht ergriff.

Andererseits hatte er sich als sonntäglicher Kirchgänger stets der Wahrheit verschrieben. Er verachtete die Lüge und wollte auch die Notlüge in keiner Weise tolerieren.

Wer lügt, sündigt.

Das war immer sein Credo gewesen, und bei dieser Ansicht war er auch geblieben, wenn er nach der Messe beim Frühschoppen schon vier Halbe intus hatte. Selbst beim ärgsten Zungenschlag und mit vom Alkohol gerötetem Gesicht ging ihm die Rechtschaffenheit über alles. Deshalb galt er in der Pfarrgemeinschaft als zwar manchmal betrunkene, doch moralisch stets einwandfreie Größe. Insofern lag es auf der Hand, dass man ihm aufgrund seiner ethischen Tadellosigkeit trotz seines augenscheinlichen Suchtverhaltens die Funktion des Pfarrgemeinderatsobmanns anvertraute.

Niemand wäre auf die Idee gekommen, dass der Furtner Lorenz im städtischen Linienbus auch nur einmal schwarzgefahren wäre oder bei der Entnahme der Sonntagszeitung weniger als den vollen Betrag eingeworfen hätte.

Kein Mensch hätte angenommen, dass Furtner seine bereits verstorbene Frau jemals heimlich betrogen oder irgendwelche verbotenen Substanzen eingenommen hätte. Nicht ein einziges Pfarrgemeinderatsmitglied hätte vermutet, dass über die Lippen ihres Vorsitzenden Lorenz Furtner auch nur eine Halbwahrheit gekommen wäre.

Auch er selbst hätte sich noch vor etwa 45 Minuten, als er sofort nach dem schrecklichen Ereignis die Rettung verständigt hatte, keinesfalls gestattet, die Wahrheit zum eigenen Vorteil zurechtzubiegen.

Aber nun kokettierte er damit.

Unangenehm war ihm dabei, dass er angesichts des allgegenwärtigen Gottes keine privaten Gespräche führen konnte. Er wäre in dieser Angelegenheit vorerst einmal ganz gerne für sich allein geblieben.

Aber die Heilige Dreifaltigkeit hatte gewiss längst mitbekommen, dass sich der Lorenz Furtner anschickte, einen Pakt mit dem Teufel einzugehen.

Hallo, du willst morgen wieder in den Spiegel schauen können, wies er sich zurecht. Du darfst unter keinen Umständen lügen.

Der Straßenmeister schwankte hin und her. Wie ein steuerloses Schiff auf turbulenter See. Bis er sich nun doch fix vornahm, den beiden Beamten in Zivilkleidung, die gerade auf ihn zukamen, alles, wirklich alles, wahrheitsgetreu zu schildern.

Hundertprozentig glaubwürdig erschien der Straßenmeister dem Chefinspektor aber nicht, als er kurz danach erzählte, wovon er rein zufällig Zeuge geworden war.

Es stimmte natürlich, dass vor Furtners Augen nicht jeden Tag ein schlimmer Unfall, geschweige denn ein hundsgemeiner Mord passierte, aber für ein gestandenes Mannsbild Ende 50 hinterließ er doch einen übertrieben schockierten Eindruck. Als ob er auf einer Bühne stünde und mit dramatisiertem Pathos und gefühlsbetonten Pausen für Wirkung beim Publikum sorgen müsste.

Interessant, dass Schinagl es ähnlich empfand. Ihr fiel sofort die Vorstellung eines ländlichen Sommertheaters ein, die sie vor Jahren besucht und in der Pause wegen Effekthascherei und mieser Pointen fluchtartig verlassen hatte.

„Ja, also zuerst ist das Motorrad wie der Blitz, ich sage noch einmal, wie der Blitz an mir vorbeigerast, gleich danach dieses unglaublich fette Auto ... ebenfalls mörderisch schnell ... Und wenn ich mörderisch sage, dann meine ich mörderisch ... meine Wenigkeit hat sich hinter den Büschen gerade vom Reparieren eines Leitpfostens erholt."

„Der Leitpfosten da vorn?"

„Ja, genau der."

„Und was passierte dann?"

„Plötzlich ... ich sage Ihnen ... plötzlich macht es einen Tuscher, und ich sehe gerade noch, wie es den Motorradfahrer in einer Art Salto aus dem Sattel schleudert. Was heißt schleudert? Torpediert! Und dann hat es ihn auf den Asphalt gedroschen. Mein Gott, dieser arme Kerl. Ich habe alles fallen gelassen, wollte hinrennen, aber dann gibt dieser Verbrecher wirklich Gas, fährt über den Verletzten, legt den Retourgang ein und überrollt ihn im Zurücksetzen gleich noch einmal."

Der Straßenmeister schlug beide Hände vor dem Gesicht zusammen. „Alles mit voller Absicht. Schrecklich. Danach ist dieses ... Verzeihung ... Dreckschwein einfach davongerast. Entsetzlich, oder? Mein Gott, wie kriege ich diese erschütternden Bilder wohl jemals wieder aus dem Kopf?"

Zur zittrig gewordenen Stimme fasste sich der Schmierenkomödiant auch noch theatralisch an die Stirn. Bei Worschädl und Schinagl erzeugte er damit allerdings nicht einmal einen Hauch von Mitgefühl.

„Furchtbar", murmelte Worschädl mit geheuchelter Empathie.

„Sie haben einiges durchgemacht", fügte Schinagl hinzu. „Automarke und Kennzeichen haben Sie sich hoffentlich gemerkt."

Erstaunlich, dass menschliche Vorsätze oft ein äußerst kurzes Leben haben. Kaum zur Welt gekommen, können sie schon wieder in sich zusammenbröseln. Straßenmeister Lorenz Furtner beschloss jedenfalls von einer Sekunde auf die andere, sich nun doch ein wenig bedeckt zu halten.

„Mein Gott, die Marke ... das ist alles so schnell gegangen. Das war eines von diesen wuchtigen amerikanischen Autos, die man eigentlich verbieten sollte."

„Ein SUV?", rätselte Schinagl.

„Ja, richtig – ein SUV."

„Na also. Welche Farbe?"

„Tut mir leid ... meine Kurzsichtigkeit ..."

„Was jetzt?", mischte sich Worschädl mürrisch ein. „Gelb, grün, orange?"

„Dunkel. Ja, das beschreibt es wohl am besten."

„Dunkelgrün, dunkelblau ..."

„Nein. Dunkel im Schwarz-Grau-Bereich."

Bei dieser Antwort bemerkte Schinagl in Furtners Gesicht einen Anflug von Verschlagenheit. Seine Augen wichen den ihren aus, als wollten sie etwas verbergen. Möglicherweise war es nur ein Anzeichen von Unsicherheit oder Überforderung, weil Furtner der existenziellen Dimension des erlebten, tragischen Ereignisses nicht gewachsen war. Oder es gab Informationen und Details, die er ihnen unterschlug.

„Gibt es sonst noch etwas, das uns weiterhelfen könnte?“, fragte Schinagl argwöhnisch.

„Nein, das war alles. Ich müsste mich jetzt auch wieder an die Arbeit machen.“

„Aber freilich, selbstverständlich“, erwiderte Worschädl und nahm sich vor, dieses sich so entgegenkommend und auskunftsfreudig gebärdende Straßenmeisterchen genau im Auge zu behalten. Wer sich so scheinheilig benahm, konnte durchaus etwas zu verheimlichen haben.

Der Chefinspektor wartete, bis sich Furtner entfernt hatte und außer Hörweite war.

„Der ist ein ausgesprochen schlechter Lügner.“

„Was immer er uns aufgetischt hat ... ich kümmere mich um alle in Linz und Umgebung zugelassenen dunklen SUVs“, kündigte Schinagl an.

„Ruf bitte auch die Werkstätten durch. Wir müssen wissen, ob jemand so einen Wagen zur Reparatur bringt. Ich checke inzwischen, ob es auf der Strecke hierher Videokameras gibt. Und ob auf den heutigen Aufnahmen zur fraglichen Zeit ein dunkler SUV zu sehen ist.“

„Falls der wirklich dunkel war“, warf Schinagl ein. „Jemandem, der so betont ehrlich und treuherzig daherkommt, traue ich wirklich alles zu.“

„Geht mir genauso“, antwortete Worschädl. „Hinter seiner gutherzigen Masche lauert etwas Durchtriebenes. Kann durchaus sein, dass er etwas im Schilde führt.“

„Dann, Robert, können wir nur hoffen, dass er sich dabei nicht übernimmt.“

4

Delegieren. Das war sein Schwachpunkt. Bevor er ewig lange herumdiskutierte, um sich mit anderen abzustimmen, nahm er die Dinge lieber höchstpersönlich in die Hand. Nur ließ sich ein komplexes Imperium wie das seine auf Dauer unmöglich im Alleingang führen.

Jeder Kaiser braucht sein Gesinde, jeder Feldherr seine Soldaten. Seine paar Leute zeichneten sich durch Fleiß und Gehorsam aus und hielten das Getriebe brav am Laufen. Nahezu allen war bewusst, welche Vorteile sich damit verbanden. Was sie an ihrem Dottore hatten. Sie verhielten sich nicht aufmüpfig, legten keinen nennenswerten Widerstand an den Tag, sahen zu ihm auf, erwarteten seine Anweisungen und hielten sich exakt an den von ihm bestimmten Kurs.

Sie schätzten seine spontane Entschlusskraft, auch wenn sie so manche Gefahren barg. Unüberlegte, überhastete Aktionen und die rasche Befriedigung eines plötzlich auftretenden Bedürfnisses konnten so manches Projekt zum Straucheln oder sogar zum Scheitern bringen.

Sein altes Lied. Wieder einmal hätte er sich mehr Zeit lassen und weitaus durchdachter handeln müssen. Erneut hatte er viel zu viel aufs Spiel gesetzt.

Selbstverständlich wagte es aus seiner Gefolgschaft keiner, ihn dafür zu kritisieren. Der Dottore, das wusste jeder, duldete keine Widerrede. Konstruktive Anregungen waren ihm jederzeit willkommen, bei Respektlosigkeit und Anmaßung platzte ihm der Kragen. Zum Beispiel, wenn so ein Knecht vom Zoll aus heiterem Himmel einen unangemessen hohen Lohn verlangte und an diese unverschämte Forderung auch noch eine Drohung knüpfte.

Eine derartige Impertinenz brachte das Fass zum Überlaufen. Da verkroch sich die Vernunft, der Zorn über-

nahm das Kommando, und dann überlegte der Dottore nicht lange, sondern legte sofort los.

Ein Fehler, der sich im Lauf der Jahre nicht nur einmal als schwerwiegend erwiesen hatte.

Und jetzt hatte er als obersten General sich selbst leichtfertig an die Front geschickt, obwohl die Schlacht noch lange nicht geschlagen war. Unter allen Umständen hätte er damit einen seiner Handlanger betrauen müssen.

Du bist nach wie vor zu impulsiv, sagte er sich und schenkte sich noch ein Glas Champagner ein. Brut Gold. Rebsorten aus der Champagne. Am Gaumen exotische Früchte, Kirschen, Vanille, Honig. Prickelnder Abgang. Die Flasche 790 Euro. Sein kleiner, feiner Luxus, den er mit seiner unbedachten Aktion gefährdet hatte.

Wobei ihm die Form der Sanktionierung höchsten Genuss bereitet hatte. Der Moment, in dem er dieses undankbare Stück Scheiße aus dem Sattel seines Motorrads befördert hatte. Der Anblick, als diese Missgeburt im Lederanzug über den Asphalt schlitterte, zum Liegen kam, sich noch bewegte.

Das Einlegen des Ganges, die zweieinhalb Tonnen Eigengewicht seines Achtzylinders, das Rumpeln unter den Reifen, als er den Wagen insgesamt dreimal über den Körper rollen ließ.

Die Gewissheit, dass die Angelegenheit geregelt, die Ordnung ein für alle Mal wiederhergestellt war.

Aber besonnen, nein, besonnen hatte er nicht gehandelt. Er hatte sich vielmehr wie so oft von seinen Emotionen leiten lassen. Ihm war ein Rückfall passiert, den er sich selbst nicht durchgehen lassen durfte.

Er nahm einen großen Schluck, ließ die prickelnde Flüssigkeit über Zunge und Gaumen rollen, spürte sie gleich danach im Magen, stellte das Glas ab und atmete tief durch.

Jetzt kam, was kommen musste.

Was schon immer gekommen war.

Er stand auf, ging durch den Salon ins großzügige Vorzimmer, ließ sich vom Lift hinunter zum Wellnessbereich mit Infrarotkabine, Dampfdusche, Sauna und Kaltwasserbecken bringen. Dort zog er sich aus, stellte sich an den Beckenrand, gab sich einen Ruck und stieg ins Wasser.

Zehn Grad.

Die Kälte prügelte auf ihn ein.

Er erlaubte sich nicht, zu flüchten.

Tauchte unter.

Zwang sich, es auszuhalten.

Blieb ewig lange unter Wasser.

Bis ihn die Pein beinahe überwältigte.

Bis die Kälte längst nicht mehr zu ertragen war.

Erst jetzt riss er den Kopf hoch.

Stieß ein lautes Brüllen aus.

Spürte dabei seine Kraft.

Mit der er alles erreichen und alle besiegen konnte.

5

Zuerst fetzte Chiara Löffler die Jacken ihres Ex von der Ikea-Garderobe. Dann riss sie die drei Laden der an den Ecken abgeschlagenen Kommode auf. Die mittlere, schlampig montiert, flog aus der Halterung und krachte auf den Boden. Der Inhalt war enttäuschend, lauter sinnloser Kram. Jedenfalls nicht das, wonach Chiara suchte. Scheiße! Da war ein Entlastungstritt fällig, ihr rechter Fuß fegte die am Boden liegende Lade in Richtung des einzigen größeren Zimmers, das alles enthielt, was man zum Wohnen brauchte: Küchenzeile, Esstisch mit zwei Sesseln, Kasten, Bett. Mehr ließ sich auf 15 Quadratmetern nicht unterbringen.

Auch durch diesen Raum brauste Chiara wie ein Tornado. Kleidung flog aus dem Kasten, Geschirr aus dem Küchenschrank und die Matratze vom Bett. Das scharfe Messer, das auf den Boden fiel, ließ sich gleich in die Matratze rammen, doch bis auf die Kaltschaumeingeweide fand sich auch hier nicht, wonach sie so dringend suchte. Münzen, Scheine, Euros, Geld.

Chiara raste zum klapprigen Spiegelschrank über dem Waschbecken im Badezimmer, nahm keine Rücksicht auf zerbrechliche Materialien wie Glas oder Porzellan, räumte den Schrank leer, ließ sich von der Duftwolke aus einer am Fliesenboden zerberstenden Parfumflasche nicht beirren, war angesichts des erneuten Misserfolgs nur noch wütend und verzweifelt.

Weiter ins Minizimmer, das bis auf zwei Umzugsschachteln und eine Matratze leer und für Niko gedacht war. Noch nicht einmal zu einem Bett hatte es Clemens für seinen Sohn gebracht, geschweige denn zu einem Kasten. Die Wände waren weiß gestrichen, zu mehr war er nicht fähig gewesen, und das hatte er verkündet, als hätte er gleich mehrere Weltwunder zugleich vollbracht.

In der einen Schachtel befanden sich Klebebänder, Pinsel, Farbwalzen, Arbeitshandschuhe, Schraubenzieher und eine Spachtel, in der anderen Bubenkleidung. Chiara beförderte alles auf den Boden. So eine Scheiße, wieder nichts.

Die erneute Enttäuschung löste einen Weinkrampf aus. Verdammt! Sie brauchte wenigstens ein paar Münzen, um die dringendsten Lebensmittel einzukaufen!

Sie zog Rotz auf, wischte sich über die Augen, fixierte den einzigen Luxus, den diese Wohnung in einer der unattraktivsten Gegenden von Linz zu bieten hatte: den Balkon.

Balkon war gleich Zigarette, in die Lunge strömendes Nikotin, war gleich Entspannung. Auch wenn dieser nur eineinhalb Mal zwei Meter maß, im Halbparterre lag und eine mäßige Aussicht versprach.

Zwei Sekunden später stand sie draußen und zog hastig eine durch. Jagte sich zwischen den Zügen eiskaltes Dosenbier aus dem Kühlschrank in die Kehle. Fand, dass die nüchternen Bahnhofsgleise und die sich dahinter auftürmenden, hässlichen Silos und Schlote des Stahlwerks genau zu ihrer Stimmung passten. Unterm Hund. Total beschissen.

Eine Packung Milch, vor vier Tagen abgelaufen, war alles, was sie noch zu Hause hatte. Ihr Magen schmerzte vor Hunger, und sie wusste nicht, wie sie zu einer einzigen Semmel kommen konnte. Dabei war sie nicht die einzige Person, für die sie zu sorgen hatte.

Klar gab es einen Weg, auf die Schnelle zu Geld zu kommen. Nur war ihr das Herumvögeln mit irgendwelchen fremden Männern inzwischen widerlich geworden. Wenn du in deiner Not fürs Ficken nur 50 Euro verlangst, ziehst du auch extrem schräge, grindige Typen an. Nachdem sie im Netz mit ihrem jungen Alter warb, standen ständig alte Säcke auf der Matte. Die ekligen Nasen- und Ohrenhaare kosteten sie bei denen die größte Überwindung.

Chiara zückte ihr Handy, schrieb eine Nachricht und schickte sie an ihren skurrilsten Kunden. Trat im Netz als Superlover auf, bekam ihn aber nur hoch, wenn er seine Sexpartnerinnen erniedrigen und sich dabei so richtig gehen lassen durfte. Das tat meistens weh, führte oft zu blauen Flecken, dafür war er danach sehr fürsorglich und freundlich. Und er bezahlte richtig gut.

Wäre sie ehrlich zu sich selbst gewesen, hätte sie festgestellt, dass sie vor diesem Irren Angst hatte, und wahrscheinlich war ihr dieses Verhalten von ihrem Ex noch allzu gut bekannt.

Die Antwort per SMS kam prompt. Natürlich sagte er zu. Er war gierig nach ihr, wahrscheinlich sogar in sie verknallt. Sie ließ ihn machen, was er wollte, würde auch nach diesem Treffen, bevor sie unter Leute ging, jede Menge Make-up brauchen. Was soll's. Hauptsache, sie konnte für sich und Niko wieder etwas zu essen kaufen.

Chiara war am Balkon so sehr mit sich selbst beschäftigt, dass sie den Vorgängen außerhalb ihrer kleinen Welt nicht die angemessene Bedeutung beimaß. Zum Beispiel jenen zwei Personen, die auf das Haus zusteuerten. Bewohner, Besucher, irgendwelche Leute, die Chiara nicht beachtete. Hätte sie jemand nach dem Aussehen der unscheinbaren Gestalten gefragt, hätte sie keinen der beiden beschreiben können. Verschiedenen Geschlechts, ja. Ein Mann und eine Frau. Das war auch schon alles, was sie hätte sagen können.

Erst kurz danach, als es läutete, sie erschrocken durch den Spion der Wohnungstür schaute und ihr ein männliches Gesicht jenseits der 50 entgegenblickte, dämmerte ihr, dass die beiden zu Clemens wollten. Nur war der eben nicht zu Hause. Und Chiara, ohnehin übel gelaunt, hatte nicht die geringste Lust, mit diesen komischen Vögeln auch nur ein Wort zu wechseln. Sie warf noch einen Blick auf die Zerstörung, die sie angerichtet hatte, kehrte zurück auf den Balkon, stieg übers Geländer und sprang hinunter auf die Wiese.

Ihre Wahrnehmung hatte ihr allerdings einen Streich gespielt. Nachdem sie aus den Augenwinkeln zwei sich dem Haus nähernde Personen gesehen hatte, glaubte sie automatisch, dass sich nicht nur der Mann, sondern auch die Frau zur Wohnungstür begeben hatte. Das war jedoch nicht der Fall.

Der Bezirksinspektorin Sabine Schinagl war nämlich ins Auge gesprungen, dass die junge, spindeldürre Frau, die auf dem Balkon stand, als sie sich dem heruntergekommenen Hochhaus näherten, gehörig unter Strom zu stehen schien. So hastig, wie sie an der Zigarette sog, lief augenscheinlich gerade etwas nicht ganz rund. Der Dame ging offensichtlich etwas gehörig an die Nieren.

Worschädl, der sich inständig nach dem sich anbahnenden Gewitter sehnte, zeigte Respekt vor den hitzeresistenten Sensoren seiner Kollegin. Ihrem Vorschlag, sich in der Nähe des Balkons gut verborgen zu positionieren, während er allein nach oben ging, stimmte er selbstverständlich zu.

Demnach war die Bezirksinspektorin nicht sonderlich überrascht, als jetzt unweit von ihr zwei abgewetzte Sneakers in der Wiese landeten. Aus ihnen ragten dünne Beine, darüber ein Minirock, ein fleckiges T-Shirt und eine verfilzte Dreadlock-Mähne.

„Hallo, darf ich Sie etwas fragen?", ergriff Schinagl das Wort.

Die junge Frau drehte sich verstört um, bedachte Schinagl mit einem wütenden Blick und stakste Richtung Straße davon. Schinagls Rufe ignorierend legte sie an Tempo zu.

Nun war es nicht so, dass die Bezirksinspektorin als ehemalige Polizei-Landesmeisterin im 200-Meter-Hürdenbewerb jeden Tag Lust auf Laufen hatte. Noch dazu bei 36 Grad im Schatten.

Aber was blieb ihr schon übrig. Also trabte sie los, bog hinter der Frau um die Hausecke, sah sie am Gehsteig vor der dicht befahrenen, mehrspurigen Glimpfingerstraße kurz innehalten, schrie noch, dass sie stehen bleiben solle, weil sie doch nur mit ihr reden wolle, doch das hagere Geschöpf trat trotz der herankommenden Fahrzeuge ohne zu zögern auf die Fahrbahn und ging tatsächlich einfach los.

Verflucht!

Schinagl hörte das einsetzende Hupen, die quietschenden Reifen, das Schimpfen aus geöffneten Autofenstern, sie registrierte die gewagten Brems- und Ausweichmanöver eines Linienbusses, eines Kombis, zweier Taxis und einer Limousine.

Anders als Worschädl hatte Schinagl beim Verfolgen flüchtender Personen kein Faible für den riskanten Drahtseilakt. Sie hatte für zwei Kinder zu sorgen und konnte es sich als Alleinerzieherin nicht leisten, für ein paar Tage auszufallen. Andererseits wollte sie diesen bizarren, über die Straße tanzenden Engel nicht verlieren.

Sie blickte nach links und schätzte den herankommenden Verkehr ab. Die Lage erschien ihr nicht gerade übersichtlich, aber mit der entsprechenden Geschwindigkeit und dem nötigen Geschick durchaus bewältigbar.

Es war ein wahnwitziges Autoballett, durch das sich Schinagl ihren Weg bahnte, indem sie zur Seite sprang, stoppte, auswich und nach vorne hetzte. Vor ihr, wie ein feengleicher Luftballon, freischwebend und ohne Bodenhaftung, erreichte die Harakiri-Tänzerin wie durch ein Wunder den Gehsteig auf der anderen Straßenseite.

Noch während Schinagl hinter sich den scharfen Wind eines knapp vorbeifahrenden Autos spürte, sah sie, wie die junge Frau in einen auf einem Laternenmast befestigten Mülleimer griff, eine leere Bierflasche herauszog, sie gegen den eisernen Mast knallte und Schinagl erwartete. In der rechten Hand den Flaschenhals mit den darauf verbliebenen spitzen Scherben.

Rundherum erschrockene, zurückweichende Passanten.

Und das Gebrüll der jungen Frau.

„Ihr Arschgesichter kriegt ihn nicht! Ich gebe ihn nicht her!"

„Okay, keine Sorge, wir kennen uns ja gar nicht. Ich weiß überhaupt nicht, wovon Sie reden."

„Immer diese falschen Weiber. Nichts als Lügen. Nichts als Beschiss. Aber nicht mit mir. Ich lasse das nicht mit mir machen!"

Sie zielte mit dem Flaschenhals in Schinagls Richtung, war aber glücklicherweise viel zu weit von ihr entfernt.

„Wir können über alles reden." Die Chefinspektorin hob beschwichtigend die Hände. „Aber bitte legen Sie die Flasche weg!"

„Reden? Was denn noch reden? Ich habe euch das schon 10.000 Mal vorgebetet. Was soll ich machen, wenn ihr Schweine mir nicht glaubt?"

Schinagl sah die Tränen. Die Verzweiflung. Überlegte fieberhaft, wie sie zu der Frau durchdringen, sie irgendwie erreichen konnte.

„Ganz ruhig, okay, es wird nichts passieren. Irgendwie kriegen wir das hin. Sagen Sie mir, worum es geht."

Die Augen der jungen Frau entglitten in die Ferne, nach oben, ganz weit fort. Als würde sie jeden Halt verlieren. Dann kehrte sie zurück. Ihr Blick traf den von Schinagl. Sie schüttelte den Kopf. Flüsterte.

„Ist das Ihr Ernst? Sie fragen mich, worum es geht? Das wisst ihr doch längst. Ihr wisst es alle ganz genau. Dass ich ohne meinen Niko nicht leben kann."

Die junge Frau riss die Hand mit dem Flaschenhals nach oben.

Rang nach Worten, nach einem Satz.

Brachte nichts mehr heraus.

Wirkte wie am Rande des Abgrunds.

Holte aus und rammte sich die spitze Scherbe des Flaschenhalses tief in ihren Unterarm.

6

Ein Schwarm von Vögeln zog über den Himmel.

Mit schnellen Flügelschlägen in geordneter Formation.

Orientiert und zielgerichtet.

Fliegt, solange ihr könnt, dachte Silvia und schleppte sich mithilfe ihrer Stöcke die Donaulände entlang. Genießt die Geschwindigkeit, das Sonnenlicht, das verrückte Blau des Himmels. Umarmt das Leben und die Welt.

Da war plötzlich wieder dieses Stechen. Zuerst im Bauch, dann raste es wie ein Feuerball durch alle Glieder. Die 46-jährige Frau hielt inne, legte eine Hand auf ihre Bauchdecke, hyperventilierte.

Die heiße Sommerluft brannte im Hals. Ihr Körper war ein einziger Schmerz. Alles Mühe, alles Qual.

Zum Glück erreichte sie ein neuerlicher aufmunternder Blick von Karoline. Die Hand ihrer besten Freundin berührte Silvias Arm. Ihre kräftige Stimme vermittelte Halt und Zuversicht.

„Lass dir ruhig Zeit. Wir beide müssen nicht als Erste durchs Ziel."

Silvia rang sich ein Lächeln ab, zwang sich zu einem Hauch von Optimismus.

Beide trugen lockere, saloppe Kleidung und Sonnenbrille. Karolines Haare waren mit einer blauen Kappe bedeckt, während Silvia ein oranges, um den Kopf gewickeltes Tuch trug.

„Es geht schon wieder." Silvia bemühte sich, ihrer Stimme Kraft zu geben. Sie nickte bestätigend, hob ihre Stöcke und setzte ihren Weg fort. Langsam. Zentimeter für Zentimeter.

Nur gut, dass Karoline vorgeschlagen hatte, ihr heutiges Treffen nach draußen zu verlegen. Die Bewegung strengte sie an, tat ihr aber zugleich gut.

„Orange steht dir toll", machte ihr Karoline, die ihr im Windschatten folgte, ein Kompliment.

„Ich finde, dass es mich jünger aussehen lässt. Damit wirke ich nicht mehr wie eine steinalte, sondern nur mehr wie eine alte Schachtel."

„Die alte Schachtel hat vor wenigen Wochen noch 80 Patienten pro Tag behandelt."

„Sie hätte damals auch darauf geschworen, dass sie diesen Rhythmus ewig schaffen wird."

Karoline zögerte für einen Moment. „Es kann wieder werden, Silvia."

„Das sage ich mir jeden Tag. Zu jeder Stunde. Bei jeder Verlaufskontrolle. Allerdings ... mein Tumormarker ..."

„Was ist damit?"

„Er macht keine Anstalten, sich zu verbessern, obwohl ich sehr starke Medikamente nehme."

„Er geht nicht runter?"

„Keinen Millimeter, der bleibt stur stabil."

„Woran kann das liegen?"

„An der Tücke des Mammakarzinoms. An meinem Organismus, der zu wenig darauf anspricht. Mein Arzt meint, dass es vielleicht einfach noch Zeit braucht."

„Er tut sicher, was er kann."

„Davon bin ich überzeugt. Weißt du, früher ... früher ... da dachte ich ..."

Lange Pause.

Wie anstrengend es doch für Karolines Freundin geworden war, fließend zu sprechen und unterbrechungsfreie Sätze zu bilden. Genauso schien sie das Formen von Gedanken einiges an Energie zu kosten.

Karoline ließ ihr die Zeit, die sie brauchte. Als

Psychotherapeutin fiel ihr auch das Begleiten längerer Pausen nicht schwer. Ebenso wenig das verzögerte Mitschwingen von einem inneren Bild zum nächsten und von einer Gefühlsregung zur anderen. Manchmal brauchte es nur eine einfache Frage, um die nächste Stufe der Leiter zu erklimmen.

„Dir ist etwas von früher eingefallen?"

Silvia nickte: „Früher dachte ich, dass ich keine Angst vor dem Sterben habe."

„Mit dem Tod wirst du dich als junger Mensch nicht allzu intensiv beschäftigt haben."

„Stimmt. Obwohl ich ständig mit Krankheit und Endlichkeit konfrontiert war, habe ich es von mir ferngehalten."

„Mache ich genauso. Auch ich kenne depressive Phasen ... ich bin auch manchmal neben der Spur ..."

„Du zeigst es aber nicht."

„Genau. Ich schiebe es erfolgreich weg." Karoline lächelte, weil sie in ihrem Beruf Menschen dabei unterstützte, sich frühere, verdrängte Erfahrungen und Gefühle bewusst zu machen und einen stimmigen Umgang damit zu finden.

„Dabei hat man bei dir den Eindruck, dass dich nichts erschüttern kann", meinte Silvia.

„Aber ich habe im Hinterkopf, dass auch mir jederzeit wirklich alles passieren kann."

„So ist das Leben. Wir wissen nicht, was morgen kommt. Wie oft spielt der Tod in deiner Praxis eine Rolle?"

„Nicht zu oft, aber immer wieder."

„Und wie gehst du damit um?"

„Mit der nötigen Distanz. Was nicht immer ganz gelingt. Aber ich muss aufpassen, dass es mir nicht zu nahegeht."

„Wie ist das bei mir?"

„Du bist meine Freundin, Silvia."

„Du machst da einen Unterschied?"

„Der ergibt sich ganz von selbst."

„Aber was ist anders?"

Jetzt machte Karoline eine Pause. Musste sich ein paar Tränen aus den Augen wischen.

„Karoline ..."

„Es macht mich betroffen. Es berührt mich, und ich habe Angst um dich."

„Mein Gott! Angsthasen oder Hosenscheißerinnen sind wir zwei aber noch nie gewesen", reaktivierte Silvia ihren früher so gewinnenden Humor und schmunzelte.

Jetzt musste auch Karoline lachen.

„Meine Rede. Manchmal macht das Verdrängen Sinn."

„Eben. Stell dir nur vor, wir wüssten, was uns so alles blühen wird. Die Suizidraten würden in die Höhe schießen."

Karoline blieb unvermittelt stehen.

„Hast du schon daran gedacht?"

„Daran, mich umzubringen? Selbstverständlich. Das könnte mir viel Leid ersparen. Aber solange es noch einen Funken Hoffnung gibt ..."

Silvia beobachtete ein Passagierschiff, das die Donau hinunterglitt.

„Eine Kreuzfahrt ans Schwarze Meer. Noch vor einem halben Jahr habe ich mir geschworen, dass ich so etwas Langweiliges frühestens mit 80 mache. Aber jetzt ... jetzt wäre ich liebend gerne auf diesem Schiff."

„Ein schöner Plan fürs nächste Jahr."

„Das hängt davon ab, wie sich mein Tumor entwickelt und ob die Behandlung endlich anschlägt.

Wenigstens bin ich nicht die Einzige, die damit Schwierigkeiten hat. In meiner Selbsthilfegruppe für Brustkrebs-Patientinnen sind wir gleich drei, bei denen sich nichts bewegt."

„Kann aber sein, dass es auch bei denen ab morgen besser wird."

„Ich liebe deinen Optimismus, Karoline."

„Der hält mich über Wasser, Silvia."

„Und mich dazu. Könnte dazu beitragen, dass ich bei unserem nächsten Treffen noch am Leben bin."

7

„Die Wunde ist nicht allzu tief. Da hat sich die Dame früher schon ärger zugerichtet“, lautete der Kommentar des rothaarigen Sanitäters, der Chiara Löffler im Krankenwagen einen Verband anlegte. Damit bezog er sich auf die zahllosen Narben, die auf den Innenseiten der dünnen Arme der jungen Frau zu sehen waren.

Chiara hatte darauf bestanden, nicht ins Krankenhaus gebracht, sondern an Ort und Stelle verarztet zu werden. In einer Stunde war ihr Arbeitsbeginn, und ihre neue Stelle durfte sie auf keinen Fall verlieren.

„Sie wollen also meine Kollegin mit einer Sozialarbeiterin verwechselt haben?“, fragte Worschädl, der mit Schinagl beim Krankenwagen stand. Bluse und Hose seiner Kollegin waren voller Blut, und auch die Verletzte sah nicht salonfähig aus.

„Die kleben mir an den Fersen. Die wollen mir meinen Sohn wegnehmen.“

„Wie alt ist Ihr Sohn?“

„Niko? Sechs. Mein kleines Goldstück. Geht das letzte Jahr in den Kindergarten.“

„Und warum soll er Ihnen weggenommen werden?“

„Weil die einen kompletten Vogel haben. Okay, ich hatte eine Zeit lang keine Arbeit und damit nicht übermäßig viel Kohle. Aber mit meinem neuen Job wird sich das ändern.“

„Der Saustall in der Wohnung Ihres Ex-Mannes … haben Sie den fabriziert?“

„Nein, den hat Clemens selbst verursacht. Auch wenn er für mich das Letzte ist, bin ich keine Irre, die ihm sein Zeug kaputt macht.“

„Warum sind Sie da gewesen? Wollten Sie sich mit ihm treffen?“, übernahm Schinagl wie beiläufig den Ball.

„Ich wollte mir mein Geld holen. Nur das, was er mir überweisen müsste. Für Niko.“

„Der bei Ihnen wohnt?“

„Und der mich gar nicht wenig kostet. Seit zwei Monaten ist kein Cent von Clemens gekommen.“

„Sie leben getrennt?“

„Vor einigen Wochen ist Clemens übergeschnappt. Hat mich grün und blau geschlagen und mir drei Rippen gebrochen. Ich habe ihn sofort angezeigt. Seither darf er meine Wohnung nicht mehr betreten.“

„Es gab eine gerichtliche Verfügung?“, wollte Worschädl bestätigt wissen.

„Genau. Scheißmänner. Ehrlich.“

„Sie leben zurzeit in keiner Beziehung?“

„Richtig erkannt. Diese Idioten können mir sowas von gestohlen bleiben.“

Worschädl fragte sich erst gar nicht, ob auch er damit gemeint war. Zugleich hielt er sich davor zurück, der Frau ihre Version der Geschichte eins zu eins abzukaufen. Gewalt gegen Frauen und Kinder verurteilte er aufs Schärfste, doch von Karoline hatte er gelernt, Beziehungsdynamiken aus verschiedenen Perspektiven zu betrachten.

„Den Schlüssel zu seiner Wohnung ... hat Ihnen den Ihr Mann gegeben?“, holte ihn Schinagl aus seinen Gedanken.

„Nicht mir, sondern seinem Sohn. Ich habe ihn mir nur ausgeliehen.“

„Okay. Frau Löffler, wo sind Sie heute um 8 Uhr 25 gewesen?“

„Wieso wollen Sie das wissen?“

„Beantworten Sie einfach meine Frage“, entgegnete Schinagl mit Nachdruck.

„Da bin ich im Geschäft gestanden. Zoohandlung. Mein neuer Job.“

„Gibt es da auch eine Adresse?“, setzte Worschädl nach.

„Sicher. Schillerstraße 28. Aber wieso ...?“

„Wir müssen das überprüfen.“

„Es geht um Ihren Mann“, schaltete sich Schinagl ein. „Er hatte einen Unfall. Kann auch sein, dass er mit Absicht angefahren wurde.“

„Angefahren? Was ist los? Ist er verletzt?“

„Es tut uns sehr leid, Frau Löffler ... Ihr Mann ist tot.“

Nach Chiaras vorangegangenen Äußerungen über die Beziehung zum leiblichen Vater ihres Sohnes hätten sich die beiden Ermittler nicht unbedingt große Bestürzung erwartet. Auch kein Schluchzen oder Weinen. Aber doch wenigstens ein gewisses Maß an Betroffenheit.

Sie hatten jedoch nicht damit gerechnet, dass die Reaktion der Frau in eine ganz andere Richtung gehen könnte.

Chiara Löffler kochte unvermittelt über.

Ließ ihre geballte Faust gegen den Verbandsschrank krachen.

Fegte dem Sanitäter mit einem Schlag die Verbandsschere aus der Hand.

„So eine Scheiße! So ein Schwein! Stiehlt sich einfach so davon.“

„Das hat er sich nicht ausgesucht. Wahrscheinlich wurde er mit voller Absicht überfahren“, bemühte sich Schinagl um Beruhigung.

„Hallo? Ist mir das egal oder egal? Zuerst ruiniert er

unsere Beziehung, ist als Vater ein Totalversager, und jetzt lässt er sich auch noch in die Grube befördern!"

Schinagls nächste Frage wurde von einem vorbeikommenden Sattelschlepper verschluckt.

„Was?", schrie Chiara.

„Ob Ihr Mann mit jemandem gröbere Schwierigkeiten hatte?"

„Na ja, in seiner Arbeit gab es einige Konflikte."

„Beim Zoll am Flughafen?"

„Genau. Er kann ... konnte ganz gut mit seinem Chef und hatte dadurch einige Neider."

„Fallen Ihnen dazu Namen ein?"

„Geschimpft hat er über alle."

„Okay. Aber Sie kennen den Namen seines Chefs."

„Lukas ... Lukas Kubek. Brauchen Sie mich noch?", fragte Chiara, hielt ihnen demonstrativ ihren frisch verbundenen Arm entgegen und stieg aus dem Rettungswagen.

„Nur noch eine Frage zum Laptop Ihres Ex-Mannes, den wir in seiner Wohnung gefunden haben. Können Sie uns das Passwort sagen?"

„Leider nein, keine Ahnung. Meinen Vornamen hat er dafür sicher nicht verwendet. Ich muss zur Arbeit. Kann ich jetzt gehen?"

„Ja, danke. Aber schreiben Sie uns bitte Ihren Namen, Ihre Adresse und Ihre Handynummer auf", sagte Schinagl und gab der Frau einen Zettel und einen Stift.

„Kein Problem. Da wäre noch etwas. Könnte mir jemand einen Zwanziger leihen? Ich warte auf mein erstes Gehalt und hab es gerade ziemlich eng."

„Aber nur, wenn Sie aufhören, sich selbst so grob zu verletzen", mahnte Worschädl, zückte seine Geldtasche und drückte ihr einen Fünfziger in die Hand.

„Sie sind ein Schatz", bedankte sich Chiara und machte sich auf den Weg.

„Wieso haben Sie eigentlich allein Dienst?", fragte Worschädl den Rettungsfahrer, der die seitliche Schiebetür schloss.

„Personalknappheit. Doppeldienste sind bis auf Weiteres gestrichen."

„Na toll. Dann alles Gute und vielen Dank."

„Sehr gerne." Der Sanitäter verabschiedete sich mit einer Geste, setzte sich ans Lenkrad und fuhr los.

„Ob du das Geld je wiedersiehst?", fragte Schinagl und griff nach ihrem Handy, das in ihrer Hosentasche brummte.

„Wetten würde ich nicht darauf", antwortete Worschädl und registrierte Schinagls besorgten Blick, als sie ein paar Schritte zur Seite trat und das Gespräch annahm.

Das Telefonat war offensichtlich unangenehm und versetzte sie in Spannung. Ihre Erklärung, dass sie in der Arbeit sei und nicht wegkönne, war der Person auf der anderen Seite der Leitung zu wenig. Schließlich gab Schinagl auf, beendete das Gespräch und wandte sich mit einer Mischung aus Sorge und Ärger an Worschädl.

„Zum Flughafen, oder?"

„Wäre naheliegend."

„Musst du leider allein machen. Dafür liefere ich den Laptop bei unseren Spezialisten ab."

„Und was hast du vor? Geht es um eines deiner Kinder?"

Schinagl nickte. „Ich darf in die Schule von Tobias fahren. Angeblich hat er Geld gestohlen. Die wollen ihn suspendieren."

8

Eine Stadt wie Linz mit grade mal 200.000 Einwohnern haben die großen Fluggesellschaften schon längst nicht mehr auf dem Radar. Zu wenig Kunden, zu geringer Umsatz, ein zu irrelevantes Nest. Verkehrstechnisch war die oberösterreichische Landeshauptstadt nun einmal kein multiples Drehkreuz, sondern ein unbedeutender Knotenpunkt, um den sich keiner der Big Player kümmerte. Denen spielte in die Hände, dass ihnen mit dieser Firmenpolitik keine Kunden verloren gingen. Wer wegwollte, nahm auch den Weg zu den Flughäfen in Salzburg, Wien oder München in Kauf.

Außer Frage stand, dass es trotz Klimakrise und Energieknappheit gar nicht wenige immer wieder in die Ferne zog. Die Winterzeit gestaltete sich verlässlich trüb, wer frühmorgens um sieben in die Arbeit fuhr und um 16 Uhr 30 nach Hause kam, erlebte seine Freizeit ausschließlich in der Finsternis. Nasskalter Schneeregen, vereiste Windschutzscheiben und hartnäckiger Nebel schürten zusätzliche Fluchtfantasien.

In den Sommermonaten folgten auf strapaziöse schwüle Phasen häufig dauerhafte Tiefs mit unwirtlichen Temperaturen und erheblichen Regenmengen. Wer statt der erhofften trockenen Hitze einen komplett versauten Juli oder August erlebte, bekämpfte eine verfrühte Herbstdepression nur allzu gerne mit günstigen Last-minute-Flügen. Bequemerweise direkt ab Linz. Ohne aufwendige Zwischenlandung konnte man von hier allerdings nur auf wenige griechische Inseln und ins ägyptische Hurghada fliegen. Oder in Städte wie Frankfurt, Leipzig oder Düsseldorf.

Während in Wien, Frankfurt oder Paris ununterbrochen Flugzeuge starteten und landeten, hoben die Flieger hier nur tröpfchenweise ab und trudelten genauso spärlich ein. Von einem ständigen Kommen und Gehen konnte keine Rede sein, weshalb sich höchstens fünf- bis sechsmal am Tag längere Schlangen an den vergleichsweise wenigen Ticketschaltern bildeten.

Wer diese Hintergründe kannte, begriff besser, warum die Beamten bei der Sicherheitskontrolle stets übermäßig eifrig wirkten. Ein Abflug mit 200 Fluggästen war für sie ein Freudenfest, bevor nach der vollzogenen Abfertigung wieder zwei bis drei Stunden totzuschlagen waren, bis sich ein neuer Schwung an Menschen den Laufbändern und Scannern näherte.

Nicht unbedingt einfach, sich aus der erzwungenen komatösen Langeweile wieder auf Betriebstemperatur zu bringen. Wer hier arbeitete, musste über eine hohe Kompetenz im Ertragen unproduktiver Phasen verfügen. Hier hatte man es auszuhalten, die längste Zeit des Tages ziemlich sinnlos herumzulungern.

Als Worschädl das überschaubar kleine Flughafengebäude betrat, herrschte dort tote Hose. Nahezu leere Gänge, im Flughafencafé nur eine Handvoll Menschen, kein einziger Ticketschalter besetzt, vier verirrte Reisende mit Koffern. Im Ranking um den unaufgeregtesten Flughafen der Welt hätte Linz garantiert einen Stockerlplatz erklommen.

Insofern lag es auf der Hand, dass die Atmosphäre im Büro der Zolldienststelle zur besten Dienstzeit einer verlängerten Mittagspause glich. An einem der Schreibtische verzehrte ein Beamter gerade genussvoll ein Fleischlaberl mit Essiggurkerl, eine Kollegin blätterte in einem Urlaubskatalog, während eine weitere Beamtin die Zeit mit einem Computerspiel totschlug.

Sehr herausfordernd, den Tag zu füllen, wenn zu wenige Aufgaben zu erledigen waren. Aber noch war die Verrohung der Sitten nicht so weit fortgeschritten, dass man beim Eintreten zollfremder Personen nicht auf die Contenance geachtet hätte.

Das Gurkerl verschwand so schnell im Schlund wie das Fleischlaberl in der Schreibtischlade, über die Feriendomizile legten sich diverse Protokolle, und am Bildschirm erstrahlte flugs die hochoffizielle Homepage der Zollwache.

Mit Kollegen von der Kripo hatte man hier schon des Öfteren Kontakt gehabt, doch den etwas rundlichen Mittfünfziger, der gerade seinen Ausweis vorwies, hatte man noch nie gesehen.

Der Zufall wollte es, dass der sonst sehr umtriebige und häufig abwesende Chef überraschenderweise zu sprechen war, nämlich in seinem eigenen Büro, zu dem man über das Großraumbüro seiner Mitarbeiterinnen und Mitarbeiter gelangte. Ganz ohne Glasfront, nicht einsehbar, also ein wenig aus der Zeit.

Dienststellenleiter Lukas Kubek BAS stand in sachlicher, kursiv gehaltener Schrift auf dem silbernen Schild neben der Tür.

„Der Chef ist unser Psychologe", erklärte die Sommerkatalog-Beamtin und ließ ein gewisses Maß an Stolz mitschwingen.

„Hat er das studiert?", fragte Worschädl.

„Aber nein. Der braucht das nicht. Naturtalent. Lukas liest in der Mimik und Körperhaltung der Passagiere wie in einem offenen Buch. Wenn uns wer übers Ohr hauen will, erkennt er das sofort. Und er hat fast immer recht."

Somit war der Chefinspektor darauf vorbereitet, einem veritablen Menschenkenner zu begegnen. Auf sein Klopfen folgte ein gebelltes, gestresst klingendes „Herein".

Telefonhörer am Ohr, abwehrende Geste zu Worschädl. Der hagere, 190 Zentimeter große Machertyp mit stylischer Brille, der in Anzug und Krawatte neben seinem von Formular- und Zettelstößen vollgeräumten Schreibtisch stand, verströmte ein Flair von unverzichtbarer Wichtigkeit.

Konkret ging es um einen Slot am Flughafen in Bukarest, der sich ständig nach hinten schob, wodurch sich die Ankunft eines bereits gravierend verspäteten Frachtflugzeuges noch weiter verzögern würde. Herr Kubek vermochte jedoch, so schimpfte er ins Telefon, nur jene extrem geringe Anzahl an Personaleinheiten aufzubieten, die man ihm zur Verfügung stellte, und bei dem Abwicklungswahnsinn, der an einem Tag wie heute zu bewältigen war, konnte man nicht auch noch auf rumänische Versäumnisse Rücksicht nehmen. Mehr als Höchstleistungen rund um die Uhr war nicht drin, weil er sich zusätzliche Mitarbeiter verdammt noch einmal nicht aus der Nase ziehen konnte.

Er knallte den Hörer auf den Tisch und wandte sich an Worschädl: „Sorry, wer immer Sie auch sind ... ich habe leider keine Sekunde Zeit für Sie."

„Die werden Sie sich nehmen müssen", stellte Worschädl klar, zeigte seinen Ausweis und ließ sich in den Besuchersessel vor Kubeks Schreibtisch fallen.

„Okay ... aber auch ein Kollege der Polizei kann nicht einfach über mich verfügen."

„Ich möchte Sie lediglich ersuchen, uns bei dringenden Ermittlungen zu unterstützen." Worschädl zückte sein Notizbuch und bemühte sich um einen zurückhaltenden Ausdruck. Er pflegte das Understatement und bevorzugte es, unterschätzt zu werden. Oft wirkte er unscheinbar, wie nicht anwesend, um im geeigneten Moment vorzustoßen. Tarnkappenmodus. Einer, der so daherkam, als ob er keiner Fliege etwas zuleide tun könne, der es aber faustdick hinter den Ohren hatte.

„Ihren Mitarbeiter Clemens Löffler, wann haben Sie ihn zuletzt gesehen?“

Die Frage löste bei Kubek ein kurzes Zögern aus. Als ob sich hinter seiner Stirn mehrere Problemfelder auftürmen würden. Er setzte sich und wirkte beunruhigt und besorgt.

„Heute Früh. Er hatte Nachtschicht. Was ist mit ihm?“

„War er ein guter Mitarbeiter?“

„Unbedingt. Sehr verlässlich, immer pünktlich. Hin und wieder etwas aufbrausend und stur, aber dann braucht er eine auf die Rübe und hat sich schnell wieder im Griff. Warum haben Sie ‚war‘ gesagt? Was ist passiert?“

„Herr Löffler ist leider tot.“

Worschädl beobachtete genau, wie der Dienststellenleiter auf seine knappen, emotionslos formulierten Worte reagierte. Für ein paar Sekunden verschlug es Kubek die Sprache. Sein starrer, ungläubiger Blick wirkte echt.

„Ein Unfall?“

„Ja. Allerdings wurde dieser mit Absicht herbeigeführt.“

„Mit Absicht? Sie meinen, er hat sich ...“

„Nein, Herr Kubek. Ihr Mitarbeiter wurde umgebracht.“

„Wie bitte?“ Kubek sprang wie von der Tarantel gestochen auf. „Wieso denn umgebracht?“

„Ich hätte gehofft, dass Sie uns da weiterhelfen können.“

„Nein, tut mir leid, wir hatten ein exzellentes Arbeitsverhältnis. Es gab kaum Anlass zur Kritik. Auch mit den Kolleginnen und Kollegen lief es meistens problemlos. Mir ist das völlig unbegreiflich."

„Sie haben wirklich keine Ahnung, wer dahinterstecken könnte?"

„Nicht die geringste. Keinen Schimmer. Der helle Wahnsinn."

In diesem Moment ging es Worschädl ähnlich wie beim Gespräch mit dem Straßenmeister Lorenz Furtner. Auch Kubek wirkte um die Nuance zu betroffen. Er drückte ein wenig zu viel drauf.

Schade. Weniger wäre mehr gewesen.

Und hätte den Chefinspektor eventuell nicht ganz so misstrauisch gestimmt.

9

Die Klassenlehrerin Elfriede Plank war in keiner Weise unsympathisch. Sie schlug sich auch nicht auf die Seite jener, die Tobias beschuldigten. Allerdings waren die Vorwürfe derart gravierend, dass sie nicht darüber hinwegsehen konnte. Einen 20-Euro-Schein, den eine Schülerin als gestohlen gemeldet hatte und der laut ihren Angaben mit Kakaoflecken versehen war, betrachtete man nun einmal nicht als Kleinigkeit. Sehr problematisch, dass sie ihn ausgerechnet in der Federschachtel von Tobias gefunden hatte.

„Es ist leider bereits der dritte Vorfall innerhalb der letzten zwei Wochen."

„Das höre ich zum ersten Mal", antwortete Schinagl, für die der Sessel an einem der Lesetische in der um diese Zeit verwaisten Schulbibliothek um einiges zu niedrig war und die ziemlich unter Spannung stand. Tobias, der wie das sprichwörtliche Elend neben ihr hockte, hatte seit ihrem Eintreffen kein einziges Wort gesprochen und fixierte den Boden.

„Interessant, weil andere Eltern schon Stimmung machen."

„Stimmung gegen Tobias?"

Plank lächelte entschuldigend und fuhr Tobias aufmunternd durchs Haar. „Nur keine Sorge. Ich bin schließlich auch noch da. Aber es stimmt, dass der Vater des bestohlenen Mädchens für eine mehrwöchige Suspendierung eintritt."

„Hervorragend. Der Vater einer Mitschülerin wünscht sich, dass mein Sohn für längere Zeit die Schule nicht besuchen darf!"

„Auch ich finde das überzogen, aber er hat sich damit bereits an die Bildungsdirektion gewandt."

Schinagl blickte zu Tobias und sah, dass ihm eine Träne über die Wange rollte. Sie versetzte ihm einen kleinen Faustschlag auf die Schulter.

„He, Tobi, da kommt ja so richtig etwas auf uns zu. Aber wir haben einen Vorteil. Vor solchen Verrücktheiten hat deine Mama keine Angst. Das kriegen wir hin, ganz fest versprochen. Frau Plank, diese drei Vorfälle, inwiefern hat Tobias damit zu tun?“

„Beim ersten Mal sind gleich 40 Euro verschwunden und nicht mehr aufgetaucht. Beim zweiten Mal hat die Turnlehrerin Tobias dabei erwischt, wie er in der Schultasche seines Nachbarn herumkramte, und kurz danach waren die nächsten 15 Euro weg.“

„Verstehe. Und nachdem die 20 Euro in seiner Federschachtel entdeckt wurden ...“

„... gehen alle davon aus, dass er auch für die anderen Vorfälle zur Verantwortung zu ziehen ist. Auch wenn der Junge beharrlich behauptet, das Geld nicht entwendet zu haben, spricht doch alles gegen ihn.“

„Nicht alles“, sagte Schinagl, die gerade keinen Gedanken an die lähmende Hitze und die Schweißflecken auf ihrer Bluse verschwendete, sondern hochwachsam ausschließlich darauf konzentriert war, ihren Sohn aus diesem Schlamassel zu befreien.

„Okay“, antwortete die Lehrerin, die zwischen den Stühlen saß und offenbar keine Idee hatte, wie sie die verfahrene Situation geradebiegen konnte. „Sie machen mich neugierig.“

„Ganz einfach. Für mich gibt es keinen Grund, an den Worten meines Sohnes zu zweifeln.“

„Natürlich, Sie sind seine Mutter ...“

„... auch eine Frau und Polizistin“, fiel ihr Schinagl ins Wort. „Ich sehe, wie sehr er unter Druck steht, weil sich alle gegen ihn verschworen haben. Dieses Spiel ist nicht in Ordnung und wird jetzt, und zwar jetzt sofort, beendet."

„Nur liegt das weder in Ihrer noch in meiner Hand. Für morgen Abend wurde ein außerordentlicher Elternabend einberufen."

„Es wird immer besser. Ein Elterntribunal tritt zusammen, um Tobias aus der Klasse zu entfernen!"

„Was sicher nicht so einfach ist, aber darauf läuft es hinaus", bestätigte Elfriede Plank.

Schinagl schüttelte den Kopf. „Wer immer das beabsichtigt, hat die Rechnung ohne den Wirt gemacht. Danke für die Einladung, ich bin morgen sicher dabei."

„Und was wollen Sie den Eltern sagen?"

„Dass die Angelegenheit noch lange nicht geklärt ist. Jede und jeder hätte ihm das Geld heimlich in seine Federschachtel stecken können. Solange das Gegenteil nicht bewiesen ist, trifft Tobias keine Schuld. Wer etwas anderes behauptet, bekommt es mit mir zu tun. Und gehen Sie davon aus, dass ich für meine Kinder alles nur Mögliche in Bewegung setze. Komm, Tobias, wir gehen."

Damit nahm Schinagl ihren Buben an der Hand und verließ mit ihm die Bibliothek. Gut möglich, dass sie Frau Plank jetzt eine schlaflose Nacht mit vielen offenen Fragen für diesen idiotischen Elternabend bereitet hatte, doch darauf konnte sie leider keine Rücksicht nehmen.

„Wäre doch gelacht, wenn wir uns das einfach so gefallen ließen. Oder, mein Großer?", fragte sie Tobias draußen auf dem Gang und legte ihm den Arm um die Schulter. Sie spürte das Zittern, das ihn erfasste. Sah die Tränen, die ihm über die Wangen liefen.

„Taschentuch?"

Tobias nickte.

„Möglichst laut schnäuzen. Damit alle hören, dass du dich nicht so leicht unterkriegen lässt."

Tobias befolgte den Ratschlag seiner Mutter, trompetete mit aller Kraft, steuerte einen Pups bei und musste unwillkürlich lachen.

Seine Mama lachte mit, beugte sich zu ihm hinunter und drückte ihn ganz fest an sich.

„Deine Mama hat dich lieb. Okay?"

Tapferes Nicken. Dann griff Tobias wieder nach ihrer Hand. Immerhin war sie Polizistin. An ihrer Seite ließ es sich viel leichter aus der Schule gehen.

10

Für Worschädl war es keine Überraschung, dass Kubek aus den Tiefen seines Einbauschranks eine Flasche hellen, klaren Marillenschnapses ans Tageslicht beförderte. Ihn wunderte es auch nicht, dass der Dienststellenleiter zwei Stamperl bis an den Rand füllte und die Flasche nicht sofort wieder verstaute.

So hob er synchron mit Kubek sein Glas und kippte es, ebenfalls synchron, mit einem Zug hinunter. Damit verhielt er sich zugegebenermaßen nicht ganz korrekt, da er sich im Dienst befand. Aber als beziehungsaufbauende Maßnahme zum Vorantreiben von Ermittlungen ließ sich die Aktion durchaus begründen. Manchmal heiligte der Zweck ja die Mittel, noch dazu, wenn sich der Geschmack reifer Marillen am Gaumen so perfekt entfaltete.

„Wie ist es passiert?" Kubeks Stimme klang gepresst.

„Ein Wagen hat ihn zuerst angefahren und dann noch einmal überrollt."

„Grauenvoll. Tatsächlich in voller Absicht?"

„Dafür gibt es einen Augenzeugen."

„Entschuldigung, aber welche Drecksau macht so etwas?"

„Es muss eine Person sein, mit der er heftige Konflikte hatte."

„Nicht hier auf der Dienststelle. Dafür lege ich meine Hand ins Feuer."

Wenn du dir dabei nur nicht die Finger verbrennst, dachte Worschädl. Überall, wo Menschen zusammenarbeiten, kommt es zu Spannungen. Oder, frei nach Worschädls Frau Karoline: Gruppendynamiken ohne Konflikte gibt es auf Dauer nicht.

„Sehr fein. Dennoch muss ich Sie fragen, wo Sie heute um 8 Uhr 25 gewesen sind."

„Nicht böse sein, aber Sie sind nicht ganz bei Trost! Wir gehören fast zum selben Stall!", erwiderte Kubek aufgebracht.

„Aber nur fast." Worschädl wechselte bewusst den Tonfall. Von kollegialer Freundlichkeit auf trockene Schärfe. „Also los jetzt! Raus damit!"

Kubeks Gesichtszüge verspannten sich, dass es nur so eine Freude war. Wahrscheinlich wäre ihm zu Worschädl gerade eine üble Bemerkung eingefallen, die er aber tunlichst für sich behielt. Stattdessen richtete er sich auf und stach mit dem Kugelschreiber in Worschädls Richtung.

„Erstens bin ich seit sieben Uhr früh im Dienst, zweitens gibt es dafür jede Menge Zeugen, drittens reden Sie mit mir bitte nicht wie mit einem Schwerverbrecher, und viertens können Sie sich jederzeit an meine Sekretärin wenden!"

„Das nehme ich gerne in Anspruch, weil ich auch den Dienstplan von Herrn Löffler brauche. Auch den seiner Kollegenschaft und Ihren. Vorläufig genügen die letzten drei Monate."

„Sie meinen doch nicht im Ernst, dass jemand von uns ..."

„Ich meine gar nichts", unterbrach ihn Worschädl. „Wir sind noch im Blindflug unterwegs und dürfen nichts ausschließen."

„Dann nehmen Sie sich hoffentlich auch die Ex-Frau von Clemens gründlich vor. Oder besser ihren neuen Stecher. So hat ihn Clemens genannt."

„Chiara Löffler hat behauptet, dass sie zurzeit in keiner Beziehung lebt."

„Märchen erzählen kann die gut. Dabei ist ihr Lover erst vor einer Woche am Flughafenparkplatz aufgetaucht. Wäre ich nicht zufällig dazugekommen ... es hätte eine Schlägerei gegeben."

„Worum ist es gegangen?"

„Um Clemens und sein Betretungsverbot."

„Davon habe ich schon gehört."

„Clemens dürfte sich nicht daran gehalten haben", erklärte Kubek. „Deshalb hat ihm Chiaras neuer Freund mit einer Anzeige gedroht. Der hat keine Ahnung, was ihm mit dieser Frau noch blühen wird."

„Wie meinen Sie das?"

„Die tickt nicht richtig. Redet nur Scheiß daher."

„Immerhin hat sie gerade einen neuen Job begonnen?"

„Falls das stimmt, was ich nicht glaube, hält sie das garantiert nicht lange durch. Sind wir jetzt fertig?"

„Wenn Sie noch so freundlich sind und mir den Namen von Chiaras neuem Freund geben."

„Entschuldigung, aber Ihre Hausaufgaben müssen Sie schon selbst machen."

An der Mimik des Dienststellenleiters war abzulesen, dass ihm diese Bemerkung intensiven Genuss bereitete. Kein Zucken der Lippen, dafür ein süffisantes Grinsen, hatte er doch dem Chefinspektor zum Abschied verbal noch etwas entgegensetzen können.

Worschädl erhob sich, bedankte sich leutselig für den Marillenschnaps und die großartige Kooperation und ließ Kubek sehr gern das Gefühl, aus dieser Runde als Sieger hervorgegangen zu sein. Ein Trugschluss, wie Worschädl erahnte. Das letzte Match, dessen war sich der alte Fuchs sicher, war das nicht gewesen.

11

Der stellvertretende Bezirkskommandant Schweitzer hasste den Ausfallschritt. Weil er das Gleichgewicht nicht halten konnte. Während Trainingskollegin Lisa zu seiner linken Seite das rechte Bein grazil nach hinten streckte, das linke zugleich problemlos beugte und dabei einen so stabilen wie eleganten Eindruck machte, zitterte er bei derselben Übung wie das sprichwörtliche Espenlaub. Wie ein bemitleidenswerter Tattergreis.

Überaus peinlich, dass ihm die so muskulöse wie fesche Personal Trainerin Steffi einen Stock zum Stützen reichte. Doppelt peinlich, dass er ihn tatsächlich brauchte, um beim in Fachkreisen als EMS-Training bekannten Workout in der Balance zu bleiben.

Insofern war Schweitzer nicht mit der Frage beschäftigt, ob die niederfrequenten Stromimpulse, die seinen Körper stimulierten, tatsächlich jeden seiner 656 Muskeln aktivierten. Sein Gehirn lieferte ihm auch keine Einschätzung über den aktuellen Kalorienverbrauch und die damit verbundene Reduktion seines Körperfettanteils zugunsten der versprochenen Zunahme der Muskelmasse. Er war vielmehr darauf konzentriert, Steffis Anweisungen möglichst tadellos zu folgen und nicht auf die Seite zu plumpsen. Schreckliche Vorstellung, sich vor zwei überaus attraktiven Frauen derart lächerlich zu machen.

Ob die beiden Damen bemerkten, dass er zwar lässig lächelte, zugleich aber alle Kräfte mobilisieren musste, um sich nicht furchtbar zu blamieren? War ihnen bewusst, dass er heilfroh war, dass sich aktuell keine der beiden mit ihm unterhalten wollte, weil ihm möglicherweise nicht mehr als ein verkrampftes Stammeln gelungen wäre?

Doch seine Bemühungen verdienten Anerkennung, er hielt durch, bis er sich endlich aufrichten und den Stock abgeben durfte. Steffi ließ ihm keine Pause, sondern animierte ihn dazu, die Fäuste an die Schläfen zu legen und den Oberkörper mit angespannten Armen und Bauchmuskeln nach vorn und unten zu beugen.

Gegen die vorige Übung das reinste Kinderspiel, von Schweitzer mit spielerischer Leichtigkeit bewältigt, jedoch von einem Handyton, der von der draußen gelegenen Garderobe bis hierher laut und deutlich zu vernehmen war, in unangenehmer Weise unterbrochen: *We are the champions, my friends, and we'll keep on fighting till the end, we are the champions, we are the champions, no time for losers, 'cause we are the champions of the world.*

„Wer nimmt sich denn da so wichtig, dass er selbst beim Trainieren erreichbar bleiben muss? Stefan, bist das vielleicht du?" Steffis Stimme hatte die Schärfe eines niedersausenden Rohrstocks.

Schweitzer spürte, wie ihm jede Menge rote Farbe ins Gesicht schoss. Als hätte ihn jemand beim Stehlen oder Lügen erwischt. Eine spätpubertäre Reaktion, die sich aus dem Umstand erklärte, dass er eigentlich permanent auftrumpfen und gefallen wollte.

Äußerst erleichternd, dass sein Handy nach dreimaligem Vorbeugen verstummte. Doch die eintretende Stille war nur von kurzer Dauer, dann legte Freddie Mercury wieder los. Schweitzer entschuldigte sich mit einem leisen „Sorry", zog den Stöpsel ab, der ihn mit der Stromquelle verband, ging rasch zu seiner Umkleidekabine, hörte die soeben eingegangene, forsch und zornig vorgetragene Nachricht ab und stand kurz darauf wieder an seinem Platz.

„Hoffentlich ein angenehmer Anruf?“, war Steffi neugierig.

„Ach, nur der Landespolizeikommandant.“

Was für ein gekonntes Understatement. Welch präzis gesetzter Appetizer. *Nur der Landespolizeikommandant*. Die ungeteilte Aufmerksamkeit der beiden Frauen war ihm damit sicher.

„Dann bist du also Polizist?“ Trainingskollegin Lisa blickte ihn bewundernd an.

„Genauer gesagt Bezirkskommandant“, trug Schweitzer ein wenig zu dick auf und ließ sich nicht anmerken, dass seine linke Wade krampfte.

„Aber auch so ein hohes Tier wie du darf sich handyfreie Zeiten gönnen“, empfahl Steffi.

„Nicht dann, wenn ein renitenter Mitarbeiter wieder einmal seine Grenzen überschreitet und den Zorn eines Dienststellenleiters weckt.“

„Wie schafft man das?“, fragte Lisa.

„Indem man bei einer Befragung den nötigen Respekt vermissen lässt. Noch dazu bei einer Behörde, der man sich nur mit Samthandschuhen nähern darf.“

„Und das weiß dein Renitenzler nicht?“

„Der weiß das alles ganz genau. Er will mich nur provozieren.“

„Sieht so aus, als ob ihm jemand beibringen müsste, wo seine Grenzen sind.“

„Richtig. Aber diesmal mit dem Vorschlaghammer. Damit er sich das gründlich merkt.“

12

Diesen Tag habe ich im Griff und nicht er mich, dachte Chiara Löffler und betrachtete den Wäscheberg, der sich vor und in ihrer Badewanne auftürmte. Alles durcheinander. Ein einziger Haufen, den man erst einmal sortieren musste. In kleinere getrennte Häufchen. Danach ließe sich zum Beispiel das 30-Grad-Häufchen in die Trommel räumen, das Waschpulver und der Weichspüler einfüllen und die Waschmaschine einschalten. Dieser Ablauf wäre grundsätzlich möglich, sagte sich Chiara, stellte jedoch fest, dass ihr gerade jetzt jegliche Sortierlust fehlte.

Allein der Gedanke an jene Wäschestücke, bei denen der passende Waschgang nicht klar auf der Hand lag, raubte ihr jede Motivation. Nachdem sie sich heute als ausgesprochen selbstbestimmt erlebte, würde sie sich nicht von verschwitzter, stinkender Schmutzwäsche dominieren lassen.

Es musste noch nicht unbedingt sein. Wer in die Badewanne wollte, hatte eben die darin liegenden Blusen, Hosen, Unterhosen und BHs auszuräumen und auf dem Berg davor zu stapeln. Das ging sich noch locker aus, so schnell stürzte der nicht um.

Ihre „Eigentlich-sollte-ich"-Stimme mischte sich ein und ermahnte sie an ihre Mutterpflichten. Daran, dass Niko keine saubere Hose mehr hatte und seinen Sweater schon seit eineinhalb Wochen trug.

Aber sie hielt standhaft dagegen. Bis zur Eskalation der Lage waren noch drei, vier Tage Zeit, bis dahin durfte der Baumwoll- und Viskoseberg ruhig noch in die Höhe wachsen.

Die Steuerung der eigenen Person musste man schon selbst in der Hand haben. Die durfte man nicht so einer beschissenen Maschine überlassen. Woraus sich eine weitere Fragestellung ergab: Auch die Hose, die sie aktuell am Körper trug, war eigentlich längst überfällig. Um zu einer sauberen Hose zu kommen, hätte sie im Wäscheberg wühlen, eine ihr genehme Hose finden, sie waschen, aufhängen und den Trockenvorgang abwarten müssen. Ein komplexer Handlungsablauf, der einiges an Energie verlangte.

Chiara beschloss, sich stattdessen mit einer Packung Chips vor den Fernseher zu lümmeln. Sie angelte sich die Fernbedienung und knipste sich bis zur achten Folge der vierten Staffel ihrer aktuellen Lieblingsserie. Mist, dass ausgerechnet jetzt das nervige Schrillen der Türglocke ertönte.

Da überlegte man ewig hin und her, rang sich endlich zu einer Entscheidung durch, setzte die dafür nötigen Schritte, aber die Umsetzung scheiterte an irgendeinem blöden Menschen, der zum falschen Zeitpunkt vor ihrer Tür stand und wahrscheinlich irgendeinen völlig unwichtigen Scheißdreck von ihr wollte.

Nein, es sind zwei blöde Menschen, stellte Chiara fest, als sie durch den Spion in ihrer Tür die Lage vor der Wohnung checkte. Noch dazu Typen, die ihr vor gar nicht langer Zeit sehr unnötig über den Weg gelaufen waren. Und einem davon schuldete sie zu allem Überdruss noch 50 Euro.

Nein, auf die beiden hatte sie jetzt nicht den geringsten Bock.

Hätte man in diesem Augenblick Sabine Schinagl nach dem Grad ihrer Motivation zwischen eins und zehn gefragt, hätte sie ihn im Minusbereich verortet. Weil sie gedanklich nicht bei der Bewohnerin jener Wohnung war, vor der sie mit Worschädl stand, sondern bei ihrem kleinen Tobias und seinen Sorgen.

Beruhigend, dass beim Heimkommen auch seine ältere Schwester Kerstin zu Hause war, sofort ausgiebig über seine Lehrer schimpfte und ihn jetzt sicher gut versorgte. Aber als Mutter hätte sie gern Zeit gehabt, mit ihrem Sohn zu reden, ihm zuzuhören und zu verstehen, was in seiner Klasse vor sich ging. Allerdings wollte sie Worschädl bei seinem bevorstehenden Besuch unbedingt an seiner Seite haben.

Kinder und Beruf, das war ein ewiges Dilemma. Perfekt gelang das einfach nicht, irgendetwas kam immer zu kurz, und diesmal traf es leider Tobias.

Verständlich, dass ihr der Geduldsfaden riss, als sie hinter der Wohnungstür von Chiara Löffler leise Geräusche vernahm. Und dass sie äußerst forsch reagierte, als auch nach dem dritten Läuten nicht geöffnet wurde.

„Frau Löffler, es reicht! Wir wissen, dass Sie zu Hause sind. Entweder Sie lassen uns sofort rein, oder wir holen ein Einsatzkommando und brechen die Tür auf!“

Kollege Worschädl streckte den Daumen hoch. Manchmal brauchte es die Zuspitzung und Übertreibung, damit sich etwas bewegen ließ. In diesem Fall bewegte sich zuerst ein Schlüssel, dann die Türschnalle und schließlich sogar die ganze Tür.

„Einsatzkommando? Ihr seid ja da oben nicht ganz dicht!“ Die Begrüßungsworte von Chiara Löffler waren an Herzlichkeit nicht zu überbieten.

„Schön, dass Sie uns so nett willkommen heißen“, erwiderte Schinagl und setzte ihren Fuß über die Schwelle.

„He, habe ich Sie hereingebeten?“

„Hat sich genauso angehört."

Schinagl drängte sich an der zu dünnen Frau vorbei und Worschädl folgte ihr.

Den Hinweis von Chiara auf etwas Unordnung hätte es nicht gebraucht. Jene Verwahrlosungstendenz, die Schinagl bereits im Vorraum feststellte, bestätigte sich im kleinen Wohnzimmer massiv. Leere Getränkedosen waren hier über längere Zeitstrecken nicht im Müll entsorgt, sondern am Boden deponiert worden. Dazu gesellten sich leere Chips- und Erdnusslocken-Sackerl und mit Speiseresten bekleckerte Plastikbehälter fürs Essen vom Asiaten.

An dem kleinen Couchtisch gab es drei von Flecken heimgesuchte, aber immerhin benutzbare Sitzgelegenheiten.

Worschädl ließ sich vorsichtig nieder.

„Frau Löffler, warum um alles in der Welt haben Sie uns angelogen?"

„Hallo, das habe ich ganz sicher nicht."

„Wir haben alle Zoohandlungen in Linz und Umgebung angerufen. Keine konnte bestätigen, dass Sie dort zu arbeiten begonnen haben."

„Ach so?" Für einen Moment wirkte Chiara verunsichert. „Interessant. Außerdem geht Sie das überhaupt nichts an."

„Wenn es um Mord geht, leider schon. Ich muss Sie noch einmal fragen, wo Sie heute um 8 Uhr 25 gewesen sind."

„Was weiß ich. Vielleicht zu Hause oder beim Einkaufen."

„Gibt es dafür irgendwelche Zeugen?", erkundigte sich Schinagl.

„Nein."

„Was ist mit Ihrem Sohn? War der zu Hause?"

„Niko verbringt ein paar Tage bei meiner Freundin. Die passt hin und wieder auf ihn auf."

„Schade für Sie. Woher hatten Sie das fette Auto?"

„He, was für ein Auto?"

„Mit dem Sie Ihren Mann umgebracht haben. Sie hatten Streit, vielleicht ging es um Geld ... oder um Ihren Sohn. Ihnen hat es endgültig gereicht ..."

„Und dann habe ich ihn platt gefahren?", wurde Chiara Löffler laut. „Was ist denn mit Ihnen los? Wofür halten Sie mich denn?"

„Sie haben uns schon viel erzählt. Zum Beispiel, dass Sie zurzeit keine Beziehung haben", sprang Worschädl ein.

„Ist auch so. Also keine Beziehung. Aber es gibt einen, den ich hin und wieder treffe."

„Und der auf Ihren Ex offenbar nicht gut zu sprechen war."

„Hallo! Ein einziges Mal hat er mit ihm Streit gehabt. Ein Pipifax-Streit, mehr war das nicht."

„Trotzdem brauchen wir seinen Namen."

„Von mir kriegen Sie den sicher nicht", maulte Chiara, hörte die Glocke läuten, sprang blitzschnell auf, zischte zur Tür ins Vorzimmer und machte sich mit greller Stimme bemerkbar.

„Schlechter Zeitpunkt! Ich habe Besuch. Polizei!"

„Das war keine gute Idee, Frau Löffler", ärgerte sich Worschädl, signalisierte Schinagl hierzubleiben, schob sich an Chiara vorbei und eilte aus der Wohnung.

„Sie haben gerade unsere Ermittlungen behindert." Schinagls Ärger war nicht zu überhören.

„Das wollte ich nicht. Tut mir echt leid."

„Das unschuldige Getue können Sie sich sparen. War das Ihr neuer Freund? Und lügen Sie mich ja nicht an.“

„Kann schon sein.“

„Noch einmal: Wie heißt er?“

„Keine Ahnung.“

Schinagl schlug beide Handflächen auf den Tisch.

„Seinen Namen!“

„Den kenne ich wirklich nicht. Nur den Nickname, den er im Internet verwendet.“

„Und der lautet?“

„ShihanDom.“

Diese eigenwillige Selbstbezeichnung war Chefinspektor Worschädl noch nicht bekannt, als er die drei Stockwerke hinunterraste, die Haustür aufstieß und auf den Gehsteig trat. Dinghoferstraße. Einbahn. Dichter, mehrspuriger Dauerverkehr von der südlichen Peripherie quer durch die Stadt in Richtung Donau.

Gegenüberliegend ein türkischer Supermarkt, zur Linken die querende, ebenfalls intensiv befahrene Goethestraße mit der daran angrenzenden Westbahnunterführung. Irritiert wurde das Bild nur durch einen Mann, der etwa 15 Meter entfernt in grauer Hose und blauem Sakko wie von der Tarantel gestochen auf die Kreuzung zurannte, abbog und verschwand.

Hauptkriterium bei solchen Verfolgungsjagden war stets Worschädls linkes Knie. Entweder es setzte ihn mit brutalen Schmerzen außer Gefecht oder es zwang ihn zum Humpeln. In seltenen Fällen wie heute lief es jedoch wie geschmiert. Der Polizist legte problemlos einen Blitzstart hin, überwand die Distanz bis zur

Hausecke in persönlicher Jahresbestzeit, meisterte die 90-Grad-Kurve mit standsicherer Bravour und sah gerade noch, wie sich der Flüchtende von einer Hofeinfahrt verschlucken ließ.

Automatischer Griff zum Schulterhalfter. Die übliche Leere. Wenn Worschädl seine Waffe dringend brauchte, lag sie meistens im Handschuhfach. Scheiße. Egal. Vorsichtig und langsam betrat der Chefinspektor die schmale Einfahrt in den Hof.

Abblätternder Verputz, aufeinandergestapelte Müllsäcke, der Gestank nach Katzenpisse. Nicht abzusehen, ob der am Ende der Einfahrt liegende Hof, in dem ein ausrangiertes Bettgestell und zwei verrostete Campingstühle herumstanden, einen weiteren Ausgang hatte.

Falls nicht, musste Worschädl damit rechnen, dass er erwartet wurde. Vielleicht von jemandem, der in Not und Panik war. Oder sich auf einen Angriff vorbereitete.

Unter keinen Umständen gehst du allein in den Hof. Nimm dein Handy, ruf Verstärkung und bring dich in Sicherheit.

Genau das hätte ihm seine Frau Karoline in diesem Augenblick geraten. Und sie hätte recht gehabt. Es war auch für einen Worschädl nicht immer ratsam, vollkommen ungeschützt seinen Schädel hinzuhalten. Sich nicht einzuschätzenden Risiken auszusetzen. Seine Gesundheit und vielleicht sogar sein Leben aufs Spiel zu setzen. Aber er war nun einmal jemand, der es möglichst rasch wissen wollte. Und der jetzt fix vorhatte, diesen Idioten, dessen Atem er zu vernehmen glaubte, an den Eiern zu packen und ihm in den Arsch zu treten.

Langsam, ganz langsam schob sich der Chefinspektor nach vorn. Wenige Schritte noch, dann würde er den Hof erreichen, der nach links von einer durchgehenden Mauer abgegrenzt wurde. Von dort konnte also keine unliebsame Überraschung drohen. Wenn, dann kam die Gefahr von rechts.

Um sich mehr Raum zu verschaffen, wechselte Worschädl auf die linke Seite. Bereitete sich mit jeder Faser auf eine Attacke vor. Machte sich auf alles gefasst.

Auf fast alles.

Ein Szenario hatte seine aktuelle Vorstellungskraft nicht parat: die explosiven, von einem Shaolin-Kämpfer gekonnt gesetzten Handkantenschläge.

Die ersten, in extremer Geschwindigkeit auf ihn einprasselnden Attacken wehrte er noch mit blitzschnellen Armbewegungen ab, ein wuchtiger Stoß gegen den Solarplexus versetzte ihn in unmittelbare Atemnot, er krümmte sich zusammen und war den darauffolgenden Stakkato-Hieben nahezu hilflos ausgesetzt.

Schließlich legte sein Gegner einen rasanten Fußkick gegen Worschädls Schulter aufs Parkett. Dieser präzis ausgeführte Angriff zwang sogar einen ausgebufften Polizisten wie Worschädl in die Knie. Er stürzte, schlug mit dem Kopf am Boden auf, rang nach Luft. Verschwimmende Welt, extreme Schmerzen, verfluchte Scheiße.

Worschädl zwang sich, seinen Kopf zu heben, sah die sich durch die Einfahrt entfernende Gestalt, kämpfte sich hoch, taumelte in Richtung Straße, stolperte als gekrümmtes Elend auf den Gehsteig.

Nein, dieser Kampf war noch nicht verloren. Weil er, keuchend an der Hauswand lehnend, sehen konnte, wie der Shaolin-Kämpfer in seiner adretten Hose und dem Slim-Fit-Sakko zu einem geparkten Wagen rannte, den automatischen Zündschlüssel aktivierte, einstieg, ausparkte und wegfuhr. Einfach so. Als ob nichts gewesen wäre.

Worschädl spürte in diesem Moment sehr wohl, dass er am Hinterkopf einen blutenden Cut davongetragen hatte. Seine angeschlagene Allgemeinbefindlichkeit wirkte sich außerdem ungünstig auf seine Wahrnehmungsfähigkeit aus. Doch so desolat ihn dieser Idiot auch zugerichtet hatte, den Wagentyp und die Wagenfarbe hatte Worschädl auf 15 Meter Entfernung erkennen können: Es war eindeutig ein dunkelgrauer SUV.

13

Nach kurzen Recherchen im Internet fand Schinagl heraus, dass *Shihan* die japanische Bezeichnung für Meister, Unterweiser und Erzieher war. Der Zusatz *Dom* stand in Sadomasokreisen für Dominanz.

Fürs Aufspüren von *ShihanDom* brauchte es deutlich mehr Zeit und Geduld. Schinagl entdeckte ihn schließlich in einem Chatroom jener Dating-App, auf der er mit Chiara in Kontakt gekommen war. Dort lümmelte er herum, sonderte ein paar zweideutige Kommentare ab und suchte nach Frauen, die einem Meister gehorchen und sich ihm unterwerfen wollten. Eher ungewöhnlich, aber ganz aktuell reagierten *Domestica29* und *ServaBlond* mit regem Interesse.

„Robert, was hältst du davon, wenn ich mit diesem Vollkoffer einen heißen Flirt beginne?"

„Nicht sehr viel, weil er brandgefährlich ist." Worschädl wusste, wovon er sprach. Seine Stirn zierte ein breites Pflaster, er hatte Schmerzen am ganzen Körper und hoffte, dass die Tabletten, die er anstelle eines Arztbesuchs eingeworfen hatte, endlich ihre Wirkung zeigten.

„Aber nur so kommen wir an ihn heran. Er hält sich für einen Meister, wünscht sich Gehorsam und Unterwerfung. Ich brauche einen Nickname, mit dem ich ihn sofort erwische."

Worschädl saß am Computer und dokumentierte die bisherigen Vorfälle des heutigen Tages.

„Von Nicknames habe ich keine Ahnung."

„Wie wär's mit *DevSklavin*?", schlug Schinagl vor.

„Dev?"

„Devot."

„Devote Sklavin. Findest du das nicht ein wenig plump?“, wunderte sich Worschädl.

„Selbstverständlich. Aber ihr Männer springt auf sowas an“, erwiderte Schinagl und gab den Nickname ein.

„Da muss ich dir widersprechen.“

„Ausnahmen bestätigen die Regel.“

„Bemerke ich da einen ironischen Unterton?“

„Überhaupt nicht“, schmunzelte Schinagl. „Okay. Ich bin angemeldet.“

„Na gut. Aber wir gehen das mit größter Vorsicht an.“

„Ohne meine Zustimmung wird vorerst gar nichts unternommen“, war plötzlich die Stimme von Schweitzer zu hören, der ins Zimmer trat. In seltsam straffer Körperhaltung. Ein wenig wie aufgepumpt. Mit Zornesfalten auf der Stirn. Eine Mischung aus verspannt, verkrampft und unverträglich.

Schweitzer selbst nahm seinen aktuellen Zustand diametral anders wahr. Er erlebte sich wie von einer neuen Kraft erfüllt. In seiner Rücken-, Brust- und Bauchmuskulatur und in all jenen Körperregionen, durch die heute Früh der EMS-Strom geflossen war, durchströmte ihn eine beglückende Energie. Wie kaum jemals zuvor fühlte er sich in seinem partiell gestählten Körper bereit, dem lästigsten aller Kollegen verbal ordentlich einzuschenken.

„Warum“, zischte es aus ihm heraus, „wird mir nicht unmittelbar nach eurem Eintreffen Bericht erstattet?“

„Weil wir dir einen vollständigen Eindruck liefern wollten“, antwortete Worschädl, der so gut wie nie um eine Antwort verlegen war.

„Ist es nicht eher das schlechte Gewissen, das euch daran gehindert hat?“

„Das meldet sich bei mir nur, wenn ich einen Fehler mache“, warf Schinagl ein.

„Und der einzige Fehler des heutigen Tages ist diese Affenhitze“, fügte Worschädl hinzu.

„Mein Gott, Robert“, stöhnte Schweitzer und schlug die Hände über dem Kopf zusammen. „Dir müsste doch bewusst sein, wie unglaublich klein die Welt ist. Und dass in einer Stadt wie Linz beinahe jeder jeden kennt.“

„Wahrscheinlich soll ich jetzt erraten, was du mir mit dieser grenzenlosen Übertreibung sagen willst?“

„Dass es ein Mindestmaß an Taktgefühl mit anderen Behörden braucht.“

„Schön, dass wir in diesem Punkt vollkommen einer Meinung sind.“

„Ach so? Und wieso setzt du das nicht in der Praxis um?“

Worschädl wandte sich an Schinagl: „Hast du auch den Eindruck, dass unser Chef von einem konkreten Ereignis spricht, bei dem ich mich seiner Meinung nach unpassend verhalten habe?“

„Ja, so wirkt es auch auf mich“, bestätigte sie.

„Genauso ist es auch gemeint!“, echauffierte sich Schweitzer. „Weil du ins Flughafenzollamt stürmst und einen mit dem silbernen Verdienstkreuz dekorierten Dienststellenleiter mit einem aus der Luft gegriffenen Mordverdacht konfrontierst!“

„Ach so“, tat Worschädl den Vorwurf seines Chefs mit einer lässigen Handbewegung ab. „Um diese Kleinigkeit geht es dir. Sorry, aber damit willst du unsere Nerven jetzt hoffentlich nicht ernsthaft strapazieren.“

Schinagl, die so tat, als wäre sie in einen Bericht vertieft, konnte die Gefühlsaufwallung, die Schweitzer kurz zum Verstummen brachte, förmlich mit den Händen greifen.

Ihrem Chef verschlug es tatsächlich die Sprache. Der Frosch in seinem Hals musste erst einmal weggehustet werden. Dass seine Stimme gleich danach wie das Krächzen eines Polizeischülers im Stimmbruch klang, trug nicht unmittelbar zu seiner Beruhigung bei.

„Eine Kleinigkeit?“ Fistelstimme. Erneutes Husten. „Hast du eine Ahnung, mit wem der Dienststellenleiter bauernschnapst?“

„Mit wem er Karten spielt? Ich wüsste nicht, wieso mich das interessieren sollte?“, sagte Worschädl.

„Weil einer in seiner Männerrunde dein höchster Landesvorgesetzter ist.“

„Na bravo! Der liebe Herr Landeskommandant“, sagte Schinagl.

„Richtig. Und der hat mich angerufen und von mir verlangt, dass ich dir den Fall unverzüglich entziehe.“

„Was du sicher strikt zurückgewiesen hast“, klang Worschädl nicht restlos überzeugt.

„Du mit deiner bornierten Selbstüberschätzung. Aber diesmal hast du es übertrieben. Du bist raus!“

„Chef, das können Sie nicht machen!“, versuchte Schinagl das Schlimmste abzuwenden.

„Anordnung von oben. Also keine Diskussion, Frau Schinagl. Sie übernehmen das Kommando und beauftragen den Herrn Kollegen ausschließlich mit niedrigen Assistenzaufgaben.“

Worschädl gab seiner Kollegin zu verstehen, dass sie nicht weiter für ihn in die Bresche springen musste. Mit einem Nicken signalisierte er, dass er die Entscheidung akzeptierte.

Reine Taktik.

Beruhigung des Vorgesetzten.

Der sollte ruhig glauben, dass Worschädl seine Anweisungen befolgen würde.

„Mit Assistenzaufgaben ist vermutlich gemeint, dass er mich zwar begleiten darf, sich aber in Zurückhaltung üben soll“, wollte Schinagl wissen.

„Nicht soll, sondern muss! Falls das nicht funktioniert, wird er vollständig von diesem Fall abgezogen“, bellte Schweitzer und kehrte die innere Befriedigung seiner Rachegelüste nach außen, indem er sich die Hände rieb.

„Nur gut, dass du bei der aktuellen Personalknappheit dann sofort einen Ersatz für mich bereit hast“, stichelte Worschädl mit sanfter Stimme.

Reine Provokation, dachte Schweitzer, denn genau das Gegenteil war der Fall. Schweitzers Abteilung war so dünn besetzt wie nie zuvor und jeder Ausfall brachte das gesamte System ins Wanken. Doch ein Rückzieher kam für ihn nicht in Frage.

„Meine Entscheidung ist gefallen“, brummte er.

„Und sie fiel wie immer zugunsten deiner Vorgesetzten und zuungunsten deiner Mitarbeiterinnen und Mitarbeiter aus. Kein Problem, Stefan. Daran sind wir schon gewöhnt“, antwortete Worschädl emotionsbefreit.

Umso mehr Gefühle erwachten bei seinem Gegenüber.

Man hätte Schweitzers plötzliche Nackenschmerzen mit der hohen Stromzufuhr beim morgendlichen Spezialtraining in Verbindung bringen können. Tatsächlich aber war es Worschädls Vorwurf, der den stellvertretenden Bezirkskommandanten so heftig psychosomatisieren ließ.

„Für diese rotzfreche Anschuldigung setzt es einen fetten, rot geschriebenen Aktenvermerk. Und beim nächsten Vorfall gibt es eine schriftliche Verwarnung."

„Wenn du nichts Besseres zu tun hast ... Beides werde ich mir so nicht bieten lassen und unserer Personalvertretung übergeben", gab Worschädl zurück und widmete sich Schinagl, die ihre Tastatur bearbeitete: „Frau Kollegin, wie steht es mit deinem neuen Freund im Internet?"

„Er zeigt sich wie erwartet äußerst interessiert an mir."

Schweitzer, völlig perplex, brachte zuerst nur ein „Moment" heraus, das leider ein wenig hilflos klang. Worschädl hatte ihn gekonnt an die Wand gespielt. Dort klebte er fest und fand nicht ins Spiel zurück.

„Möchte mir vielleicht jemand mitteilen, worum es geht?", krächzte Schweitzer mit belegter Stimme.

„Um *ShihanDom*. Einer unserer Verdächtigen", antwortete Worschädl.

„Der Herr Kollege hat sich mit ihm schon einen handfesten Kampf Mann gegen Mann geliefert", berichtete Schinagl.

„Sehr schön, dass ich auch Bescheid weiß", ärgerte sich Schweitzer. „Aber wieso Ihr neuer Freund?"

„Weil sich Schinagl den Dreckskerl quasi geangelt hat", sagte Worschädl.

„Und das war nicht einmal so schwer", ergänzte Schinagl. „*ShihanDom* ist von der devoten Sklavin elektrisiert."

„Wer ist bitte die devote Sklavin?", fragte Schweitzer.

„Ich vermutlich nicht, also wird es wohl unsere Frau Kollegin sein."

„Was immer hier vorgeht und geplant ist ...“, pudelte sich Schweitzer auf, „... bevor ich nicht exakt über jeden Schritt Bescheid weiß ...“

„Das kommt einen Tick zu spät“, unterbrach ihn Schinagl. „Ich habe ihm gerade die Nummer unseres Prepaidhandys gesendet. Und für heute Nacht haben wir ein Date vereinbart.“

14

Die scharf gezeichnete Sichel des Mondes stand über dem Pfennigberg. Zusammen mit einer hellen Reklametafel reichte das Licht aus, um auf dem großen Parkplatz eines Einkaufszentrums die dunklen Silhouetten der wenigen abgestellten Fahrzeuge zu erkennen.

Worschädl hatte die Fenster seines Dienstwagens einen Spalt weit geöffnet und befand sich zwei Stunden vor Mitternacht knapp vor einem Hitzekollaps. Sein Körper sowie sein Gemüt hätten dringend Abkühlung gebraucht und liebend gern den Motor und die Klimaanlage aktiviert. Nur durfte er keinesfalls auffallen und die Aufmerksamkeit auf sich lenken. Niemand sollte auf die Idee kommen, dass in der neutralen schwarzen Limousine jemand saß, der einen Kleinwagen mit eingeschalteter Innenbeleuchtung keine Sekunde aus den Augen ließ.

Dort wartete Schinagl auf ihr nächtliches Date, das sie selbst eingefädelt hatte und unbedingt durchziehen wollte. Hoffentlich nicht um jeden Preis, sagte sich Worschädl, der sich echte Sorgen machte. Selten zuvor hatte er seine junge Kollegin so getriggert erlebt. Sie war schon immer schwer von gefassten Plänen abzubringen gewesen. Doch normalerweise hörte sie auf Worschädls Rat und war bereit, ihr Vorhaben zu überdenken und bei Bedarf auch anzupassen. Dieser *ShihanDom* hatte jedoch in ihr ordentlich etwas ausgelöst, bei dem ging ihr das Geimpfte auf.

Worschädl hielt es für eine Schnapsidee, dem Mann die Wahl des Dating-Ortes zu überlassen. Ihm erschien es zudem grob fahrlässig, eine junge Kollegin ohne die nötige Vorbereitungszeit einer nicht abschätzbaren Gefahr auszusetzen. Schinagl jedoch ließ sich nicht beirren und begegnete seinen Einwänden mit dem schwer widerlegbaren Argument, dass ihnen *Shihan-Dom* ohne großen Aufwand in die Falle tappen würde. Letztendlich vermochte sie sogar den vorerst skeptischen Schweitzer zu überzeugen, weil sie ihm einen wahren Trumpf in Aussicht stellte.

Falls es beim bevorstehenden Hearing leise Zweifel an seiner Eignung geben sollte, würde er sich durch einen handfesten Ermittlungserfolg mit Bravour in die Poleposition spielen.

Auch wenn die Zeit drängte, bestand Worschädl darauf, mit möglichst klarem Verstand und der nötigen Umsicht vorzugehen.

Dieser eindringlichen Bitte konnte Schweitzer dann doch etwas abgewinnen, nur zog er die falschen Schlüsse, indem er entschied, höchstpersönlich an dem Einsatz teilzunehmen und noch dazu das Kommando zu übernehmen. Echte Verstärkung sah anders aus.

Schweitzer postierte sich bei der Einfahrt, Worschädl stellte er zur Beobachtung der Kollegin direkt auf dem Parkplatz ab, und in zehn Metern Entfernung platzierte er Schinagl in einem voll beleuchteten Kleinwagen. Wie auf dem Präsentierteller. Was für ein raffinierter Plan.

Zum Glück war Worschädl mit einer Ehefrau gesegnet, die auf spontane Änderungen im Dienstplan ihres Mannes halbwegs gelassen reagierte. Wenn sie sich heute demnach nicht wie vereinbart beim Griechen zum Abendessen treffen konnten, holten sie das eben morgen nach. Wichtig war Karoline nur, dass er auf sich aufpasste und mit heiler Haut nach Hause kam.

„Achtung, da tut sich etwas." Schweitzers Stimme klang alarmiert. „Ein SUV. Wahrscheinlich grau. Kollegin Schinagl, ich rufe in Erinnerung, dass Sie keinesfalls ... ich wiederhole ... keinesfalls ... Ihr Auto verlassen und in seines einsteigen dürfen. Wenn schon, dann kommt er zu Ihnen."

„Alles klar", bestätigte Schinagl.

„Sei vorsichtig, Sabine, es geht los", meldete sich Worschädl, während die Ziffern seiner Uhr auf 22.02 sprangen. Er sah den Wagen, der sich mit ausgeschalteten Scheinwerfern näherte, und griff automatisch nach seinem Schulterhalfter. Diesmal hatte er seine Waffe dabei, und im Ernstfall würde er nicht davor zurückschrecken, sie einzusetzen.

Stille, dunkle und nahezu verwaiste Parkplätze hatten für Schinagl seit jeher etwas Beängstigendes. Wenn Worschädl also wirklich annahm, dass sie diesen Einsatz auf die leichte Schulter nahm, irrte er sich gewaltig. Sie wusste nur allzu gut, dass auch bestens geplante Aktionen aus dem Ruder laufen konnten. Obwohl Worschädls Anwesenheit und seine immense Erfahrung ein hohes Maß an Sicherheit gewährleisteten, war ihr klar, dass sie sich keinen Fehler erlauben konnte und perfekt funktionieren musste.

Abgelenkt wurde sie nur vom abendlichen Gesprächsversuch mit Tobias, der nicht wirklich zufriedenstellend verlaufen war. Ihr Sohn beantwortete brav ihre Fragen, blieb aber dabei, dass er das Geld nicht gestohlen und keine Ahnung hatte, wie der 20-Euro-Schein in seine Federschachtel gekommen war.

Ein Blick in seine Augen genügte, um zu wissen, dass er längst nicht alles preisgab. Dass er ein Geheimnis bewahrte, das er ihr partout nicht erzählen wollte.

Schweitzers mit leiser Stimme vorgetragene Anweisung holte sie wieder auf den Parkplatz zurück und versetzte sie in Alarmbereitschaft. Auf Worschädls Bitte hin, vorsichtig zu sein, antwortete sie mit einem „Wird schon schiefgehen". Dann sah sie den Wagen auf den

Parkplatz rollen und auf ihr Auto zusteuern. Sie spürte, wie sich ihr Körper und alles in ihr anspannte. Auch wenn sie zwei Kollegen an ihrer Seite hatte, befand sie sich auf dünnem Eis.

Der Wagen hielt in etwa fünf Metern Entfernung an. Ein dunkelgrauer SUV. Genauso, wie ihn der Straßenmeister beschrieben hatte.

Sehr wahrscheinlich, dass hinter den dunkel getönten Scheiben der Mörder des Zollwachebeamten Clemens Löffler saß. Ein Mann, der sein Opfer in voller Absicht überfahren und umgebracht hatte.

Schinagls Atem wurde schneller.

Ihr Pulsschlag nahm ebenfalls an Tempo zu.

Die Lichter des SUV gingen aus.

Dann wurde es still.

Nichts bewegte sich.

Bis Schinagls Handy läutete.

„Hallo *ShihanDom*."

„Hallo devote Sklavin. Steig aus und komm rüber."

„Lieber nicht. Ich möchte, dass wir uns in meinem Auto unterhalten."

„Was du möchtest, spielt keine Rolle. Ich gebe die Richtung vor. Ich sage, was du zu machen hast. Also los!"

„Das geht mir jetzt alles viel zu schnell."

„Und ich bin keiner, der lange fackelt. Entweder sofort, oder du lässt es bleiben."

„Das meinst du bitte nicht im Ernst."

„Du hast eine Minute. Wenn du bis dann nicht neben mir im Auto sitzt, ist das Spiel für uns zu Ende."

„Frau Kollegin, wir brechen ab. Jetzt sofort."

Schweitzers Ansage ließ ausnahmsweise kein Missverständnis zu. Doch es sah ganz so aus, als ob es diesmal Schinagl war, die nicht auf ihn hören wollte, denn über das Funkgerät kam keine Antwort.

So wie sein Chef hatte auch Worschädl das Telefongespräch zwischen Schinagl und *ShihanDom* mitgehört, hoffte inständig auf Schinagls Vernunft und griff nach dem Funkmikrofon.

„Sabine, du startest den Wagen und verschwindest. Wir sperren ihm den Weg ab. Hörst du mich? Auf keinen Fall lieferst du dich diesem kranken Arschloch aus."

Wieder vergingen Sekunden ohne eine Reaktion. Sie dachte doch hoffentlich nicht ernsthaft daran, die getroffenen Vereinbarungen zu ignorieren.

Sie vergisst völlig auf ihre Kinder. Auf ihre Verantwortung als Mutter.

„Zum letzten Mal: Wir brechen ab! Das ist ein Befehl, Frau Schinagl!"

Aber Bezirksinspektorin Sabine Schinagl hatte offenbar beschlossen, sich konsequent taub zu stellen. Sie öffnete die Autotür, stieg aus, schickte hinter ihrem Rücken eine beruhigende Geste in Worschädls Richtung und ging auf den SUV zu.

„Stefan, sie nähert sich gerade seinem Wagen."

„Unmöglich. Das ist der reine Wahnsinn. Was macht sie jetzt?"

„Sie zögert. Sieht sich um. Scheiße, sie steigt ein."

„Ein Albtraum. Das gibt's doch nicht", fluchte Schweitzer aus dem Lautsprecher.

„Die Kacke ist am Dampfen, Stefan. Ich hole sie da heraus."

„Auf keinen Fall. Wir wissen nicht, ob er bewaffnet ist. Wir warten ab."

„Verfluchte Scheiße!" Worschädl schlug mit den Händen gegen das Lenkrad. Durch die getönten Scheiben des SUVs war bei dieser verfluchten Dunkelheit so gut wie gar nichts zu erkennen.

Keine Ahnung, was da drin gerade vor sich ging. Was der mit Schinagl anstellte und was sie sich gefallen lassen musste.

„Robert, woran immer du gerade denkst, du wartest meine Befehle ab!“

„Du hast diesen Wahnsinn hier zugelassen. Hast sie ohne Verkabelung losgeschickt. Das Risiko ist viel zu hoch.“

„Wir warten! Ende der Diskussion!“

Einen Dreck warten wir, sagte sich Worschädl, schaltete das Funkgerät aus, öffnete vorsichtig die Tür, ließ sich seitlich auf den Asphalt rollen, lehnte die Tür wieder an und bewegte sich nach vorn. Lautlos, geduckt, damit ihn der SUV-Fahrer nicht bemerken konnte.

Worschädl zog seine Waffe.

Arbeitete sich dicht an den Wagen heran.

Da brummte plötzlich der Motor auf.

Der haut ab.

Der macht sich mit Schinagl davon.

Worschädl richtete seine Waffe auf den linken Hinterreifen, in diesem Augenblick vollzog der Wagen einen Satz nach vorn, die Beifahrertür sprang auf, Schinagl purzelte wie ein Sack Mehl auf den Asphalt und blieb reglos liegen.

Der in der Dunkelheit verschwindende Wagen war Worschädl völlig egal. Er stürzte zu Schinagl, hockte sich neben ihr nieder.

„Verflucht, Sabine! Nicht bewegen. Ruhig liegen bleiben.“

„Entspann dich, Robert, es ist alles okay. Ein paar Schürfwunden, sonst fehlt mir nichts.“ Schinagl rappelte sich hoch.

„Sorry, aber du bist wahnsinnig!“

„Sorry, aber beim Thema gelebter Wahnsinn bist du mein allerbestes Vorbild.“

Dem konnte Worschädl leider in keiner Weise widersprechen.

„Was war im Auto los?“

„Auf den ersten Eindruck hat er intelligent und kultiviert gewirkt. Er war auch höflich, als er mir seinen Standardvertrag gegeben hat.“

„Welchen Vertrag?“

„Ich habe unterschrieben, dass er mich bei unserem nächsten Treffen fesseln, schlagen und würgen darf. Er hätte mich dafür bezahlt.“

„Das kann doch nicht wahr sein! Und was geschah dann?“

„Plötzlich hat er mich ohne Vorwarnung im Nacken gepackt und meinen Kopf sehr brutal in seinen Schoß gedrückt. Ich habe ‚Nein‘ geschrien, mich gewehrt, habe gebrüllt, dass er das lassen soll. Aber er hat nicht nachgelassen. Ganz im Gegenteil. Der Mann hat Kraft.“

„Die durfte ich schon kennenlernen. Sabine, wie bist du da rausgekommen?“

„Ich habe ihm die Hand verdreht und meinen Hinterkopf ins Gesicht gerammt, die Tür aufgerissen und bin raus.“

„Du könntest schwer verletzt sein.“

„Ich bin aber quietschlebendig und intakt.“

Worschädls Handy brummte.

„Hallo Chef.“ Worschädl stellte auf Lautsprecher.

„Falls meine Vermutung stimmt, dass du das Funkgerät einfach abgeschaltet hast ...“

„Das war eine kleine Störung. Aber danke der Nachfrage. Sabine geht es den Umständen entsprechend gut.“

„Gott sei Dank. Aber sag ihr, dass ihr eine ernsthafte Nachbesprechung bevorsteht. Der Wagen ist hier vorbeigerast."

„Und du hast sofort die Verfolgung aufgenommen."

„Natürlich nicht. Ich konnte ja mit niemandem kommunizieren. Meine Güte. So ein Irrsinn. Und das für nichts und wieder nichts."

„Irrtum, Chef", sagte Schinagl und zeigte Worschädl ein Foto auf ihrem Handy. Es zeigte das mit einem Klebeband abgedeckte und damit nicht lesbare Nummernschild. Schinagl zog das Bild mit den Fingern auseinander und machte damit einen Aufkleber rechts oberhalb sichtbar. Er zeigte zwei zu einer Karategeste geformte Hände.

„Ich weiß jetzt, wie *ShihanDom* aussieht", setzte Schinagl fort. „Und wir haben einen Hinweis, mit dem wir ihn finden werden."

15

Er öffnete leise die Tür.

Trat vorsichtig über die Schwelle.

Hörte im stockfinsteren Schlafzimmer ihren Atem.

Ging langsam, ganz langsam auf sie zu.

Blieb beim Bett stehen, entledigte sich seiner Kleidung, legte sich geräuschlos neben sie.

Geschafft, dachte er.

Diesmal habe ich sie nicht geweckt.

Fehlannahme.

„Langer Tag, Bertl?"

„Sorry, Karoline, ich wollte dich nicht ..."

„Als Frau eines Kriminalbeamten schlafe ich erst entspannt, wenn mein Mann zu Hause ist. Was war los?"

„Ein fragwürdiger Dienststellenleiter, eine junge durchgeknallte Mutter ..."

„Der Bertl Worschädl mittendrin und gar kein Mord?"

„Doch. Ein Zollwachebeamter."

„War nicht anders zu erwarten. Aber du hast den Tag hoffentlich ohne Verletzungen überstanden?"

„Kann man so sagen", versuchte sich Worschädl herauszureden.

„Die Wahrheit bitte."

„Ein kleiner Kratzer am Kopf."

„Also ein großer Kratzer."

Karoline schaltete das Licht ein, beugte sich über ihren Mann und inspizierte das Pflaster. „Ich glaub es nicht. Wie ist das passiert?"

„Eine kleine Auseinandersetzung in einem Hinterhof."

„Bertl, ich warne dich. Irgendwann lasse ich dich nicht mehr aus dem Haus", klang Karoline ernsthaft besorgt.

„Aber wirklich knapp war es heute nur bei Sabine."

„Die ist doch sonst die Vernünftigere von euch beiden."

„Diese These hat sie gründlich widerlegt. Die ist gegen jede Abmachung zu dem Hinterhof-Kerl ins Auto gestiegen."

„Allein?"

„Allein."

„Schönen Gruß von mir. Bei unserem nächsten Zusammentreffen lege ich sie gründlich übers Knie."

Worschädl grinste: „Wir hatten heute auch weniger gefährliche Begegnungen."

„Das klingt unglaublich beruhigend." Karoline drehte das Licht wieder ab, kuschelte sich an Worschädl und legte ihren Kopf auf seine Schulter.

„Zum Beispiel mit einer schrägen jungen Frau, die ein Händchen für Männer hat, von denen sie gedemütigt und geschlagen wird. Wieso sucht sich die solche Idioten aus?"

„Vielleicht, weil sie sich in Beziehungen zu Männern so am besten spürt. Ich bin schon ein wenig müde, Bertl."

„Nur noch eine Frage. Hast du Silvia getroffen?"

„Ja. Sie kämpft tapfer, macht mir aber große Sorgen."

„Es geht ihr schlechter?"

„Unser heutiger Spaziergang war für sie nur eine Qual. Trotz sehr starker Medikamente geht ihr Tumormarker nicht nach unten."

„Gibt es dafür eine Erklärung?"

„Nicht wirklich. Außer, dass sie auf die Behandlung noch nicht anspricht."

„Bei dieser Erkrankung ist das leider nicht ungewöhnlich."

„Nur sind sie in ihrer Selbsthilfegruppe damit schon zu dritt. Aber das kann auch Zufall sein."

„Nicht unbedingt. Wenn drei Personen unabhängig voneinander dieselben Symptome zeigen, muss es nicht an den Personen liegen."

Karoline richtete sich auf und sah Worschädl aufmerksam an.

„Aber woran dann?"

„Keine Ahnung. Vielleicht gibt es zwischen den betroffenen Mitgliedern irgendwelche Parallelen."

„Silvia sagt, dass da nichts zu finden ist."

„Davon solltest du dich nicht beirren lassen. "

„Und wenn sie recht hat?"

„Karoline, wo bleibt dein Optimismus?"

„Der dürfte mich beim Spaziergang mit Silvia verlassen haben."

Worschädl zog Karoline an sich. Er hätte jetzt gerne gesagt, dass alles gut wird. Aber das wäre nur ein billiger, falscher Trost gewesen. Stattdessen hielt er seine Frau in den Armen, bis sie eingeschlafen war.

Auch ihm wären beinahe die Augen zugefallen, hätte ihn nicht das Vibrieren seines Handys noch einmal aus dem Bett und vor das Schlafzimmer geholt.

„Herr Janko, Sie wissen, wie spät es ist?"

„Tut mir leid, ich habe eine Nachtschicht eingelegt und etwas entdeckt, das Sie interessieren könnte."

„Schießen Sie los."

„Um festzustellen, ob das Opfer unter der Einwirkung von Alkohol oder sonstigen das Zentralnervensystem beeinträchtigenden Stoffen stand, habe ich eine

Blutprobe entnommen.“

„Und jetzt liegt ein Ergebnis vor?“

„Kann man so sagen, ja.“

Worschädl wusste inzwischen, dass Janko eine Vorliebe für die dramatische Gestaltung von Gesprächen hatte. Er liebte das bedeutungsvolle Setzen von Kunstpausen und das bewusste Hinauszögern wesentlicher Informationen. Allerdings saß Worschädl aktuell weder im Kino noch im Theater, sondern wollte möglichst rasch wieder zurück ins Bett.

„Raus damit, Herr Janko.“

„Sie können sich sicher an das Auffliegen eines Drogenrings erinnern, der den Schmuggel der Partydroge GHB organisiert hat. Im Volksmund als Liquid Ecstasy bekannt.“

„Selbstverständlich. Das war vor etwa einem Jahr.“

„Richtig. Die Probe unseres Mordopfers weist Spuren von Gammahydroxybuttersäure auf, die deutlich über jenem Wert liegen, der im menschlichen Körper ohnehin vorhanden ist.“

„Er stand also unter Drogeneinfluss?“

„Nicht so sehr, dass er nicht fähig gewesen wäre, sein Motorrad halbwegs sicher zu lenken. Aber es hat ihn bestimmt aufgeputscht.“

„Der hat gewusst, wie er das Zeug dosieren muss“, vermutete Worschädl.

„Richtig. Wir können somit annehmen, dass er das öfter eingeworfen hat.“

„Vielleicht, weil er dazu in unkomplizierter Weise Zugang hatte?“

„Das wäre auch meine Vermutung“, antwortete Janko. „Sie wissen noch, wo die Täter damals geschnappt wurden?“

„Nicht wirklich. Im Frachthafen?“

„Kalt."
„Am Flughafen?"
„Heiß, Herr Worschädl, ganz heiß."

16

Der hellgraue Rauch aus den Schloten der Schwerindustrie zeichnete sich am wolkenlosen Morgenhimmel ab. Nicht zerzaust, nicht aufgewirbelt, sondern kerzengerade.

Absolute Windstille.

Und das bei 36 Grad im Schatten.

Umso erfreulicher, dass am Linzer Flughafen die Klimatisierung einwandfrei funktionierte. Insbesondere an einem Morgen mit ungewöhnlicher Betriebsamkeit. Ein Flugzeug war gerade angekommen, ein weiteres stand zum Boarding bereit, in einer halben Stunde war der nächste Abflug geplant, und so gerieten selbst die Zollbeamten in einen Zustand, den man im Allgemeinen als Stress bezeichnete.

Wegen eines personellen Engpasses war sogar Dienststellenleiter Kubek ausgerückt. Deshalb trafen ihn Worschädl und Schinagl nicht in seinem Büro an, sondern hinter den Plexiglaswänden jenes Schalters, an dem die Ankommenden mit ihren Koffern und Gepäckstücken vorbeidefilierten und sich fallweise Kontrollen gefallen lassen mussten.

Das Eintreffen von Schinagl schien Kubek nicht übermäßig zu irritieren, aber als er Worschädl in ihrem Schlepptau sah, legte sich ein Schatten über seine Miene. Die nächsten an ihm vorbeiströmenden Fluggäste nickte er mit mürrischem Blick ab, dann setzte er ein betont freundliches Lächeln auf und wandte sich Schinagl zu.

„Und ich dachte schon, dass wir zwei uns nie mehr wiedersehen."

„Meine Sehnsucht war zu groß. Wir müssen Ihnen noch ein paar Fragen stellen."

„Das wird leider noch etwas dauern. Ich kann hier unmöglich weg."

„Sie glauben hoffentlich nicht wirklich, dass Sie uns warten lassen können", stellte Worschädl klar.

Auf Kubeks Stirn bildeten sich dünne Furchen.

„Meines Wissens sind Sie, Herr Chefinspektor Worschädl, mit diesem Fall nicht mehr betraut."

„Nur mehr am Rande. Frau Kollegin Schinagl leitet die Ermittlungen."

„Die uns leider keine Verzögerungen erlauben. Außerdem gibt es neue Erkenntnisse." Schinagl schenkte dem Dienststellenleiter ihr freundlichstes Lächeln.

„Erkenntnisse, die mich betreffen?"

„Nun, Ihr Mitarbeiter war nicht ganz so sauber, wie Sie uns das geschildert haben."

Jetzt bemühte sich auch der Dienststellenleiter um einen entgegenkommenden Gesichtsausdruck, was ihm nur mäßig gelang. Worschädl interpretierte dessen Verhalten als Ausdruck einer unterentwickelten Kritikfähigkeit oder des Widerstrebens, sich neuen Gegebenheiten anzupassen.

Es dauerte eine Minute, bis Kubek eine Mitarbeiterin heranwinkte, ihr seinen Platz überließ, vor den beiden Kriminalbeamten den Gang zu seinem Büro entlangschritt und sich mit ihnen an seinen Besprechungstisch setzte.

„Sie sehen ja, dass es drunter und drüber geht. Also halten wir uns kurz."

„Das ist auch in unserem Sinn", bestätigte Schinagl.

„Sieht so aus, als ob wir Ihre Hilfe bräuchten", bemühte sich auch Worschädl um einen kooperativen Ton.

„Soweit mir das möglich ist ... gerne."

„Sehr gut, danke." Schinagl verschränkte ihre Arme. „Vor einem Jahr wurde hier am Flughafen ein Drogenkurier mit einer ganzen Menge an Liquid Ecstasy festgenommen."

„Richtig. Und es war meine Wenigkeit, die ihn aufgrund seines auffälligen Verhaltens herausgefischt und kontrolliert hat."

„Der Vorfall hat zur Zerschlagung eines international tätigen Drogenrings geführt."

„Meinen Mitarbeiterinnen und mir ist durchaus bewusst, dass wir an diesem Ermittlungserfolg einen wesentlichen Anteil hatten."

„Noch dazu, da es sich bei den beschlagnahmten Pillen um eine äußerst gefährliche Variante der Partydroge GHB handelte", fügte Worschädl wie nebenbei hinzu.

„Stimmt. Aber was hat das mit der Ermordung von Clemens Löffler zu tun?"

„Ist es denkbar, dass er von dem Fund etwas für sich abgezweigt hat?"

Kubeks Körperhaltung versteifte sich augenblicklich.

„Sie unterstellen einem meiner Leute, dass er einen Teil der konfiszierten Waren in die eigene Tasche steckt?"

„Wäre doch denkbar."

„Nur dann, wenn ich meine Kontrollaufgaben nicht ordnungsgemäß erfülle."

„Was ich nicht einmal im Ansatz vermuten würde", servierte Worschädl eine glatte, aus taktischen Gründen durchaus angebrachte Lüge.

„Allerdings haben wir im Blut von Clemens Löffler Spuren der verbotenen Substanz Liquid Ecstasy gefunden", ging Schinagl in die Offensive.

Es dauerte einen Moment, bis Kubek zu einer Antwort fand. „Dieses Fehlverhalten kann ich mir nur mit der schmerzhaften Trennung von seiner Frau und seinem Sohn erklären. Aber wie wollen Sie das mit dem Schmuggelvorfall ein halbes Jahr zuvor in Verbindung bringen?"

„Vielleicht hat er damals einen Vorrat angelegt."

„Völlig undenkbar. Wir müssen jede beschlagnahmte Zigarettenpackung dokumentieren. Noch viel strenger sind die Vorschriften bei verbotenen Substanzen. Fazit: Ob es sich um Heroin, Koks, Crystal Meth oder Liquid Ecstasy handelt, an unseren Giftschrank kommt keine unbefugte Person heran."

„Davon gehen wir auch aus", beschwichtigte Schinagl. „Aber kann es sein, dass sich eine Mitarbeiterin oder ein Mitarbeiter unerlaubten Zugang verschafft hat?"

„Keine Chance. Der Bestand wird ständig kontrolliert."

„Auch der Vorrat an Liquid Ecstasy?"

„Jeder Milliliter. Meine Leute wissen, dass ich keine Ungenauigkeiten dulde."

Worschädl stand auf und stellte sich ans Fenster. „Wie erklären wir uns dann, dass unsere Spurensicherung auch noch einen Sack mit einer ganzen Menge dieser Ecstasy-Substanzen im hintersten Eck von Löfflers Kleiderschrank entdeckt hat? Und das, obwohl man sich aus dem Giftschrank der Zollwache angeblich unmöglich bedienen kann?"

Kubek beugte sich nach vorn.

„Für einen nicht mehr zuständigen Ermittler lehnen Sie sich sehr weit aus dem Fenster. Das wird Konsequenzen haben."

Worschädl lächelte und wandte sich an Schinagl. „Ob er versucht, mich einzuschüchtern?“

„So war das sicher nicht gemeint. Weil wir doch alle dasselbe wollen. Nämlich Klarheit über den Mord an Clemens Löffler. Herr Kubek, aufgrund der neuen Faktenlage würden wir gerne einen Blick auf die konfiszierten Gegenstände in Ihrer Asservatenkammer werfen.“

„Ohne richterliche Anordnung werde ich Ihnen das leider nicht gestatten können.“

„Dann brauchen wir zumindest die aktuelle Bestandsliste. Und auch die von vor sechs Monaten, um einen Vergleich zu haben.“

„Das geht nur mit Genehmigung meiner Vorgesetzten, kann also noch ein wenig dauern.“

„Aber Sie könnten uns doch einfach ...“

„Nein, kann ich nicht“, stellte Kubek klar.

„Schade“, meinte Schinagl und stand auf. „Aber keine Sorge, wir interpretieren das nicht als Versuch, etwas zu verheimlichen.“

„Wir kommen auch nicht auf die Idee, dass Sie hier einen Selbstbedienungsladen zur Abdeckung des persönlichen Bedarfs betreiben“, schloss Worschädl die Unterhaltung ab und verließ mit Schinagl das Büro.

Sie konnten nicht mehr sehen, wie sich Kubeks rechte Hand im Zufallen der Türe zur Faust schloss, hochfuhr und heftig auf den Schreibtisch krachte.

Sie konnten nicht beobachten, dass er sich die schmerzende Hand rieb, zugleich Atemnot bekam, den Knoten seiner Krawatte löste, das Fenster aufriss und die heiße, schwüle Luft in seine Lungen sog.

Sie waren auch nicht dabei, als der Dienststellenleiter eine Schachtel mit Tabletten aus seiner Schreibtischlade fischte, sich zwei davon in den Mund schob und sie mit dem Marillenschnaps aus seinem Schrank hinunterspülte.

Zu diesem Zeitpunkt waren Worschädl und Schinagl gerade im Begriff, die Räumlichkeiten des Zollamts zu verlassen. Einer Eingebung folgend legte Worschädl bei der Urlaubskatalog-Kollegin einen kurzen Zwischenstopp ein.

„Entschuldigung, zwischen Ihrem Dienststellenleiter und Herrn Löffler ... gab es da irgendwelche Spannungen?"

„Aber nein. Die waren unser Dream-Team. Extrem vertraut, extrem stabil, extrem effizient."

„Stabil heißt in diesem Fall ..."

„Dass sie sich verlässlich gegenseitig vertreten haben."

„Wenn der eine keinen Dienst hatte, ist der andere eingesprungen?"

„Richtig. Andere haben die beiden nur selten rangelassen."

„Hatte das einen bestimmten Grund?"

„Na ja, sie waren eben hervorragend eingespielt. Und werden sich damit schon den einen oder anderen Vorteil herausgeschlagen haben."

„Welcher Vorteil könnte das sein?"

„Keine Ahnung. Nichts Besonderes."

Ein ziemlich vager Hinweis, sagte sich Worschädl, als er mit Schinagl kurz danach an den Schaltern der Reiseveranstalter, dem Bankomaten und dem kleinen Bistro vorbei auf den Ausgang zusteuerte.

Im überschaubaren Getümmel einer kleinen Reisegruppe, deren Mitglieder sich in breitem Mühlviertler Dialekt und mit dem Herumreichen eines Flachmanns auf den Flug nach Palma de Mallorca vorbereiteten, hätte Worschädl beinahe die Ankunft einer SMS überhört, die von Schweitzer stammte und in knapper Befehlssprache gehalten war.

„12.30 Evaluierungsgespräch! Thema: katastrophales u. dilettantisches Verhalten bei gestrigem Einsatz. Pünktliches Erscheinen wird vorausgesetzt."

17

Leicht hatte es sich Straßenmeister Lorenz Furtner mit seiner Entscheidung wahrlich nicht gemacht. Während zwei weitere Leitpfosten einzusetzen waren, hatte er die ganze Zeit Vor- und Nachteile verglichen und Für und Wider abgewogen. Sollte er seinen Prinzipien treu und Gottes gehorsamer Musterschüler bleiben, oder machte es nicht doch Sinn, ein einziges Mal moralisch nicht ganz korrekt zu handeln?

Hätten ihn die himmlischen Mächte bisher doch nicht so kurzgehalten. Ihm etwas mehr als sein lächerliches Gehalt gegönnt. Für ihn ein kleines Plätzchen am äußersten Rand der Butterseite reserviert.

Fürs jahrelange Bekleiden eines pfarrlichen Ehrenamtes war er ihnen gerade recht gewesen. Aber eine irdische Belohnung hatten sie für ihn nicht vorgesehen.

Pech gehabt, lieber Herr Gott. Wenn für ihn sonst nichts abfiel, musste er sich eben selbst bedienen. Zu diesem Schluss war Furtner sowohl nach dem ersten als auch nach dem zweiten Leitpfosten gekommen.

Das hatte sich auch nicht geändert, als er eine halbe Stunde nach Dienstschluss die Hand auf den Türgriff legte, ein paar Sekunden zögerte, sich schließlich ein Herz nahm und eintrat.

Das Geschäftslokal besuchte er nicht zum ersten Mal. Die Dame hinter dem Verkaufstresen hatte ihn schon ein paarmal bedient. Doch heute wollte er den Chef sprechen. Ja, höchstpersönlich. In einer privaten Angelegenheit.

Nein, das ließe sich keinesfalls verschieben und hätte eine gewisse Dringlichkeit. Er würde sich gerne an den kleinen Tisch beim Eingang setzen, in den dort aufliegenden Illustrierten schmökern und warten.

Wie bitte, sein Name? Ach ja, selbstverständlich. Furtner. Lorenz Furtner. Er sei ein Bekannter des Chefs und hätte gute Nachrichten.

Furtner nahm Platz, schlug eine Zeitschrift auf, war aber in seiner Anspannung und Nervosität nicht in der Lage, auch nur einen einzigen Artikel zu überfliegen. Angesichts seines brisanten Unterfangens schafften es Königshäuser, Gartenpools und die heurige Sommermode nicht, seine Aufmerksamkeit zu gewinnen. Da ging er lieber noch einmal jene Sätze durch, die er sich für das auf ihn zukommende Gespräch vorgenommen hatte.

Wichtig war, dass er ruhig blieb und ernst genommen wurde. Seinem Gegenüber musste klar sein, dass mit ihm nicht zu spaßen war.

Nach 20 Minuten war es endlich so weit.

Der Chef tauchte auf.

Wirkte wie immer souverän und eloquent.

Begrüßte ihn mit einem Vortrag über die schrecklich unzuverlässigen Lieferanten. Darüber, dass man alles selbst erledigen müsse. Dass er sich aber trotzdem sehr gerne Zeit nehme. Und dass es schön sei, dass sich ein Stammkunde wie der Herr Furtner wieder einmal herein verirre.

Beim Händeschütteln befürchtete der Straßenmeister, dass ihn der Mut verlassen würde. Als er hinter dem Chef dessen Büro betrat, hatte er einen gewaltigen Frosch im Hals. Sein erster Satz vor dem ausladenden Schreibtisch gelang ihm lediglich im Flüsterton.

Wie peinlich!

Furtner räusperte und konzentrierte sich.

Fing noch einmal von vorne an.

„Sie fahren doch einen SUV?"

Furtners Gegenüber stutzte.

„Warum interessieren Sie sich dafür?"

„Weil ich den Wagen gestern Vormittag in der Samhaberstraße gleich unter der Pöstlingbergkirche gesehen habe."

Lorenz sprach jedes Wort langsam und deutlich aus und spürte den Schweiß, der sich dabei auf seiner Stirn bildete. Auch unter den Achseln. Am ganzen Körper.

Im Gesicht seines Gegenübers verflüchtigte sich die Freundlichkeit und machte einer Mischung aus Argwohn Platz.

„Ich bin nicht der Einzige mit einem SUV in dieser Farbe."

„Aber der Einzige mit Ihrem Kennzeichen."

Lorenz spürte das Pochen seines Herzschlags im Hals. Ihm war, als würde er vor Spannung bersten. Mit aller Kraft bemühte er sich um eine möglichst souveräne Haltung, die auf seinen Gesprächspartner hoffentlich Eindruck machte. Der Chef wirkte nervös, rieb sich die Nase, fuhr sich durchs Haar.

„Und wenn es tatsächlich mein Wagen gewesen wäre?"

„Dann hätten Sie damit einen Menschen überfahren."

Jetzt wurde auch die Stirn von Furtners Gegenüber feucht. Außerdem bildeten sich Zornesfalten.

„Was für ein unglaublicher Schwachsinn." Die leise Stimme klang bedrohlich.

„Überfahren und getötet", stieß Furtner unerbittlich nach.

Der Mann schnellte hinter dem Schreibtisch hoch, zeigte Furtner den Rücken, steckte die Hände in die Hosentasche, spannte die Schultern und drehte sich ganz langsam um.

„Ich sag dir jetzt was, du mieser kleiner Straßenbautrottel. Du verschwindest sofort aus meinem Büro, steigst auf deine scheiß Dampfwalze und lässt dich hier nie wieder blicken."

„Ganz wie Sie meinen", antwortete Furtner und stand mit weichen Knien auf. „Bei meiner ersten Befragung durch die Polizei habe ich Sie und Ihren Wagen nicht erwähnt. Könnte sein, dass sich das ändert. Ich wünsche noch einen schönen Tag."

Der Weg zur Tür war einer der längsten in Furtners bisherigem Leben. Bei der Vorbereitung auf diesen Termin hatte er nicht mit so einer harschen Reaktion gerechnet. Natürlich war klar, dass sein Erscheinen keine große Freude auslösen würde, aber ein gewisses Entgegenkommen wäre seiner Meinung nach durchaus angebracht gewesen.

Nun war aber das Gegenteil eingetreten. Er war beschimpft und erniedrigt worden, was einen schon lange nicht mehr gespürten Kampfgeist in ihm weckte. Es war dieses Mann-gegen-Mann-Gefühl, das er von seiner früheren Zeit im Fußballverein kannte. Wenn es zwei wirklich wissen wollen und ungebremst aufeinanderkrachen.

Die verbale Demütigung hatte diese alte, längst brachliegende Empfindung aufgeweckt und ihn automatisch dazu animiert, sich eine derartige Behandlung nicht bieten zu lassen. Etwas entgegenzusetzen. Die Drohung mit der Polizei.

Somit hatte er hoch gepokert, aber noch lange nicht gewonnen. Falls sein Gesprächspartner stumm blieb, bis er die Tür erreicht und das Büro verlassen hatte, gab es keinen Plan B. Dass ein solcher nötig sein könnte, hatte er schlichtweg nicht bedacht. Mit jedem weiteren Schritt stieg die Befürchtung, dass er gleich draußen vor dem Geschäft stehen und nicht wissen würde, wie er weiter vorgehen sollte.

Furtner wähnte seine Felle schon davongeschwommen, als er hinter sich die Stimme des Mannes vernahm. Was für eine Erleichterung. Auch wenn die Botschaft nicht gerade von Höflichkeit oder gar Zuneigung geprägt war.

„Halt! Sag mir, wie viel du willst, du Dreckschwein."

18

In der vergangenen Nacht hatte Worschädl jede nachträgliche Diskussion über den Einsatz am Parkplatz vermieden. Auch Schweitzers Vorhaltungen, dass die Aktion allein wegen Schinagls und Worschädls Disziplinlosigkeit schiefgegangen wäre, ließ er kommentarlos ins Leere laufen. Dem Chefinspektor war zu diesem Zeitpunkt nur wichtig gewesen, dass Schinagl glücklicherweise quasi unversehrt geblieben war. Doch als erledigt betrachtete er die Angelegenheit deshalb noch lange nicht. Und Schweitzers Einladung zum Evaluierungsgespräch hatte das Fass letztendlich zum Überlaufen gebracht.

Das Donnerwetter entlud sich unmittelbar nach Worschädls Eintreffen im Polizeikommissariat. Es kündigte sich jedoch nicht mit lautem Grollen oder gleißenden Blitzen an, sondern mit einer in ruhigem Tonfall geäußerten Mitteilung. Eine Mitteilung, die einer Kriegserklärung gleichkam.

Es begann damit, dass Worschädl, anders als Schinagl, das Foyer vollkommen grußlos betrat. Stumm am Portier und den ihm begegnenden Kollegen vorbeischritt. Nicht wie gewohnt zuerst Schinagls und seinen Arbeitsraum betrat, um einen ersten Kaffee zu trinken, sondern zielgerichtet auf Schweitzers ausladendes Büro zusteuerte.

Er betrat es, ohne anzuklopfen.

Ignorierte Schweitzers Lamentieren.

Erklärte, dass er gegen ihn eine Dienstaufsichtsbeschwerde einbringen werde.

Wegen untragbarer Verantwortungslosigkeit und unprofessioneller Einsatzplanung. Wegen unnötiger Gefährdung einer Kriminalbeamtin. Und wegen exorbitanter Karrieregeilheit, die zu einer latenten Vernachlässigung seiner Leitungspflichten führe. Die Beschwerde werde er an die Personalvertretung, die Direktion sowie an den Landeskommandanten richten.

Mit seinen letzten Worten drehte sich Worschädl um und ging.

Nach dem Zuschlagen der Tür stand Schweitzers Mund eine kleine Ewigkeit lang offen. Dann schnappte er nach Luft und hielt diese an, bis ihm mit hochrotem Gesicht der Schädel zu platzen drohte. Er sprang von seinem Sessel auf, stürmte hinaus auf den Gang, platzierte sich wie eine Art Napoleon in dessen Mitte und schrie, wie er noch kaum je zuvor geschrien hatte.

„Kollege Worschädl, sofort zurück in mein Büro!"

Mit einem derartigen Volumen hatten sich die Gänge dieser Abteilung wohl noch nie gefüllt.

Geschätzte 100 Dezibel.

Für eine menschliche Stimme die oberste Leistungsgrenze.

Bemerkenswert, dass diese Anstrengung nicht die geringste Wirkung zeitigte. Worschädls Bürotür blieb verschlossen. Auch die benachbarten Klinken bewegten sich keinen Millimeter.

Diese eklatante Resonanzarmut konnte sich Schweitzer als stellvertretender Bezirkskommandant unmöglich bieten lassen.

„Letzte Warnung! Worschädl! Arsch hoch und ganz flott zu mir!"

Wieder brüllte er aus Leibeskräften und wieder gab es keinen Widerhall. Zumindest keinen adäquaten. Das unterdrückte Kichern, das durch zwei, drei verschlossene Türen drang, konnte sich unmöglich auf ihn beziehen.

Aber was tun? Schweitzer stand unschlüssig auf dem Gang und rang mit sich und seinen nächsten Schritten. Sollte er Worschädl zur Rede stellen oder sich still und heimlich zurückziehen? Ihm war bewusst, dass er sich mit beiden Handlungsweisen zum Gespött der Abteilung machen konnte.

Die Entscheidung wurde ihm leicht gemacht, da plötzlich eine Tür aufging und Worschädl auf den Gang trat, als ob nichts vorgefallen wäre. Der Kerl hatte auch noch Kopfhörer aufgesetzt und wippte zu irgendeiner Musik im Takt.

Der hatte Nerven. Konfrontierte zuerst seinen Chef mit unerhörten Vorwürfen, lauschte jetzt seelenruhig diversen Klängen und ging beschwingt auf Schweitzer zu.

Klar, dass sich Schweitzer ihm entgegenstellte und ihn mit einer forschen Geste aufforderte, die Kopfhörer abzunehmen.

Worschädl kam dem Befehl ohne Anzeichen jeglichen Schuldbewusstseins nach und betrachtete seinen Chef mit neugierigen Augen.

„Hallo, Chef. Was gibt's?"

„Wie bitte? Nachdem du dir eine impertinente Frechheit leistest, fragst du mich ernsthaft, was es gibt?"

„Welche impertinente Frechheit?", konterte Worschädl mit naivem Blick.

„Hallo! Entschuldige! Deine an den Haaren herbeigezogene Dienstaufsichtsbeschwerde ..."

„Ach so, die hat dich derartig aufgebracht."

„Aufgebracht? Damit attackierst du mich frontal, torpedierst meine Aufstiegschancen, desavouierst mich bis in die Knochen."

„Was du dir leider selbst zuzuschreiben hast. Aber wenn du willst, kannst du deinen Kopf noch aus der Schlinge ziehen."

Er kommt mir entgegen, dachte Schweitzer, hinter dem sich die Bürotüren einen Spalt breit öffneten. Vermutlich neugierige Ohren, die sich die delikate Auseinandersetzung nicht entgehen lassen wollten.

Er möchte mir ein Angebot unterbreiten, folgerte Schweitzer. Oder mich in eine Falle locken.

„Okay", antwortete er vorsichtig. „Wie soll das gehen?"

„Du beendest meine Degradierung zum Hilfssekretär, und im Gegenzug sehe ich von meiner Beschwerde ab."

Aha, daher weht der Wind, konstatierte Schweitzer. Worschädl will wieder mit allen Kompetenzen ausgestattet werden, und dafür ist ihm jedes noch so schäbige Mittel recht.

Zugleich konnte er als stellvertretender Bezirkskommandant gerade jetzt keinen Trouble in seiner Abteilung brauchen, stand er doch kurz davor, den Thron des Bezirkskommandanten zu besteigen. Vermutlich war es am besten, über seinen Schatten zu springen.

„Ich glaube nicht, dass ich das verantworten kann."

„Deine Entscheidung. Die Beschwerde ist bereits geschrieben."

„Nur können wir es uns nicht leisten, wegen derart haltloser Vorwürfe wertvolle Ermittlungszeit zu verlieren. Also gut, meinetwegen. Aufgrund der vorliegenden Dringlichkeit darfst du ausnahmsweise wieder schalten und walten wie gewohnt."

„Sehr vernünftig. Aber sieh zu, dass du dir nicht gleich wieder einen so dummen Fehler leistest."

Schweitzer fand es unerträglich, dass ihn sein ihm untergebener Mitarbeiter maßregelte wie einen schlechten Schüler. Noch dazu vor der sich gerade nähernden Kollegin Schinagl.

„Na, Frau Kollegin, schon etwas herausgefunden?"

„Bevor du uns das beantwortest, erklärt dir der Chef meinen aktuellen Status", grätschte Worschädl dazwischen.

„Interessant, bitte, sehr gerne", meinte Schinagl und schien ehrlich gespannt.

Schweitzer hustete sich einen Knödel aus dem Hals.

„Wenn es sein muss … Kollege Worschädl ist wieder vollständig rehabilitiert. Die Einschränkung seiner Befugnisse ist hiermit aufgehoben."

„Wunderbar! Dann trifft es sich gut, dass wir *ShihanDom* aufgrund des Aufklebers auf dem Auto identifizieren konnten. Er gehört zu einem Karateverein, bei dem er als Trainer tätig ist. Wir wissen auch schon, wo er wohnt."

19

Er blickte sich um. Das Gelände wirkte verwaist. Niemand zu sehen. Ein guter Zeitpunkt, um unbeobachtet das Tor der Halle aufzusperren, kurz danach die metallene Tür zu öffnen, die von festem Stahl ummantelte Kammer zu betreten, die Tür wieder zu schließen, das Licht einzuschalten und sich zu setzen. Massagestuhl. Soundso viele Funktionen. Der ideale Platz, um abzuschalten und sich zu entspannen.

Die an den Wänden befestigten Kühlregale und die auf 22 Grad eingestellte Raumtemperatur bildeten einen idealen Kontrast zu den draußen herrschenden Backofen-Verhältnissen.

Abkühlung.

Seit jeher sein Wundermittel. Hatte ihm bereits sein Vater antrainiert. Wenn er als ADHS-Kind schrie und brüllte, kam er unter die kalte Dusche. Wenn er tobte und um sich schlug, wurde er in die mit eiskaltem Wasser gefüllte Badewanne gesetzt.

Am effektivsten wirkte das lange Untertauchen. Bis er um sein Leben zappelte. Dann lockerte sein Vater den Griff und ließ den Kopf seines Sohnes nach oben. Dann schlug der Bub nicht mehr um sich, sondern rang nach Luft und weinte. Und war dann verlässlich still.

So wie jetzt. Hier war er allein. Hier fühlte er sich wie in einem Erfrischungsbad. Hier konnte er glasklar denken.

Ein Gegner war aufgetaucht. Wie eine lästige, heimtückische Zecke. Hatte sich festgebissen. Konfrontierte ihn mit seiner Gier. Würde sich auf keinen Fall mit der Befriedigung der ersten Forderung zufriedengeben.

Schneller, anstrengungsbefreiter Gelderwerb. So eine Quelle zapft man mit Garantie mehr als ein- oder zwei-

mal an. Schwärmt womöglich um zwei Uhr früh im Suff an einer Theke von diesem sagenhaften Glück. Von der gelungenen Erpressung. Von dem Idioten, der brav zahlte und zahlte und zahlte und immer wieder zahlen würde.

Seltsam. Es war doch so lange alles rundgelaufen. Und dann, mit einem Mal, pinkelte einem gleich zweimal hintereinander wer ans Bein.

Jammerschade.

Es war niemals sein Plan gewesen, jemandem etwas anzutun. Zuerst hatte ihn die Unverschämtheit eines Zollknechts dazu genötigt. Und jetzt ließ ihm die Unersättlichkeit dieses Asphaltierers keine andere Möglichkeit.

Er lehnte sich zurück, schaltete den Massagestuhl ein, spürte die Wellen angenehm auf seinem Rücken und ließ die kühle Luft langsam und tief in seine Lungen strömen.

Sein Nachdenkprozess war abgeschlossen.

Das Ergebnis fand seinen Gefallen.

Er hatte entschieden, was zu tun war.

Die Dinge waren aus dem Ruder gelaufen.

Nun war es an ihm, alles wieder geradezurücken.

Der Dottore musste eine Handlung setzen.

20

Wie schön, wenn sich ein Gott in Weiß noch Zeit für eine freundliche Begrüßung nimmt. Ein Namensschild mit Doktortitel, in der Brusttasche jede Menge Kugelschreiber, inmitten der Krankenhausmühle, des Hierarchiedschungels und der Terminverdichtung, und dennoch hatte der Mittvierziger ein freundliches Lächeln und ein authentisch herzliches „Guten Morgen“ übrig. Obwohl er Karoline garantiert nicht kannte.

Aber der nicht allzu große, schmächtige Mann mit zurückweichendem Haaransatz und rahmenloser Brille schien zu wissen, was Menschen jeden Geschlechtes, jeder Hautfarbe und jeden Alters brauchten, wenn sie ein Gebäude betraten, in dem man in jedem Stockwerk und auf jedem Gang der Anfälligkeit des Lebens begegnete. Der Fragilität menschlicher Existenz.

Niemand war davor gefeit, schon morgen auf einer Trage in die Notaufnahme gerollt zu werden. Es gab nicht einmal eine Garantie fürs Überleben der nächsten Stunden. Das Leben war ein Risiko, nichts war wirklich vorhersehbar, schon im nächsten Augenblick konnte es jede und jeden aus den Angeln heben.

Wenn man noch dazu die Onkologie ansteuert, geht es direkt ans Eingemachte. Auch wenn man gar nicht Patient ist. Wer eine Krebsstation betritt, ist mit dem Sterben konfrontiert. Umso erfreulicher, wenn man mit einem herzlichen Willkommen empfangen wird.

Karoline passierte die für Krankenhausgänge üblichen geschmacklosen Aquarellbilder, ging am verwaisten Schwesternstützpunkt vorbei und stand schließlich vor dem Zimmer 411. Hierher war ihre Freundin Silvia nach einem Schwächeanfall in der letzten Nacht eingeliefert worden.

Karoline gab sich einen Ruck, klopfte leise an, trat ein.

Heruntergelassene Jalousien. Der intensive Geruch nach Medizin. Ein Tisch mit vier Sesseln, darauf das unberührte Frühstück.

Zugedeckt bis zum Hals lag Silvia in ihrem Krankenbett. Mit den dünnen Armen und dem Tuch um ihren kahlen Kopf wirkte sie wie ein Schatten ihrer selbst.

Hager, kraftlos, ausgemergelt.

Erkennbare Lebenszeichen kamen einzig von ihrem sich hebenden und senkenden Brustkorb und dem stetigen Tropfen in dem transparenten Schlauch, der von der Infusionsflasche über ihrem Bett zur Kanüle in ihrem rechten Arm führte.

Eine ihrer besten Freundinnen so erbärmlich vor sich liegen zu sehen, zog Karoline den Boden unter den Füßen weg. Sie schob einen Stuhl ans Krankenbett, setzte sich und streichelte Silvias Hand.

„He, du Liebe, was hast du angestellt?"

Welche Erleichterung, dass Silvia tatsächlich die Augen aufschlug. Ein unendlich müder Blick. Aber sie schien Karoline zu erkennen. Ihr war bewusst, dass ihre Freundin an ihrer Seite war.

„Karoline?"

„Silvia, was war los?"

„Ich wollte vom Wohnzimmer in die Küche. Ein Glas Wasser holen. Plötzlich haben meine Beine versagt. Ich bin einfach umgefallen."

„Um Himmels willen. Was sagen die Ärzte?"

„Meine Kollegen? Halten sich alle bedeckt. Mein Eindruck ist, dass sie von der Turnusärztin bis zum Primar äußerst ratlos sind."

„Ratlose Ärzte. Ideal. Die werden sich genauso fragen, wieso die Therapie so gar nicht anschlägt."

„So wie es aussieht, können sie mir keine Antwort liefern."

„Bertl meint, die Ähnlichkeiten deines Krankheitsbildes mit denen der Frauen deiner Selbsthilfegruppe können unmöglich Zufall sein."

„Sag deinem Bertl, ich habe stundenlang darüber nachgedacht. Immer wieder komme ich zu dem Schluss, dass unsere Körper einfach etwas länger brauchen."

„Kann ich trotzdem die Namen eurer Ärzte und eurer Medikamente haben?"

„Gerne. Aber sag mir, was du dir davon versprichst."

„Wenn ich ehrlich bin, ich weiß es nicht. Aber ich will nicht tatenlos zusehen, wie es dir immer schlechter geht."

Silvia griff nach Karolines Hand.

„Mein Gott, wenn ich dich nicht hätte."

„Der Name des Medikaments, Silvia."

„Zytostan. Gehört zum Stärksten, das wir haben."

„Gut, danke. Ist notiert. Und jetzt bitte noch den Namen deines Arztes."

Aber da kam nichts mehr außer Silvias röchelndes Atmen.

Ihre Augen waren geschlossen.

Sie war im Reden eingeschlafen.

Den Lift nach unten betrat Karoline mit dem zuvor so freundlichen Arzt. „Herr Doktor, ich hätte da eine Frage. Gibt es in diesem Krankenhaus auch so etwas wie ein Labor?"

„Im ersten Stock, selbstverständlich."

„Werden dort auch Krebsmedikamente hergestellt?"

„Ja, aber warum interessiert Sie das?"

„Wegen meiner Freundin und ihres sehr ungewöhnlichen Krankheitsverlaufs. Und weil es zwei weiteren

Patientinnen aus ihrer Selbsthilfegruppe ganz ähnlich geht. Noch dazu werden sie alle mit demselben Medikament behandelt."

„Okay, trotzdem verstehe ich nicht ganz ..."

„Es ist doch denkbar, dass es irgendwo zu Ungenauigkeiten kommen könnte."

„Nicht bei der Aufbereitung von Zytostatika. Das funktioniert nach einem sehr genauen Kontrollsystem."

„Es ist also undenkbar, dass Patienten ein mangelhaftes Medikament verabreicht wird?"

„Im normalen Regelablauf würde ich das ausschließen."

„Was wäre ein nicht normaler Regelablauf?"

„Zum Beispiel, wenn jemand die Vorschriften umgeht. Oder die Medikamente ganz bewusst manipuliert."

„Das wäre möglich?"

„Theoretisch schon. Aber nur mit einer entsprechenden destruktiven, wenn nicht gar kriminellen Energie."

„Einer Energie, die in Kauf nimmt, dass Menschen gezielt zu Schaden kommen?"

„Genau. Darf ich Sie nach Ihrem Beruf fragen?"

„Ich bin Psychotherapeutin."

„Verstehe. Sie wollen hinter die Kulissen blicken. Aber in diesem Fall wird das nicht sehr erfolgsversprechend sein."

„Das befürchte ich auch. Sie haben mir trotzdem sehr geholfen. Vielen Dank."

„Auf Wiedersehen."

Kriminelle Energie. Zwei Schlüsselwörter, die Karoline eine völlig neue Perspektive eröffneten, als sie das Krankenhaus verließ und auf ihrem Fahrrad den Heimweg antrat. Bisher hatte sie vermutet, dass es trotz aller

Sicherheitsmaßnahmen in einem Labor zu Fehlern gekommen sein könnte. Nun war ihr klar geworden, dass eventuelle Mängel möglicherweise gezielt verursacht wurden. Aus welchen Gründen auch immer.

Plötzlich fühlte sich Karoline wieder motiviert und trat mit Schwung in die Pedale. Sie fand es ziemlich praktisch, dass es zwischen den Berufen des Ehepaars Worschädl immer wieder zu Überschneidungen kam. Denn sobald sie im Falle von krimineller Energie an die Grenzen ihrer Kunst kam, begann jene ihres Mannes.

21

„Hallo Dottore?"

„Hallo. Hoffentlich ein angenehmer Anruf."

„Na ja, diese Geschichte mit Clemens Löffler ..."

„Der Vorfall ist also bis zu dir durchgedrungen?"

„Zwangsläufig. Die Polizei ist hier gewesen."

„Das war leider zu erwarten."

„Die riechen etwas. Fragen nach jeder Kleinigkeit."

„Haben aber nicht das Geringste in der Hand."

„Vorläufig, Dottore. Hätte ich geahnt, dass du zum Äußersten gehst ..."

„Löffler hat darum gebettelt."

„Ich hätte ihn vielleicht noch überzeugen können."

„Wer mir droht, muss mit Konsequenzen rechnen."

Kurze Pause. Schluckgeräusche.

„Klar. Keine Frage. Aber musstest du ihn gleich ...?"

„Das ist vergossene Milch."

„Nicht für die Polizei."

„Wenn du nicht umfällst ..."

„Worauf du dich verlassen kannst ..."

„... wird das in irgendeinem Aktenordner mit ungeklärten Fällen landen. Aber es gibt noch ein weiteres Problem."

„Sag mir, wie ich dir helfen kann."

„Danke. Genau das habe ich erwartet. In deiner Post findest du heute einen Brief mit einem Namen und dem dazugehörigen Foto."

„Dottore, bitte, du willst hoffentlich nicht, dass ich ..."

„Es muss sein und wird fürstlich belohnt. Ich gehe davon aus, dass ich mit dir rechnen kann."

„Ja, natürlich, aber ..."

„Ich würde dich nicht darum bitten, wenn es nicht unumgänglich wäre."

„Klar. Okay. Und bis wann?"

„So schnell wie möglich. Samhaberstraße. Dort hat er gerade zu tun."

„Scheiße. Ich habe Dienst."

„Melde dich krank. Die Darmgrippe geht um."

Heftiges Atmen.

„Alles klar?"

„Ja, Dottore, alles klar."

22

Gemeinsame Feinde können Teams so richtig zusammenschweißen. Im Fall von Johanna und Gernot Pernauer waren es weiße Herrenhemden. Von ihr wurden sie gehasst, weil sie die Kleidungsstücke regelmäßig bügeln musste. Er verachtete sie abgrundtief, weil sie zu seinem beruflichen Dresscode zählten und er sie nahezu täglich zu tragen hatte.

Umso befreiender der Moment, in dem er sich zu Hause seiner Dienstkleidung entledigen und in ein gemütliches Freizeit-Outfit schlüpfen konnte. Noch entspannender, wenn an einem Tag wie heute sogar eine kurze Hose und ein leichtes T-Shirt möglich waren. Wenn dann auch noch eine Grillerei im engen Familienkreis auf der Tagesordnung stand, fühlte sich das beinahe wie Urlaub an.

Auch die Grillschürze war akkurat gebügelt. Darin zeigte sich eines jener Dilemmas, mit denen Frau Pernauer zu kämpfen hatte. Einerseits hätte sie liebend gerne weniger Zeit mit dem Glätten von Falten verbracht, andererseits konnte sie beim Anspruch tadellos sitzender Ober- und Unterteile nicht lockerlassen. Diese zwanghafte Passion machte selbst vor Grillschürzen nicht halt.

Der Mensch ist kompliziert gestrickt, dachte Gernot Pernauer, als er auf dem einen Grill saftige Schweinsschopfkoteletts und imposante Steaks wendete und auf dem daneben vegane Bioburger. Das Fleisch für Papa und Sohn Paul, die Burger für Mama und Tochter Tanja. Wobei Frau Pernauer nicht gänzlich auf Fleisch verzichtete.

Worauf sie und die 12-jährige Tanja jedoch bestanden, waren die getrennten Griller. Was mit Fleisch jemals in Berührung kam, war ab diesem Zeitpunkt für vegane Esser ungeeignet.

Insofern hätte sich Gernot Pernauer sogar den Titel „Doppelgrillmeister" verdient, doch für so viel Text hatte es auf seiner Grillschürze nicht gereicht. So musste er sich wie viele andere mit dem einfachen Grillmeister begnügen.

Reihenhausgarten. Gasgriller, um die Geruchsbelästigung zu reduzieren. Natürlich ein kaltes Bier. Gernot Pernauer, dessen Nase eine dunkelrot und blau gefärbte Schwellung aufwies, weil er, wie er seiner Frau erzählt hatte, gestern nach einer nächtlichen Geschäftsbesprechung gegen eine Glastür gelaufen war und dabei einen schmerzhaften, jedoch nicht verschobenen und deshalb nahezu behandlungsfreien Nasenbeinbruch erlitten hatte, zelebrierte das Hantieren mit der Zange, lachte, versprühte trotz stabilisierendem Nasenpflaster gute Laune, war in seinem Element.

Die Kinder stritten sich darum, ob die Servietten beim Aufdecken gefaltet werden sollten oder nicht, während ihre Mutter zwei Salatschüsseln auf dem Gartentisch platzierte.

Perfektes Timing, perfekte Organisation, dafür waren die Pernauers in der ganzen Siedlung bekannt. Zwei Berufe, zwei Kinder, zwei Katzen, das schafften die Pernauer-Eltern mit links und wirkten dabei stets kommunikationsfähig und entspannt.

Wenn Frau Pernauer in der Früh ihre Kinder unter höchstem Zeitdruck ins Auto schob, um sie rechtzeitig in die Schule und sich selbst pünktlich zur Arbeit zu bringen, konnte sie sich mit ihrer Nachbarin während des Einsteigens dennoch aufmerksam und freundlich über die schon wieder nicht gelieferte Morgenzeitung unterhalten.

Wenn Herr Pernauer mit dem privaten und dem dienstlichen Handy am Ohr und zwei Aktentaschen unterm Arm am späten Nachmittag auf seine Haustür zuschritt, fiel für die Nachbarn auf der anderen Seite auf alle Fälle ein kurzes positives Feedback über die berückende Schönheit der Vorgartenbepflanzung ab.

Selbstredend, dass am Tisch alles bereitstand, inklusive dampfender Erdäpfel, verschiedener Saucen und diverser Getränke, als der Doppelgrillmeister das erste Grillgut für ausreichend gegart erklärte. Keine Frage, dass sein Urteil bereits beim ersten Bissen von jedem einzelnen Familienmitglied mit überschwänglichem Lob bestätigt wurde. Logisch, dass Herr Pernauer zu jeder Salatmarinade ein nahezu enthusiastisches positives Urteil abgab. Selbstredend, dass einem typischen, exakt durchgeplanten, perfekten Pernauerschen Grillabend so gut wie nichts entgegenstand.

In dieser ausgelassenen Stimmung störte nicht einmal das forsche Läuten. Wer auch immer sich da draußen vor der Tür befand, am Tisch der Pernauers war genügend Platz. Allerdings nicht für zwei völlig Fremde, die Johanna beim Öffnen gegenüberstanden. Und die es tatsächlich schafften, Johannas Fröhlichkeitskonzept zu irritieren, indem sie ihre Ausweise herzeigten und nach ihrem Mann verlangten.

Kriminalpolizei.

Na toll.

Das hatte gerade noch gefehlt.

Gut, dass Gernot in seiner Grillmeisterschürze ganz gelassen reagierte und sie damit beruhigen konnte, dass es um einen Vorfall in der Bank gehen müsse.

Eine Konten- und Safe-Geschichte.

Berufsgeheimnis.

Dauere nicht lang, wäre gleich erledigt, dürfe aber nur zwischen ihm und den beiden Beamten besprochen werden.

Somit schloss Johanna die Haustür, gesellte sich zu ihren Kindern und gab sich einem gewissen Anflug von Ärger hin. Die Entwicklung des Abends erinnerte sie an Wäschestücke, denen sie mit ihrem Dampfbügeleisen zu Leibe rückte. Er warf nicht willkommene, lästige Falten.

23

Straßenmeister Lorenz Furtner schlug den Stützbolzen in die Erde, pochte gedanklich an die Himmelstür und bat um eine Audienz. Er, der als hilfsbereite und moralisch einwandfreie Seele in seiner Pfarrgemeinde schon so vielen unter die Arme gegriffen hatte, nahm sich vor, dieses eine Mal für sich selbst ein gutes Wort einzulegen.

Um die kostbare Zeit des Herrn nicht sinnlos zu beanspruchen und weil er voraussetzte, dass der Allmächtige ohnehin über alles bestens informiert war, fiel er sogleich mit der Tür ins Haus.

Man könne, erklärte er beflissen, eventuell vermuten, dass es ihm in erster Linie um eine banale Erpressung gehe, doch dies sei keineswegs der Fall. Vielmehr nehme er ausnahmsweise für sich in Anspruch, was man gemeinhin als Gerechtigkeit bezeichnete.

Dazu müsse er vorausschicken, dass ihm noch nie etwas in den Schoß gefallen war. So ließen sich etwa mit seinem Gehalt wohl auch in Zukunft keine großen Sprünge machen, und zur Erfüllung seines sehnlichen Wunsches, wieder in einer Beziehung zu leben, musste sich endlich eine Frau finden lassen, mit der er es noch einmal wagen wollte.

Es folgte einer gewissen Logik, dass er trotz wöchentlicher Teilnahme auch im Lotto noch nicht einen Cent gewonnen hatte. Bei den ständig eintrudelnden Preisausschreiben beziehungsweise diversen sportlichen Wettbewerben stand er am Ende jedes Mal mit leeren Händen da.

Nur einmal, ein einziges Mal ergatterte er einen Preis. Drei Jahre lag dieses Ereignis nun zurück, dennoch war es für Furtner so präsent, als ob es gestern gewesen wäre. Wahrscheinlich, weil sich die Überreichung des Preises, das Empfangen der Medaille, so unglaublich beeindruckend gestaltet hatte. Allerdings nicht im besten Sinne.

Der alljährliche Linz-Donau-Marathon. Furtner hatte für seine allererste Teilnahme ein Jahr lang intensiv trainiert. Hatte viele, sehr viele Kilometer in den Beinen, als er inmitten der vielen Sportbegeisterten mit Startnummer 2714 auf den Startschuss wartete. Der halbe Pfarrgemeinderat war angetreten, um den ambitionierten Obmann beim Start anzufeuern und im Zieleinlauf zu feiern.

Er ging es beeindruckend hurtig an. Wurde vom Ehrgeiz gepackt, als er nach den ersten Kilometern relativ weit vorn lag. Warf seinen Vorsatz, nicht zu schnell, aber dafür konstant zu laufen, über Bord und startete nach elf Kilometern eine Aufholjagd. Ließ sich vom Applaus und den Zurufen tragen, rief seine gesamte Power ab, genoss den berauschenden Flow, überholte einen nach dem anderen, nahm eine vor ihm im Pensionistentempo dahintrabende Dreiergruppe ins Visier, kam auch knapp an sie heran, spürte noch nicht, dass ihn in Kürze die Kraft verlassen würde, verlor seinen Rhythmus, stolperte, knickte ein, stürzte, fiel der Länge nach hin und erwachte erst wieder, als er, umringt von einer Ärztin und drei Sanitätern, auf einer Rettungstrage lag.

Die kleine Erste-Hilfe-Gruppe war enorm erleichtert, weil er endlich wieder zu sich gekommen war. Zwei der Sanitäter, junge Burschen, glaubten wohl, ihm etwas Gutes zu tun, indem sie ihn schließlich auf der Trage durchs Ziel beförderten.

Wer, allmächtiger Gott, stand in diesem Moment der absoluten Schmach am Sprechermikrofon und machte sich lautstark über ihn lustig? Wer schmetterte über den Linzer Hauptplatz hinweg die Frage, ob sich da wohl jemand zu viel vorgenommen hatte? Ob man ihm nicht mitgeteilt hätte, dass am frühen Nachmittag die Teilnahme am Kindermarathon möglich gewesen wäre?

Nichtsdestotrotz habe sich, schrie er, dieser Unglücksrabe einen Trostpreis verdient. Und als Hauptsponsor sei es dem Redner eine Ehre, den Preis persönlich zu überreichen.

Und wer hatte ihm dann unter dem Gelächter der Zuschauer eine Medaille umgehängt? Und sich dabei wie ein Pfau vor den Fernsehkameras aufgebaut? Ja, genau, der SUV-Fahrer, lieber Gott, aber das war dir doch schon längst bekannt.

Furtner hätte damals im Zielraum, auf dieser beschissenen Trage liegend, vor Scham verschwinden wollen. Einfach im Erdboden versinken. Nie wieder auftauchen. Weder bei seinen Kollegen in der Straßenmeisterei noch in der nächsten Sonntagsmesse oder in einer Sitzung des Pfarrgemeinderates.

Eine derartige Demütigung hatte er sich nämlich auf keinen Fall verdient.

Aber jetzt, genau heute, konnte er die so kräftig außer Balance geratenen Waagschalen wieder ins Gleichgewicht bringen. Weil ihm dieser feiste Kerl von damals, dieser Möchtegern-Promi, in Kürze mitten am Linzer Hauptplatz, an der Stelle des ehemaligen Zieleinlaufs, eine Einkaufstasche mit 100.000 Euro übergeben würde.

„Ausgleichende Gerechtigkeit, lieber Gott. Und zugleich die Strafe für ein schweres Verbrechen. Daran kann doch nichts Falsches sein. Meinetwegen steckst du mich dafür kurz ins Fegefeuer, aber wenn das ausgestanden ist, will ich sehr flott in den Himmel. Damit bist du doch sicher einverstanden.“

Ob ihm Gott, falls es ihn gab, wirklich verzeihen würde? Ihm sein Vergehen als Kompensation für die einst erlittene Demütigung nachsah? Für Furtner ein Sonnenplätzchen im Paradies reservierte?

Falls das Schicksal des Straßenmeisters Lorenz Furtner tatsächlich von einer himmlischen, übergeordneten Macht gelenkt wurde, meinte sie es nicht unbedingt gut mit ihm. Oder doch, weil sie dafür sorgte, dass er den Fehltritt, für den er sich ein zugedrücktes göttliches Auge erhoffte, letztendlich nicht vollziehen musste.

Niemand würde sich nach diesem Tag beschweren, dass der Straßenmeister den Leitpfosten schlampig erneuert hätte. Im Gegenteil würde man sein Werk am Rande der Landstraße als handwerklich einwandfrei bezeichnen. Auch Furtners legendäres Augenmaß würde wieder ein Lob verdienen, da er das gute Stück sozusagen freihändig auf dem exakt richtigen Platz eingesetzt hatte.

Doch so mancher würde sich vielleicht fragen, warum das Schicksal an diesem Nachmittag ausgerechnet den so tüchtigen, immer anständigen und durch und durch ehrlichen Straßenmeister und Pfarrgemeinderatsvorsitzenden ereilen musste.

Ausgerechnet, als er dem Pfosten den allerletzten Schlag versetzte, durchfuhr ihn plötzlich, aus heiterem Himmel, ein heißer Schmerz.

War es Gottes mahnender Zeigefinger?

Oder eine finale, erlösende Berührung.

Je nach Betrachtungsweise konnte man die Wirkung des Schmerzes als fatal oder befreiend bezeichnen.

Bereits im Moment seines Auftretens knipste er Furtners Leben aus.

Er war tot, noch bevor er auf dem Boden aufschlug.

Genauer – straßenmeistergemäß – auf dem Asphalt.

24

Kundenberater in einer Bank. Karatetrainer, schwarzer Gürtel. *ShihanDom* mit unzähligen Chatkontakten. Diese interessante Rollenvielfalt des Gernot Pernauer hatte sich im Vorfeld problemlos googeln lassen.

Gestresstes, schwitzendes, armseliges Würstchen, hätte Schinagl nun ergänzen können, als sie Pernauer betrachtete, der auf dem Gehsteig vor seinem Haus in seiner lächerlichen Grillschürze von einem Fuß auf den anderen trat und sich ständig umsah, ob sie aus den umliegenden Häusern hoffentlich niemand beobachtete.

Der Herr Pernauer mit zwei Kriminalbeamten.

Das hätte für Gesprächsstoff gesorgt.

Das hätte Gerüchte und Spekulationen erzeugt.

Das hätte die sonst so tadellosen Pernauers in ein schlechtes Licht gerückt.

„So schaut also unser Karate- und Sexmeister in seiner Alltagsvariante aus“, sagte Schinagl und fragte sich, ob es weltweit ein einziges männliches Exemplar gab, das sich nicht auch zum Grillmeister berufen sah.

„Mit der Grillzange sind Sie hoffentlich nicht so gefährlich wie mit Ihren Schlägen und Tritten“, sagte Worschädl.

„Tut mir wirklich leid, aber ich konnte doch unmöglich wissen, dass Sie von der Polizei sind.“

„Ach so? Haben Sie Hörprobleme? Als Sie die Wohnung Ihrer Freundin betraten, wurden wir Ihnen doch von ihr laut und deutlich vorgestellt.“

„Ja, in der Wohnung. Aber dann, in diesem Hinterhof … da dachte ich, dass ich überfallen werde.“

„Von dem Polizisten, vor dem Sie geflüchtet sind? Der Sie die ganze Zeit verfolgt hat? Sie glauben hoffentlich nicht, dass Sie uns für blöd verkaufen können.“

„Ich war unter Stress. Ich hatte Angst."

„Richtig", antwortete Schinagl. „Sie mussten befürchten, dass Ihre Sadomaso-Aktionen auffliegen. Pech, dass Sie ausgerechnet mich zu sich ins Auto holten. Noch größeres Pech, dass Sie mich gewaltsam zu sexuellen Handlungen zwingen wollten."

„Das ist Teil des Vertrags. Wenige Sekunden vorher hatten Sie unterschrieben, dass Sie von mir erniedrigt werden wollen."

„Du meine Güte! Ich habe mich mit Händen und Füßen gewehrt und sehr laut ‚Nein' geschrien."

„Sieht so aus, als ob Sie die Regeln nicht kennen. Ihr Widerstand und meine Reaktion darauf sind Teil des Spiels", dozierte Pernauer.

„Na toll. Und wie macht man Ihnen klar, dass Sie die Grenzen überschreiten?"

„Ganz einfach: Sie geben mir das vereinbarte Zeichen."

„Welches Zeichen?"

„Gestreckter Zeigefinger mit gestrecktem kleinen Finger oder das Wort ‚Endstation'. Steht alles im Kleingedruckten."

„Im Kleingedruckten? Wer schaut sich das so genau an? Ihnen war völlig klar, dass ich von diesem Zeichen keine Ahnung habe. Sie haben die Spielregeln ganz bewusst verletzt."

„Von einer hoffentlich gut ausgebildeten Kriminalbeamtin hätte ich mir doch erwartet, dass sie Verträge lesen kann."

Holla. Blitzte soeben bei Herrn Pernauer, der sich in echter Bedrängnis befand, eine unverhohlene Präpotenz gegenüber Frauen auf? Spiegelte sich in dieser unangebrachten und besserwisserischen Ansage seine heimlich ausgelebte Erniedrigungslust? Hielt er sich als Mann gar für etwas Besseres?

„Die Kriminalbeamtin ist gespannt darauf, wie Ihre Frau auf Ihre Sexgeschichten reagiert."

Jetzt habe ich ihn so weit, dachte Schinagl, als sie die plötzliche Kälte in Pernauers Augen registrierte. Jetzt würde er mich am liebsten schlagen. Und würgen. Bis zur Besinnungslosigkeit.

„Wenn davon etwas zu ihr oder meinem Arbeitgeber durchdringt, dürfen Sie sich auf eine weitere und weitaus unangenehmere nächtliche Begegnung freuen."

Paff! Die nächste von erstaunlicher Arroganz geprägte Verbalattacke. Der saß noch auf dem hohen Ross, obwohl er schon halb aus dem Sattel gekippt war.

Während sich Schinagl in Selbstbeherrschung übte, verzichtete Kollege Worschädl auf seine bereits überstrapazierte Impulskontrolle. Was zu viel war, war zu viel. Mit seiner unverhohlen ausgesprochenen Drohung hatte Pernauer den Bogen überspannt. Deshalb ließ es der Chefinspektor zu, dass seine rechte Hand nach vorn schoss, Pernauer am Kragen packte und mit einem Schraubgriff gegen die Gartentür presste.

„Ab jetzt, Sie arroganter Hosenscheißer, geht es nach unseren Regeln. Sie reden nur, wenn Sie gefragt werden. Kapiert?"

Heftiges Nicken von Pernauer.

„Wir wissen von Ihrem Verhältnis mit Chiara Löffler. Wieso haben Sie Clemens Löffler umgebracht?"

Falls Pernauer ein Herz hatte, was sehr wahrscheinlich war, fiel es ihm in diesem Moment augenscheinlich in die Hose.

„Was?"

„Gegenfragen sind verboten. Also, wieso?"

„Das ist absurd. Ich habe damit nichts zu tun."

„Irrtum, mein Freund.“ Worschädl zog den Schraubgriff deutlich an, was bei Pernauer zu heftigem Husten führte. „Flughafenparkplatz! Sie haben sich mit Clemens Löffler angelegt.“

„Ich habe ihn nur zur Rede gestellt. Ihm gesagt, dass er Chiara in Ruhe lassen soll.“

„Er hatte doch ohnehin Betretungsverbot.“

„An das er sich nicht gehalten hat. Und Chiara war leider dumm genug, ihm auch noch die Tür zu öffnen.“

„Na und? Geht Sie das irgendetwas an?“, warf Schinagl ein. „Ach so, verstehe, Sie wollten nicht, dass sich die beiden treffen, weil Sie eifersüchtig waren.“

„Hallo, dieses Schwein hat seine Frau ganz übel zugerichtet!“

„Und von Ihnen wurde sie ja nur ein wenig geschlagen und gewürgt.“

„Noch einmal! Das passiert in beiderseitigem Einvernehmen!“

„Toll! Beeindruckend! Meine Achtung vor Ihnen steigt von Minute zu Minute! Mit wie vielen Frauen haben Sie solche beschissenen Verträge laufen?“

„Keine Sorge, es sind nicht allzu viele“, antwortete Pernauer gelassen.

Schinagl atmete tief durch und wurde von Worschädl abgelöst.

„Herr Pernauer, wo haben Sie sich heute Früh um 8 Uhr 25 aufgehalten?“

„Im Karateverein. Krafttraining. Danach bin ich in die Arbeit. Die Bankfiliale am Bulgariplatz.“

„Für das Krafttraining gibt es Zeugen?“

„Ich habe einen Schlüssel und war allein.“

„Wann sind Sie in der Bank eingetroffen?“

„Um etwa zehn Minuten nach neun.“

„Das werden wir überprüfen.“

„Und wie, wenn ich fragen darf?“

„Vorerst noch so dezent wie möglich“, antwortete der Chefinspektor.

„Wir gehen auch Ihren dubiosen Sexverträgen nach“, warf Schinagl ein. „Sollte sich auch nur eine Ungereimtheit finden, sind Sie die längste Zeit seriöser Kundenberater einer Bank und treuherziger Familienvater gewesen.“

„Muss ich mir so eine Drohung gefallen lassen?“, wandte sich Pernauer an Worschädl.

„Frau Schinagl hat Sie nur auf die Folgen eventueller nicht gesetzeskonformer Handlungen aufmerksam gemacht. Und jetzt würden wir noch gerne einen Blick auf Ihren Wagen werfen.“

„Wieso auf meinen Wagen?“

„Sagen Sie uns einfach, wo er steht“, insistierte Schinagl.

„In der Autowerkstatt.“

„In der Autowerkstatt?“ Rascher Blickwechsel zwischen Schinagl und Worschädl.

„Warum nicht? Das ganz normale Jahresservice.“

„Name und Adresse der Werkstatt. Sofort!“, befahl Worschädl und zückte seinen Notizblock.

„Auto Kramer. Leondinger Straße.“

„Okay. Sie unternehmen vorerst keine beruflichen oder privaten Reisen und müssen für uns rund um die Uhr erreichbar sein.“

„Kein Problem. Ihre Verdächtigungen werden sich in Luft auflösen. Ich habe nichts Verbotenes getan.“

„Das wird sich zeigen“, sagte Schinagl. „Aber dass Sie ein mieser Drecksack sind, steht ohnehin außer Diskussion.“

Schinagl drehte sich um und ging mit Worschädl zum Wagen. Dabei konnte sie Pernauers Wut über ihre letzten Worte im Nacken spüren. Und seine Lust, sie klein zu machen.

„Was sagst du, Robert? Mag er mich?"

„Das ist eher unwahrscheinlich. Aber es turnt ihn an, dich anzuflegeln."

„Darauf kann ich gern verzichten."

„Ist aber sein Spiel. Am liebsten hätte er dir eine geknallt."

„Und das hätte ihn scharf gemacht?"

„Sicher. Dich eventuell weniger."

„Goldrichtig, Herr Kollege. Also, wenn der normal tickt ..."

„Das ist ebenso unwahrscheinlich."

„Der hat es nicht ertragen, dass Chiara die Beziehung zu ihrem Ex-Mann nie richtig beendet hatte."

„Du gehst davon aus, dass er unser Täter ist?"

„Robert, da passt doch alles. Sein Aggressionspotenzial, der dunkelgraue SUV ..."

„Aber es kann auch sein, dass er die Wahrheit sagt", meinte Worschädl und nahm ein Gespräch auf seinem Handy an.

Was er zu hören bekam, trug nicht zu seiner Entspannung bei. Und ließ ihn wieder einmal an der Vernunft des menschlichen Wesens an und für sich zweifeln. Weil sich am sehr regionalen Beispiel eines Straßenmeisters ein anderes, global wirksames Phänomen beweisen ließ. Die fatale Tendenz, sehenden Auges auf sein Unglück zuzusteuern.

25

Die Wolken häuften sich wie eine wilde, aufgepeitschte Horde. Rotteten sich zusammen, jagten heran, färbten den Himmel dunkelgrau. Polterten, fauchten, schleuderten scharf gezackte Blitze.

Eine Sturmböe riss Worschädl beim Aussteigen beinahe die Autotür aus der Hand. Schinagl strich sich vergeblich ihr aufgescheuchtes Haar zurück.

Die Stimmung über der ihnen zu Füßen liegenden Landeshauptstadt erinnerte an ein Inferno. Das Tor zur Hölle hatte sich geöffnet. Während sich das Ermittler-Duo in Bewegung setzte, fielen die ersten schweren Tropfen.

Endlich.

Vor ihnen zuckendes Blaulicht. Auf den wenigen Metern, die sie bis zu den Einsatzwagen zurücklegen mussten, öffneten sich die Schleusen. Wie auf Kommando schüttete es in Strömen, und sofort waren sie pitschnass.

Für Worschädl eine Erlösung.

Für die Spurensicherung ein Desaster.

Bereits in wenigen Minuten würde an diesem Tatort so gut wie alles weggespült und vernichtet sein.

Gerichtsmediziner Jürgen J. Janko, dem sein eng anliegendes Hemd am Körper klebte, begrüßte sie mit einer kurzen Bestandsaufnahme.

„Vor euch liegt unser Augenzeuge Lorenz Furtner."

„So deutlich hätte er nicht beweisen müssen, dass er uns etwas verschwiegen hat", ärgerte sich Worschädl.

„Eine Bikerin mit violett-schwarz gestreiftem Helm hat ihn entdeckt. Um genau 14 Uhr 22."

„Genau hier neben dem Leitpfosten?"

„Wie immer habe ich dafür gesorgt, dass vor Ihrem Eintreffen nichts verändert wird. Allerdings, das mit den Spuren … bei dieser Wetterlage … saublöd, dass davon nichts übrig bleiben wird."

„Einerseits. Andererseits ein echter Segen", meinte Worschädl und genoss den mit dem Regen einhergehenden kräftigen Wind.

„Seinen Löffel hat Furtner um etwa 14 Uhr abgegeben. Ich habe mir bereits erlaubt, einen kleinen Suchtrupp loszuschicken", ereiferte sich Janko.

„Um was zu finden?", erkundigte sich Schinagl.

„Jenes Instrument, das die eigenartige Wunde im Körper des Toten verursacht hat."

„Also keine übliche Verletzung?"

„Ganz und gar nicht. Wir haben es mit erheblichem Blutverlust und einem Loch im Brustkorb ohne jegliche Schmauchspur zu tun."

„Ein Pfeil?", überlegte Worschädl.

„Mit großer Wahrscheinlichkeit. Das hier ist ein akkurates Loch, das sich wie ein Tunnel seinen Weg durch den Körper gebohrt hat."

„Maximal tödlich. Aber ich glaube nicht, dass ein normaler Bogen eine derartige Kraft entwickeln kann", zerbrach sich Worschädl den Kopf.

„Genauso sehe ich das auch. Ich habe eine Vermutung, spreche sie aber noch nicht aus", deutete Janko an.

„Aus Sorge, dass Sie sich blamieren?"

„Mein Perfektionismus – Sie wissen schon. Außerdem, falls meine Vermutung stimmt, gibt es einen kleinen privaten Zusammenhang."

„Jetzt machen Sie uns neugierig. Sie kennen jemanden, der solche Löcher fabrizieren kann?"

„Ja, ich glaube, der könnte das."

Worschädl wischte sich den Regen aus dem Gesicht.

„Der Täter muss ihn hier erwartet haben. Hat Furtner etwas bei sich gehabt? Führerschein, irgendwas?"

„Sein Handy und seine Geldtasche. Mit ein paar Scheinen, Münzen und Rechnungen."

Als hätte sich Furtners Handy angesprochen gefühlt, schlug es wie aufs Stichwort an.

„Wollen Sie?", fragte Janko und drückte das bereits in einer Plastikhülle sichergestellte Mobiltelefon Worschädl in die Hand.

„Aber freilich." Der Chefinspektor stellte auf laut und betätigte die Taste mit dem grünen Hörersymbol.

„Hallo?"

„Lorenz, wie lange brauchst du noch?"

„Warum fragst du?"

„Weil du hier dringend die Straßenwalze übernehmen sollst."

Für einen Augenblick dachte Worschädl über seine etwaige Eignung als Straßenwalzenfahrer nach. Eintönige, jedoch ergebnisorientierte Tätigkeit. Du walzt die Straße, und danach ist sie tatsächlich gewalzt, während du als Kriminalbeamter ermittelst, in eine Sackgasse gerätst und wieder von vorn beginnst. Insofern bot sich ein Straßenwalzenfahrerjob als attraktive Alternative an. War mitunter sicherlich befriedigender als das Jagen von Verbrechern.

„Auf Ihren Kollegen werden Sie verzichten müssen", setzte er das Gespräch fort. „Mein Name ist Robert Worschädl. Ich bin von der Kriminalpolizei. Lorenz Furtner ist leider tot."

„Ja hallo, was reden Sie für einen Blödsinn?"

„Es ist leider wahr. Er wurde ermordet."

„Wie bitte?"

„Mit wem spreche ich?"

„Leopold Greisegger. Ich bin sein Chef."

„Herr Greisegger ... Darf ich Ihnen dann gleich ein paar Fragen stellen? Hat sich Herr Furtner in letzter Zeit anders verhalten? Ist Ihnen etwas Ungewöhnliches an ihm aufgefallen?"

„Aufgefallen? Nur, dass er besonders gut aufgelegt war. Kein Wunder. Er hat sich erst gestern ein neues Auto bestellt. Eine ganz schön teure Kiste."

„Okay, und das Geld dafür ..."

„Lottogewinn. Hat er jedenfalls behauptet."

„Vielen Dank, ich melde mich", sagte Worschädl und beendete das Gespräch. „Sabine, dieser Dummkopf hat uns angelogen."

„Wir hatten recht. Er hat den Täter erkannt und wollte ihn erpressen."

„Und der Täter hat sich das nicht bieten lassen."

„Ich habe da etwas!"

Der Ruf kam von einer Polizistin, die mit zwei weiteren Kollegen das Gelände rund um den Tatort absuchte und deren Metalldetektor anschlug.

„Schön, sehr schön. Ich glaube, wir haben Glück", sagte Janko.

„Inwiefern?", fragte Schinagl.

„Der Gegenstand, nach dem wir suchen, besteht entweder aus Carbon oder aus Stahl."

„Und Sie haben auf Stahl gesetzt. Deshalb die Detektoren."

„Genau."

In diesem Moment hob die Beamtin etwas vom Boden auf, das von Janko wenig später als Jagdpfeil mit ausklappbaren, ultrascharfen Klingen diagnostiziert wurde.

„Genauso, wie ich dachte. Eine grausame Waffe. Die Klingen klappen erst auf, sobald der Pfeil auf sein Ziel trifft. Beim Eintritt fräsen sie sich durch ..."

„... und hinterlassen einen blitzschnell und sauber gebohrten Krater."

„Aber das schafft so ein Pfeil doch nur mit extrem hoher Geschwindigkeit", bemerkte Schinagl.

„Die man nur mit einem sogenannten Compoundbogen erreicht", bestätigte Janko.

„Hervorragend kombiniert, Herr Janko", sagte Worschädl.

„Compoundbögen sind einerseits herausfordernde Sportgeräte und andererseits sehr effektive Waffen", setzte Janko fort.

„Sie scheinen sich gut auszukennen. Beschäftigen Sie sich privat damit?"

„Mein Ehemann. Neben mir und seinem Beruf als Osteopath ist das Bogenschießen seine dritte große Leidenschaft."

„Das heißt, er kennt sich damit aus?"

„Sogar sehr gut. Er nimmt an internationalen Bewerben teil."

„Dann könnte er uns genauer Auskunft geben."

„Wenn es um die Vermischung von Beruflichem und Privatem geht, ist Alexander sehr sensibel. Aber es gäbe eine Methode, die auf alle Fälle funktioniert."

„Und die wäre?"

„Am besten, Sie buchen ihn für ein, zwei Stunden und kommen mit ihm ins Gespräch."

26

Am Abend nach dem Besuch der beiden Kriminalbeamten ertappte sich Johanna Pernauer dabei, dass sie die Wischbewegungen ihres Mannes beim Entschlüsseln seines Handys beobachtete. Eigenartig, weil sie sich so gar nicht kannte.

Sie war keine Ehefrau, die zur Eifersucht neigte, ihrem Mann nachspionierte und hinter jeder kleinsten Auffälligkeit eine Affäre vermutete. Bis jetzt hatte sie immer akzeptiert, dass er das Geheimhalten seines Handycodes mit dienstlichen Nachrichten und der im Bankwesen besonders rigid gehandhabten Verschwiegenheitspflicht begründete. Sie hatte keinen Grund gesehen, Gernot in irgendeiner Weise zu misstrauen.

Sein oftmalig spätes Nachhausekommen war seiner Führungsposition im Geldinstitut und seiner Trainerfunktion im Karateverein geschuldet, das nahm sie als gegeben hin. Weder schwärmte er auffällig für weibliche Kolleginnen noch verhielt er sich im Verwandten- oder Bekanntenkreis anzüglich oder gar ordinär. Vielmehr hatte er ihr seit ihrer Hochzeit vor 18 Jahren immer das Gefühl gegeben, dass sie sein Ein und Alles war und eine andere nie und nimmer in Frage käme.

Doch nun war etwas eingetreten, das sie einigermaßen irritierte. Gernot, stets souverän und ausgeglichen, wurde für einen Moment am falschen Fuß erwischt und hatte sich unsicher gezeigt. Als ob er unerlaubterweise sein Konto überzogen hätte. Entstanden war dieser Eindruck bei Gernots Versuch, die Befragung durch die Polizisten kleinzureden. Da entdeckte sie etwas Linkisches in seinem Blick. Zusammen mit seinem verharmlosenden Tonfall kam sich Johanna vor, als würde er sie wie ein Dummerchen behandeln. Wie ein kleines Kindergartenmädchen, dem die Wahrheiten der Erwachsenen nicht zuzumuten wären.

Falls es sich bei der polizeilichen Unterredung, wie er behauptet hatte, um etwas Dienstliches handelte, erschloss sich ihr nicht, warum die Beamten zu ihnen nach Hause und nicht in die Bank gekommen waren. Weiters erschien es ihr befremdlich, dass dieses Frage- und Antwortspiel am Gartenzaun eine volle halbe Stunde in Anspruch genommen hatte. Noch dazu stieg ihr Mann dabei wie ein unter Strom gesetztes Nervenbündel unentwegt von einem Fuß auf den anderen. Und auf die Wortmeldungen der sportlichen Frau reagierte er übertrieben aggressiv.

Auf ihrem Beobachtungsposten am Küchenfenster wurde ihr sogar angst und bang, als Gernot von dem harmlos wirkenden männlichen Beamten plötzlich am Kragen gepackt, gegen die Gartentür geschleudert und dort eisern festgehalten wurde. So vehement ging die Polizei doch nicht ohne triftigen Grund vor. Es musste Gernot gewesen sein, der ihm einen Anlass gegeben hatte. Harmlose Vergehen wie eine Parksünde und Geschwindigkeitsübertretungen lösten wohl keine so grobe Behandlung aus.

Konnte es nach so vielen größtenteils ungetrübten Ehejahren inklusive der gut gelungenen Erziehung zweier prächtiger Kinder sein, dass ihr Mann vor ihr etwas zu verbergen hatte? Geldprobleme oder finanzielle Ungereimtheiten schloss Johanna aus. Gernot war sowohl in seiner Arbeit als auch zu Hause ein überaus korrekter und verlässlicher Finanzminister. Gut, beim Festlegen des Taschengeldes für die Kinder und des für Haushaltsausgaben vorgesehenen Budgets verhielt er sich eher knausrig, andererseits hatten sie dadurch einen ordentlichen Polster angespart, mit dem sie eventuelle Krisenzeiten sicher überstehen würden.

Jederzeit, zu jeder Minute und jeder Sekunde könne, hatte Gernot ihnen eingetrichtert, etwas Unvorhergesehenes passieren. Ständig müsse man gewappnet sein und seine Geldgeschäfte im Griff haben. Deshalb verlangte er von den Kindern, dass sie schon sehr früh zwischen Soll und Haben unterscheiden konnten.

Er brachte ihnen die wesentlichen Unterschiede zwischen Sparbuch, Aktie und Anleihe bei und schärfte ihnen ein, dass Begriffe wie Konto und Saldo nicht irgendein abstraktes Larifari waren, sondern ein bedeutsamer Teil der Lebens- und Alltagsbewältigung und mindestens so wichtig wie das selbstverständliche Verwenden von Messer und Gabel.

Spare in der Zeit, dann hast du in der Not war ein Leitmotiv, das nicht nur für ihn, sondern für jedes Familienmitglied an oberster Stelle zu stehen hatte.

Selbstredend, dass alle ein Ein- und Ausgabenbuch zu führen hatten, auf das er sich fallweise einen genaueren Blick erlaubte.

Heftigere Schelte gab es zuletzt, weil Johanna das rechtzeitige Einlösen von 25-Prozent-Ermäßigungsklebern im Lebensmittelmarkt übersehen hatte.

Sie hatte dagegengehalten, dass sie ausgerechnet in dieser Aktionswoche extremen Stress mit der Deadline für eine Werbekampagne gehabt hatte. Auch die ständigen Chauffeurdienste für die unterschiedlichen Aktivitäten der Kinder hatten sich äußerst herausfordernd gestaltet. Dieses Argument wischte Gernot mit einem seiner Moralvorträge vom Tisch.

„Wir sind keine Familie, die das Geld zum Fenster hinauswirft. Ich will nicht, dass unsere Kinder ein solches Fehlverhalten lernen. Wir haben Vorbilder in allen Belangen zu sein, weshalb dir das hoffentlich nie wieder passieren wird.“

Auch wenn ihr sein Ton in keinster Weise gefiel, gab sie ihm inhaltlich recht. Als teilzeitbeschäftigte Mitarbeiterin einer Marketingagentur neigte sie zu einer kreativen Schlampigkeit, die gerade in finanziellen Angelegenheiten absolut nichts verloren hatte. Klare Rechnung, gute Freunde – auch dieser Spruch war Teil der Pernauerschen Glaubenssätze.

In den vergangenen Jahren hatte sich Johanna den Wertvorstellungen ihres Ehemannes weitgehend angepasst. Sie hatte ihm, weil es das Zusammenleben erleichterte, sehr bewusst das Gefühl gegeben, zu Hause der Chef zu sein.

Natürlich war sie nicht immer mit allem einverstanden gewesen. Natürlich hatte sie ihm auch widersprochen. Aber als harmoniebedürftige Person steckte sie bei ernsten Streitigkeiten lieber zurück. Ihr war der allgemeine Frieden wichtiger als das Durchsetzen ihrer Standpunkte.

Zudem war sie stets von einem hohen Maß an gegenseitigem Vertrauen ausgegangen.

Doch dann tauchten die beiden Polizisten auf.

Wenige Stunden danach hefteten sich ihre Augen wie von selbst auf den Daumen ihres Mannes, als er über das Handy wischte.

Wie es der Zufall wollte, ließ Gernot bei einem Gang auf die Toilette sein Handy auf dem Esstisch liegen.

Die Versuchung war zu groß.

Sie wischte genauso wie er.

Fabrizierte einen Fehlversuch.

Versuchte es noch einmal.

Treffer. Sie war auf seiner Oberfläche.

Ihr Blick flog über bunte Apps, die meisten geld- und bankaffin, bis sie das Zeichen für die Mails entdeckte. Konnte kein Fehler sein, sich dort ganz kurz umzusehen.

Das Gehör hinaus auf den Gang gerichtet, zugleich ein Tupfer mit dem Zeigefinger, Bingo.

Mails über Mails.

Von Kollegen, Geschäftspartnern und diversen anderen bankbezogenen Kontakten. Hin und wieder eine familiäre Nachricht von Johanna oder einem der Kinder. Sie scrollte und scrollte, konnte nichts Auffälliges entdecken, ärgerte sich bereits über ihr schäbiges Misstrauen, bis sie auf Absender mit ungewöhnlichen Namen stieß.

Domestica29.

ServaBlond.

DevSklavin.

Johanna lief es heiß und kalt über den Rücken. Ihr Zeigefinger zitterte, als sie ihn auf einen dieser Namen legte.

Ein Blick auf den Nachrichtenverlauf genügte, und unter Johanna tat sich ein Abgrund auf.

Ohne Ende, ohne Boden.

Sie fühlte sich wie im freien Fall.

Buchstabe für Buchstabe, Zeile für Zeile stand da nichts als versautes, perverses Zeug.

Es dauerte ein wenig, bis ihr dämmerte, mit wem diese Domestica ihre intimsten Wünsche sexueller Unterwerfung teilte. Wem sie sich mit allen Sinnen willig unterwerfen wollte.

Sie begriff erst nach und nach, wer die Person war, die dieser Frau einerseits die gerechte Bestrafung und andererseits die vollkommene Befriedigung versprach.

Sie brauchte ein paar Sekunden, bis ihr klar wurde, dass sie die Ehefrau von *ShihanDom* war.

27

Irgendwas konnte immer zwicken. Schinagl täuschte eine extrem schmerzhafte Rückenverspannung vor, profitierte von der kurzfristigen Absage eines Klienten und wurde gleich am Vormittag eingeschoben.

Zuerst widmete sich Alexander Janko-Ecker der Schiefstellung ihres Beckens.

Sie saß in ihrer Unterwäsche vor ihm. Spürte seine Zauberhand auf ihrem Rücken. Staunte über die minimalen Bewegungen und die verblüffende Wirkung.

Osteopathie.

Für Schinagl schon immer ein kleines Wunder.

Als sie sich wenig später auf der Liege ausstreckte, Gesicht nach oben, seine Hand im oberen Beckenbereich und Rückenansatz unter ihr, löste der sanfte, kaum spürbare Druck seiner Finger eine unglaubliche Entspannung aus. Es fühlte sich an wie ein langsames Abheben und Schweben. Als wäre sie weich und leicht und würde getragen werden.

„Tut es hier weh?"

„Ist schon viel besser."

„Und zugezogen haben Sie sich das ..."

„Beim Bogenschießen."

„Okay." Die Stimme von Janko-Ecker klang gut geerdet. Angenehm ruhig.

„Genauer beim Compoundbogenschießen."

„Sie machen das öfter?"

„Nein, das war mein erstes Mal."

„Dann ist es kein Wunder. Der Compoundbogen verlangt eine sehr konzentrierte Körperhaltung."

„Sie kennen sich damit aus?"

„Ein wenig."
„Sie haben also auch schon einmal ..."
„Zugegeben mehrere Male."
„Interessant. Ein Hobby-Compoundler."
„So ungefähr. Schön lockerlassen", empfahl Janko-Ecker.
„Ich versuch's. Schießen Sie gut?", fragte Schinagl neugierig.
„Ich müsste viel mehr trainieren. Aber es reicht für den Landesmeister."
„Landesmeister? Dann sind wir so etwas wie Kollegen. Nur ist es bei mir schon sieben Jahre her."
„Sensationell. Welche Disziplin?"
„200 Meter Hürden."
„Respekt. Wenn Sie sich jetzt bitte auf den Bauch drehen."
„Gerne. Was gefällt Ihnen am Bogenschießen?"
„Die spezielle Art der Bewegung", antwortete Janko-Ecker. „Vor allem der Moment, in dem sich Körper und Geist beim Spannen des Pfeils mit dem Ziel verbinden."
„Das kenne ich vom Laufen auch. Wenn man in den Startblöcken kniet. Den Sand unter den Händen spürt. Im Kopf den Lauf noch einmal durchgeht. Hürde um Hürde, bis ins Ziel."
„Genau das habe ich gemeint. Vorsicht, das werden Sie jetzt spüren. Könnte ein bisschen weh tun."
„Kein Problem", antwortete Schinagl und biss, während sich seine Daumen gnadenlos in ihren Rücken bohrten, die Zähne zusammen. „Gehen Sie eigentlich auch auf die Jagd?"
„Mit dem Compoundbogen? Nie und nimmer. Das

ist mir zu barbarisch, das lehne ich ab. Und in Österreich ist es ohnehin verboten“, klang Janko-Ecker überzeugend.

„Aber Sie kennen die Pfeile, die dafür verwendet werden.“

„Selbstverständlich. Sie haben ein Faible für die Jagd?“

„Ich habe von Pfeilen mit ausklappbaren Klingen gehört, die sich erst beim Kontakt mit einem Tier öffnen und durch den Körper bohren.“

„Das sind Geschoße, die ich nie verwenden würde.“

„Sie können mir aber sicher verraten, wie man an diese mörderischen Dinger kommt.“

„Zuerst müssen Sie mir sagen, wofür Sie die verwenden wollen.“

„Na gut, ich bin eine Kollegin Ihres Mannes“, gestand Schinagl, drehte sich auf den Rücken und richtete sich auf.

„Habe ich mir schon fast gedacht. Und dieses Schlitzohr hat Ihnen verraten, wie Sie mich am besten überlisten können.“

„Sie sind ein idealer Informant. Wenn wir zu auffällig ermitteln, könnte das jemand bemerken ...“

„... und wird vielleicht vorgewarnt.“

„Genau. Und um das zu verhindern ...“

„... haben Sie eine Verspannung erfunden?“

„Erfunden oder real – Ihre Behandlung hat mir gutgetan“, sagte Schinagl und schlüpfte in ihre Bluse.

„Genau so soll es sein. Diese Pfeile bekommen Sie problemlos über diverse Plattformen im Internet. Wurde jemand damit verletzt?“

„Ermordet. Der Pfeil hat punktgenau das Herz getroffen und ist rückwärts wieder ausgetreten.“

„Aus welcher Entfernung wurde er abgeschossen?“

„Unserer Einschätzung nach aus etwa 40 Metern."

„Höchstes Niveau. Ein Meisterschütze. Davon gibt es nicht sehr viele."

„Wo suche ich den am besten?"

„In der obersten Liga. Bei Leuten mit Turniererfahrung. Die Besten der Besten in Bogenschützenvereinen."

„Danke." Schinagl schloss den Gürtel ihrer Hose.

„Sehr gerne. Und falls Sie einmal unter einer echten Rückenverspannung leiden sollten ..."

„Weiß ich, wo ich mir professionelle Hilfe holen kann."

28

Der Apotheker ihres Vertrauens stand mit Karoline beim Regal mit den Gesundheitstees und erzählte ihr, dass er ihre gemeinsame Freundin Silvia gestern ebenfalls im Krankenhaus besucht hatte. Allerdings nur auf einen kurzen Sprung, weil Gregor Scheibner als Obmann des Vereins zur Belebung der Linzer Innenstadt wegen des bevorstehenden Weinfestes eine dringende Vorstandssitzung zu leiten hatte. Vermutlich auch, weil Silvia für ihn eher eine Bekannte als eine Freundin war. Aber das knappe Gespräch mit Silvia, ihre dünne Stimme, ihre unsagbar müden Augen und ihre generelle Erschöpfung hatten ausgereicht, um ihn äußerst besorgt zu stimmen.

„Karoline, vor Krebs haben wir alle Angst. Natürlich haben wir alle unsere Sünden auf dem Kerbholz. Zigaretten, Alkohol, zu wenig Bewegung ...“

„Und dann trifft es ausgerechnet so eine Sportskanone und Gesundheitsfanatikerin wie unsere Silvia. Diese vor Kurzem noch so schöne, starke Frau.“

„Die jetzt nur mehr ein Schatten ihrer selbst ist. Natürlich wünschen wir uns sehnlichst, dass die Medikamente endlich Wirkung zeigen. Nur ist Körper nicht gleich Körper und Mensch eben nicht gleich Mensch.“

„Da bin ich voll bei dir“, antwortete Karoline. „Allerdings haben wir in diesem Fall drei nicht gleiche Menschen mit nicht gleichen Ärzten mit gleichen Medikamenten und ähnlichen medizinischen Erscheinungsbildern.“

Scheibner hob wie zur Beruhigung seine Hände: „Dennoch besteht kein Anlass, die Qualität ihres Medikaments anzuzweifeln. Zytostan ist ein sauteures und hochwirksames Therapeutikum, das seit Jahren bei der Chemotherapie zur Bekämpfung von Krebs zum Einsatz kommt", erklärte er und strich sich die dünne Haarsträhne zurück, die, vom Hinterkopf ausgehend und nach vorn frisiert, seinen voranschreitend kahlen Kopf bedecken sollte. „Die Wirksamkeit ist längst erwiesen, nur gibt es leider keine Garantie."

„Okay, aber was ist, wenn sich die Wirksamkeit auch in nächster Zeit nicht einstellt? Wenn sich dieser verteufelte Tumormarker nicht und nicht nach unten bewegt und sich Silvias Zustand nicht bessert? Nicht, dass ich jemandem etwas unterstellen will, aber schauen die Ärzte dann einfach zu und vertrauen weiter auf das Medikament, oder ist es denkbar, dass sie etwas anderes versuchen?"

Scheibner musste unwillkürlich lächeln, weil ihm Karolines beharrliches Nachfragen bestens bekannt war. Schon von Berufs wegen gab sich die Psychotherapeutin selten mit der erstbesten Antwort zufrieden und wollte es immer etwas genauer wissen.

„Ich bin kein Mediziner, aber ich nehme an, dass man bei der hochsensiblen Krebstherapie nicht einfach die Pferde wechseln kann. Noch dazu ist es ungewiss, ob man bei einer neuen Therapie nicht wieder ganz von vorn beginnt."

„Und wahrscheinlich kann niemand sicher prognostizieren, wie Silvia auf etwas Neues reagiert."

„In Silvias Fall reden wir von schwer beschädigten Organen und einem sehr dichten Krebsbefall. Und du musst bedenken, dass sich genau dieses Medikament bei vielen Patienten weltweit als sehr effizient erweist. Manchmal braucht es eben Zeit."

Karoline bewunderte Scheibners Geduld. Er musste längst spüren, dass sie nach etwas suchte, das es eigentlich nicht gab. Nach einer Unregelmäßigkeit, einer

Lücke, die nicht aufzufinden war. Dennoch nahm er ihre Fragen ernst und speiste sie nicht einfach ab.

„Du hast ganz sicher recht. Aber ich fürchte, die Zeit läuft Silvia gerade sehr schnell davon."

„Deine Sorge teile ich. Und sie beunruhigt mich ebenso wie dich. Aber wir können nun einmal keine Wunder wirken."

Karoline hatte keinen Zweifel daran, dass es der Apotheker genau so meinte, wie er es sagte. Er und Silvia waren mit den Worschädls Teil einer kleinen Gruppe, die miteinander in unregelmäßigen Abständen Kulturveranstaltungen besuchte und danach fein essen ging. Sie genossen die Geselligkeit, diskutierten über die Theateraufführung oder den Kabarettabend und plauderten über Gott und die Welt. Scheibner war die treibende Kraft, wählte die jeweiligen Events aus und hatte die mit einem Zahnarzt verheiratete Silvia in die Gruppe geholt.

Sie sah, dass Scheibner einer Mitarbeiterin, vor der sich am Verkaufstresen eine kleine Schlange gebildet hatte, ein Zeichen gab, dass er ihr gleich zur Seite stehen würde. Für Karoline ein Anlass, noch schnell eine Frage unterzubringen.

„Was ist, wenn mit dem Medikament etwas nicht stimmt? Wenn Fehler bei der Zusammensetzung der verschiedenen Stoffe passiert sind."

„Tut mir leid, aber das ist vollkommen unmöglich. Die Herstellung und Aufbereitung unterliegen strengsten Regeln."

„Davon bin ich ausgegangen. Aber wie läuft das? Wie wird das durchgeführt?"

Gregor blickte auf die Uhr, blieb aber trotz seiner wachsenden Ungeduld freundlich und ruhig. „Zytostatika sind hochtoxische Substanzen, es braucht also sehr ausgefeilte Sicherheitsbestimmungen, die unbedingt einzuhalten sind. Für das Aufbereiten, Mischen und Verreiben benötigt man eine spezielle Ausrüstung, eine Sicherheitswerkbank, einen Isolator und natürlich bestens geschultes Personal."

„Das klingt aufwendig. Und wo findet das statt?"

„Im sogenannten Reinraumlabor mit kontrollierten Druck- und Klimaverhältnissen. Damit die Zubereitungen steril und frei von Partikeln bleiben und die Mitarbeiter vor einer Kontamination geschützt sind."

„Wenn Menschen zusammenarbeiten, passieren Fehler. Außerdem könnte jemand das Medikament auch vorsätzlich manipulieren."

„Um diese Möglichkeit auszuschließen, erfolgt die Herstellung von Zytostatikalösungen immer nach dem Vier-Augen-Prinzip."

„Also durch zwei Mitarbeiter beziehungsweise Mitarbeiterinnen."

„Genau. Und bevor die Freigabe erfolgt, gibt es noch eine sehr genaue Endkontrolle. Aus den Laboren geht also garantiert nichts raus, das nicht topsauber wäre."

„Dann liegt es tatsächlich an Silvias organischem System?"

„Das hoffentlich sehr bald entsprechend reagieren wird."

„Danke für deine Zeit. Ich habe dich viel zu lange aufgehalten."

„Überhaupt nicht. Wir drücken Silvia ganz fest die Daumen."

„Eine letzte Frage noch. Die Labore für die Herstellung der Zytostatika ... wo befinden sich die?"

„Bei uns in Österreich hauptsächlich in Krankenhäusern."

„Okay. Danke."

„Sehr gern. Und schönen Gruß an deinen Mann."

Karoline schüttelte Scheibner die Hand und trat hinaus auf die Straße. Sie mochte seine freundliche und doch sehr direkte und klare Art. Er machte keine Umschweife und brachte die Dinge auf den Punkt. Bei Karoline hatte er gerade für eine radikale und schmerzhafte Ernüchterung gesorgt.

Es lag nicht am Medikament.

Aber woran dann?

Für die Tatsache, dass sich bei drei Personen zeitgleich sehr ähnliche Phänomene zeigten, hatte er jedoch keine überzeugenden Argumente liefern können.

Da hielt sich Karoline doch lieber an ihren Mann.

Und aus Chefinspektor Worschädls Sicht konnte das unmöglich ein Zufall sein.

29

Siestastimmung.

Das sich zeitgerecht einstellende Bedürfnis, irgendetwas Essbares zu sich zu nehmen.

Etwas Leichtes, Aufbauendes, Motivierendes.

Schinagl vermeldete Lust auf ein Eis, was für Worschädl nachvollziehbar war. Eigentlich kein übermäßiger Freund von Süßspeisen, noch dazu bei der wieder herrschenden Wüstensandhitze, ließ er sich zu einem Himbeer-Zitronen-Becher überreden, während sich die Kollegin für Mango-Melone entschied.

Die beiden zogen sich auf die schattigen Stufen des Kunstmuseums Lentos zurück und schoben sich löffelweise den wohltuend kühlen, fruchtigen Matsch in den Mund.

Erst vor wenigen Minuten hatten sie von den Kollegen der Drogenfahndung die ernüchternde Information erhalten, dass jene Substanzen, die der Zoll am Linzer Flughafen vor einem Jahr beschlagnahmt hatte, sehr wahrscheinlich von Amts wegen vernichtet worden waren. Die Bestandslisten der Asservatenkammer, die sie von Dienststellenleiter Kubek eingefordert hatten, stellten sich also bereits vor ihrem Eintreffen als irrelevant heraus.

Aber Worschädl und Schinagl hielten es für denkbar, dass der mehrfach überrollte Clemens Löffler damals einen Teil des Drogenfundes abgezweigt, für den Eigenbedarf verwendet und vielleicht sogar damit gedealt hatte. Außerdem lag die Vermutung nahe, dass Kubek mit ihm nicht zum ersten und letzten Mal gemeinsame Sache gemacht hatte.

„Diesen Kubek haben wir scheißnervös gemacht“, sprach Schinagl mit mangosüßer Zunge.

„So nervös, dass er uns einen Abwehrkampf liefert und mit unseren Vorgesetzten droht", ergänzte Worschädl und fand es löblich, dass sein Himbeereis tatsächlich nach Himbeere schmeckte.

„Mich beschäftigt, dass sich die beiden regelmäßig vertreten haben. Warum waren er und Löffler so ein eingeschweißtes Team?"

„Weil sie etwas am Laufen hatten, von dem die anderen nichts wissen sollten."

„Vielleicht hat es Löffler übertrieben und zu viel in seine Tasche gesteckt", mutmaßte Sabine. „Der Tablettenfund in seinem Kleiderschrank ist locker 20.000 Euro wert."

„Kubek fühlte sich über den Tisch gezogen, es kam zum Streit, und am Ende räumte Kubek seinen Kontrahenten aus dem Weg."

„Vorsicht", warnte Schinagl mit Blick auf Worschädls Eislöffel, worauf sich eine mundgerechte Portion Himbeereis in bedenklicher Schräglage befand und knapp davor war, den Flug auf Worschädls blaues Hemd anzutreten.

„Danke. Das hätte mir gerade noch gefehlt." Worschädl brachte das Eis dort unter, wo es tatsächlich hingehörte. „Das Bewegungsprofil von Gernot Pernauer ... haben wir das schon?"

„Der Handyanbieter kümmert sich bereits darum. Und seine Frau bleibt dabei, dass er krank zu Hause war."

„Dieses Alibi ist genauso windig wie seine Sado-Maso-Verträge."

„Er dürfte der Meinung sein, dass er sich auf diese Art und Weise bestens abgesichert hat."

„Dabei gefährdet er damit sowohl seine berufliche als auch seine private Existenz“, brummte Worschädl.

„Das scheint ihm nicht bewusst zu sein. Der hat uns ganz schön angepflaumt.“

„Und stand unter Dauerspannung.“

„Stimmt. Der tickt wie eine Bombe.“

„Hoffentlich explodiert sie nicht.“

Die vor ihnen träge dahinfließende Donau schimmerte golden. Darüber flimmerte die Luft. Worschädl wünschte sich eine Fata Morgana herbei. Irgendeinen Oasenkitsch. Hohe, ausladende Fächerpalmen rund um einen kleinen Weiher mit sauberem, hellem, klarem Wasser. Doch es war nur ein Schubschiff zu sehen, das sich langsam flussaufwärts bewegte.

„Er hat uns gar nicht gefragt, wie wir sein Pseudonym entdeckt haben“, stellte Schinagl fest.

„Wahrscheinlich, weil es für ihn auf der Hand lag.“

„Stimmt. Er musste annehmen, dass wir den Tipp von Chiara Löffler haben!“ Schinagls Stimme klang überhaupt nicht mehr hitzeschläfrig, sondern mit einem Male hellwach und alarmiert.

„Verfluchter Mist!“, schimpfte Worschädl.

Sie griffen gleichzeitig nach ihren Handys und wählten unterschiedliche Nummern.

Worschädl erfuhr von der Bank, dass sich Herr Pernauer in seiner Mittagspause befand, die heute wegen eines dringenden privaten Termins etwas länger dauern würde.

Schinagl wurde von Johanna Pernauer nach einem gewissen Zögern und mit unsicherer Stimme mitgeteilt, dass sie von diesem privaten Termin nichts wisse und ihr Mann nicht zu Hause sei.

Schneller Blickwechsel mit Worschädl.

Dann sprangen sie gleichzeitig auf und starteten los.

Rannten, so schnell sie nur konnten.

Unter der sengenden Mittagssonne erschien der Weg zum Auto unendlich weit.

Sie durften keine Zeit verlieren.

Weil die Bombe jederzeit explodieren konnte.

30

Das sogenannte Bankgeheimnis, geregelt im Paragrafen 38 des österreichischen Bankwesengesetzes, besagt eindeutig, dass Geldinstituten und ihren Beschäftigten die Weitergabe oder Verwertung von Informationen, die ihnen aufgrund der Geschäftsverbindungen mit Kunden zugänglich gemacht worden sind, strengstens untersagt ist und dass diese Geheimhaltungsverpflichtung zeitlich unbegrenzt gilt.

Die enorme Bedeutung dieser Verschwiegenheitspflicht war Gernot Pernauer bereits während seiner Ausbildung so sehr in Fleisch und Blut übergegangen, dass sie auch in Lebensbereichen, die über das Berufliche hinausgingen, unbedingt einzuhalten war.

Lästerte er etwa in einer Unterhaltung mit seiner Frau über die Hainbuchenhecke, die ihre Nachbarn linkerseits schon wieder viel zu hoch in den Himmel wachsen ließen, erwartete er selbstverständlich, dass sie das bei der nächsten Hauseigentümerversammlung für sich behielt.

Schimpfte er über seine Schwiegermutter, die sich beim letzten Familiengrill über das von ihm zu scharf gewürzte Fleisch echauffiert hatte, erwartete er hundertprozentige Diskretion.

Titulierte er Lehrerinnen oder Lehrer seiner Kinder als pädagogische Warmduscher und Weicheier, weil sie mit den ihnen anvertrauten Kindern bei Gruppenspielen und Ausdruckstänzen durch Feld und Wiese hopsten, anstatt ihnen handfestes, im späteren Berufsleben brauchbares Wissen beizubringen, durfte davon bei diversen Elterntreffen und Schulveranstaltungen natürlich nichts nach außen dringen.

Wehe, wenn jemand seine diesbezüglichen Erwartungen enttäuschte und die Verschwiegenheitspflicht verletzte. Nichts fachte seinen Zorn so blitzschnell an, nichts konnte ihn so sehr in Rage bringen und nichts verursachte einen so langen, harten und unnachgiebigen Kommunikationsentzug.

Seine Frau Johanna konnte ein Lied davon singen, wie lange er es durchhielt, sie keines Blickes zu würdigen. Welchen vorsichtigen, wohlüberlegten Annäherungsaufwand sie leisten musste, bis er Millimeter für Millimeter nachgab, um endlich das Kriegsbeil zu begraben.

Als probates Mittel erwiesen sich wie bei nahezu allen Männern genau dosierte Sexportionen, für deren Verabreichung sich jedoch nicht jeder Zeitpunkt eignete. Wenn sie zu früh Hand anlegte, warf er ihr vor, ihn mit den allerprimitivsten Mitteln zurück an den Friedensverhandlungstisch zu holen. Machte sie zu spät die Beine für ihn breit, verweigerte er jegliche sexuelle Handlung mit dem trotzigen Argument, dass ihm jetzt die Lust vergangen wäre.

Dieses für Johanna sehr mühsame Machtspiel bereitete Gernot ein heimliches Vergnügen. Ihm war es nur recht, wenn die Stimmung zwischen ihnen von seiner Gnade abhing. Und bei einem Verschwiegenheits- oder Loyalitätsvergehen hing der Haussegen eben schief.

In dieselbe Kategorie fiel jetzt dieser unglaubliche Fehltritt von Chiara. Wie konnte sie es wagen, eines seiner intimsten Geheimnisse ausgerechnet zwei Polizisten zu offenbaren. Welch rücksichtsloser Affront, welch schamlose Bösartigkeit.

Nahezu unerträglich, wie es in Pernauer brodelte, seit ihn die beiden Beamten zu Hause aufgesucht hatten. Erschwerend kam hinzu, dass Chiara nicht nur eine unter vielen war. Sie glich keiner dieser 08/15-Frauen, mit denen er laufend vertraglich verbunden war und die ihm nahezu jederzeit zur Verfügung standen.

Chiara war etwas Besonderes.

Ein echtes Unikat.

Schlank wie ein Reh, variantenreiches Erotiktalent und seinen groben Praktiken gegenüber überhaupt nicht abgeneigt. Manchmal reizte und lockte sie ihn sogar, sich für ein paar Extrascheine noch weiter vorzuwagen, eine weitere Grenze zu überschreiten und beim Würgen und Schlagen noch einen Zahn zuzulegen.

Heute, sagte sich Pernauer, wird Chiara ausreichend bekommen, wonach sie bisweilen verlangt. Heute würde sie gründlich spüren, wozu er in der Lage war, wenn ihm jemand in den Rücken fiel.

Auch wenn er den Wagen drei Häuserblocks entfernt parkte, war ihm bewusst, dass es gegen jede Vernunft sprach, Chiara aufzusuchen. Er hatte keinen Zweifel daran, dass ihn die Polizei im Visier hatte und ihn vielleicht ein weiteres Mal vernehmen würde.

Doch etwas in ihm war stärker als das reflektierte, kluge Handeln.

Ein Trieb, so zwingend, dass er sich nicht beherrschen konnte, zielstrebig auf Chiaras Haustür zuging, darauf wartete, bis jemand das Haus verließ, zwei Treppen überwand und seinen Daumen schließlich auf die Klingel neben Chiaras Wohnungstür legte.

Er hörte das Tappen hinter der Tür, sah ihr Auge im Spion, und dann, als sie öffnete, ihren bemüht einladenden, in Wahrheit angespannten Blick. Zugleich legte sie den Finger auf die Lippen.

Achtung, keine anzügliche Begrüßung.

Keinen sexuell gefärbten Eröffnungsdialog.

Hinter ihr stand ihr kleiner Sohn.

Aber darauf konnte Pernauer unmöglich Rücksicht nehmen.

Jetzt ging es um Strafe und Vergeltung.

Das begriff Chiara, sobald die Tür ins Schloss gefallen war.

31

Manchmal fand Kerstin ihren kleinen Bruder richtig scheiße. Dazwischen war er echt zum Knuddeln, nur mochte er das meistens nicht. Unterm Strich war er okay, aber ganz aktuell tat er ihr richtig leid.

Tobias war kein Arschloch, das anderen etwas klaute. Er war auch keiner von den fiesen Idioten, die ununterbrochen beweisen mussten, dass sie die Allerbesten waren.

Oft kam er ihr sogar zu schüchtern und zurückhaltend vor. Ein unauffälliger Neunjähriger mit gar nicht so blöden Gedanken. Außerdem hatte er etwas geschafft, das für ihn so richtig schwierig war. Er hatte in einer Klasse mit 24 Schülern seinen Platz gefunden, obwohl er nicht wirklich für größere Gruppen gemacht war.

Er hatte sich gut eingefügt, zwei, drei Freunde gefunden und ging halbwegs entspannt zur Schule. Was sich in den letzten drei Wochen gravierend verändert hatte. Da kam er niedergedrückt und manchmal sogar verheult nach Hause. Er war kaum ansprechbar und reagierte auf Fragen ungeduldig und patzig.

Mama in ihrem Stress hatte das nicht wirklich bemerkt, aber Kerstin war es aufgefallen. Und jetzt kam auch noch diese Geschichte mit dem angeblichen Diebstahl dazu. Dazu Tobias' stocksteife Behauptung, dass er das bei ihm gefundene Geld garantiert nicht an sich genommen hatte. Außerdem seine Weigerung, auch nur ein Wort darüber zu erzählen, was denn da los war und warum man ausgerechnet ihn zum Beschuldigten machte.

Diese Gedanken gingen Kerstin durch den Kopf, als sie ihrem Bruder mit einigem Abstand auf seinem Schulweg folgte und ihn beschattete. Mama-Methoden. In normalen Familien nicht üblich, aber Kerstin erschien das jetzt angebracht. Sie tat das, was Mamas Kollege Robert immer propagierte: Sie folgte ihrem Bauchgefühl.

Als sie hinter ihm herschlich, wurde Kerstin bewusst, wie sehr sie diesen Kerl mit seinem für ihn typischen, träumerischen Gang mochte, wie innig sie sich mit ihm verbunden fühlte. Sie hatte plötzlich dieses Große-Schwester-Gefühl und hätte vor Freude weinen können, weil sie genau diesen einen besonderen, schrägen und wundervollen kleinen Bruder hatte.

Der sich unvermittelt hinter einer Mülltonne duckte. Zu spät. Die zwei Buben und das Mädchen, die auf der anderen Straßenseite aus der Gegenrichtung kamen, hatten ihn bereits entdeckt, wechselten die Straßenseite und liefen auf ihn zu.

Kerstin nutzte den Schutz eines Kastenwagens, um vorerst einmal abzuwarten und dabei nicht gesehen zu werden. Was sich im nächsten Augenblick und in den folgenden zwei, drei Minuten vor ihren Augen abspielte, versetzte sie in einen Zustand absoluter Hilflosigkeit und Verzweiflung. Alles in ihr brannte darauf, Tobias sofort zu retten und diese Vollidioten an Ort und Stelle aufzumischen. Am liebsten wäre sie auf der Stelle losgerannt, hätte die Arschlöcher windelweich geprügelt, Tobias fest an sich gedrückt und ihn in Schutz genommen.

Doch etwas in ihr hielt sie zurück. Vielleicht die mahnende Stimme ihrer Mutter, die sie nicht immer gerne hörte, von der sie sich aber in dieser Situation führen ließ.

Sie riet ihr, auf keinen Fall loszustürmen, weil sie Tobias damit nur für diesen kurzen Moment helfen würde. Tobias musste aber auch morgen und übermorgen wieder in die Schule gehen. Deshalb brauchte es eine klügere und raffiniertere Vorgangsweise. Etwas, das diesen drei Vollidioten so richtig in die Knochen fahren würde. Sie musste sich zusammenreißen und detektivische Vernunft bewahren. Es ging nicht um den schnellen Erfolg, sondern um eine Richtungsänderung, um die Veränderung des Kurses, und dazu brauchte es handfeste Begründungen.

Auch wenn sie auf ihre Mutter hörte, blieb in ihr dennoch das entsetzliche Gefühl, ihren Bruder im Stich zu lassen. Gleichzeitig kochte sie vor Wut. Sie zwang sich, ihr Versteck nicht zu verlassen und zu ertragen, was sie sah. Weil sie dafür sorgen konnte, dass sich diese unfassbaren Vorgänge eindeutig beweisen ließen.

Tränen liefen ihr über die Wangen, als Tobias ein paar Minuten später seine auf dem Gehsteig verstreuten Sachen einsammelte und in seinen Rucksack packte. Und dann den Rucksack auf den Rücken schnallte und mit hängenden Schultern und müden Schritten weiterstapfte. Wie sehr sie ihn dafür liebte, dass er nicht abbog, umkehrte oder sich verdrückte, sondern seinen Weg fortsetzte, sich weiterschleppte, tapfer in Richtung Schule ging.

In diesem Augenblick spürte Kerstin die Verantwortung, die sie als große Schwester hatte.

Sie steckte ihr Handy ein. Wusste, was sie zu tun hatte. Hatte dafür alles, was sie brauchte. Schwor sich, alles zu unternehmen, um ihrem Bruder eine weitere Demütigung wie diese zu ersparen.

32

Nach mehrmaligem Läuten und Klopfen schlug Schinagl mit der Faust gegen Chiara Löfflers Tür.

Sie konnte das herzzerreißende Kinderweinen aus der dahinterliegenden Wohnung nicht ertragen. Wollte sich nicht ausmalen, was sich da drinnen abspielte oder abgespielt hatte. Brauchte sofortige Gewissheit.

Ihr Trommeln gegen das braun furnierte Türblatt hallte durch das Stiegenhaus, bis sich Worschädls Hand auf ihre Schulter legte. Ein Zeichen, dass ihre Bemühungen seiner Meinung nach zu keinem brauchbaren Ergebnis führten.

„Ich weiß, Robert. Aber wir müssen da rein."

„Daran besteht kein Zweifel, Sabine. Aber wir hätten jemanden, der uns dabei helfen könnte."

„Du meinst das Kind?"

„Wenn wir es nicht verschrecken, öffnet es vielleicht die Tür."

Worschädl hatte natürlich recht. Gerade in brenzligen Situationen galt es, Ruhe und Übersicht zu bewahren. Sie hatte zu aufgeregt, zu hastig, zu emotional reagiert. Gut möglich, dass sie sich zu sehr von ihrem unbändigen Zorn auf Pernauer leiten ließ. Auf diesen schwanzgesteuerten Saubermann und sein jämmerliches Ego, das sich an der Erniedrigung von Frauen aufgeilte. Im normalen Leben hyperangepasst, überkorrekt, im Verborgenen ein machtbesessenes, perverses Schwein.

„Okay, Robert, was schlägst du vor?"

„Wie wäre es mit der sanften, mütterlichen Tour?"

„Einverstanden."

Schinagl stellte sich nahe an die Tür.

„Hallo, ist da jemand? Ich heiße Sabine und bin eine Freundin deiner Mama. Mist, jetzt habe ich deinen Namen vergessen. Michael? Florian? Oder Oliver? Ja, wahrscheinlich heißt du Oliver."

Von drinnen war eine Stimme zu vernehmen. Zu leise, um etwas zu verstehen.

„Ach so, du heißt Dominik. Oder habe ich dich falsch verstanden?"

„Niko. Ich bin Niko", klang es schon um einiges kräftiger.

„Super. Niko ist ein toller Name. Deine Mama hat dir sicherlich beigebracht, dass du Fremden nicht öffnen sollst. Das ist auch gut so. Aber Robert, der neben mir steht, und ich, wir sind nicht nur Freunde deiner Mama, sondern auch noch echte Polizisten. Deshalb geh jetzt bitte zur Tür und mach sie auf. Okay? Einfach aufsperren, Niko. Du wirst das schaffen."

Sabine blickte zu Worschädl, der einen Daumen hochstreckte. Seine Einschätzung, dass sie zu dem Jungen durchgedrungen war, bestätigte sich schon nach wenigen Augenblicken. Der Schlüssel wurde umgedreht, die Wohnungstür ging auf, und vor ihnen stand ein kleiner Unterhosenprinz mit verweintem Gesicht und Rotzglocke unter der Nase.

Beim Anblick von Schinagl und Worschädl brachte der kleine Niko kein Wort heraus, schaffte es aber, hinter sich zu deuten. Dort, am Ende des Flurs, saß seine Mutter an die Wand gelehnt, mit zerrissener Bluse und hochgeschobenem Rock, und versuchte mit Mühe, sich aufrecht zu halten.

Scheiße.

Sie waren zu spät gekommen.

Jemand war vor ihnen hier gewesen.

Und sie konnten sich gut vorstellen, wer dieser Jemand gewesen war.

„Hallo Niko. Ich bin Sabine, und das ist mein Kollege Robert. Wenn es für dich passt, kommen wir jetzt rein."

Niko nickte, ließ sich ohne jede Gegenwehr von Schinagl in die Arme nehmen und drücken, während Worschädl bei Chiara in die Hocke ging.

Der Täter musste die Frau erst kurz vor ihrem Eintreffen so zugerichtet haben. Ihre Augen hinter blaugefärbten, geschwollenen Lidern schienen Worschädl ansehen zu wollen, glitten aber gleich wieder ab und verloren sich im Nirgendwo. Ihr ganzes Gesicht wies rote und blaue Flecken auf und wirkte entstellt mit dem noch nicht verkrusteten Blut unter ihrer Nase. Auch die dunklen Striemen am Hals und die Hämatome auf ihren Armen zeugten von roher Gewalt.

Worschädl verspürte den dringenden Wunsch, die junge Frau zu umarmen, zu trösten, in Sicherheit zu wiegen, doch für die Berührung eines Mannes wirkte sie zu fragil, zu dünnhäutig.

„Meine Güte, Chiara, was ist passiert?"

„Was soll schon passiert sein?" Das Reden bereitete ihr Mühe. „Ich bin gestolpert und hingefallen."

Worschädl stöhnte innerlich auf. Wahrscheinlich drehte sie ihren Kopf zur Seite, weil er sonst ihre Angst bemerkt hätte. Ihre Furcht davor, dass das Aussprechen der Wahrheit auf sie zurückfallen und sie hart treffen könnte. Weil sie keinen Zweifel daran hatte, dass sie dem Täter immer und immer wieder ausgeliefert sein würde.

„Sie wissen sehr gut, dass ich Ihnen das unmöglich glauben kann", sagte Worschädl, während er hörte, dass Niko von Schinagl ausgiebig geschnäuzt wurde. „Wann ist er hier gewesen?"

„Niemand war hier. Es war genauso, wie ich es gesagt habe.“

„Nein. Sie sind nicht gestolpert und auch nicht hingefallen. Pernauer hat Ihnen gezeigt, dass man ihn nicht verraten darf. So war es doch, nicht wahr?“

Keine Reaktion.

„Chiara, Sie haben mein Wort, dass wir den Kerl ins Gefängnis bringen. Das können wir aber nur, wenn Sie uns die Wahrheit sagen.“

„Das ist die Wahrheit. Und kein Mensch wird je etwas anderes von mir hören.“

„Ich verstehe. Er hat Sie bedroht. Hat Ihnen erzählt, was er mit Ihnen und Ihrem Sohn anstellen wird, wenn Sie uns etwas erzählen.“

„Ich weiß nicht, wovon Sie reden“, flüsterte Chiara und beendete das Gespräch, indem sie die Augen schloss.

Worschädl richtete sich auf. Schaute noch einmal auf die in ihrem Elend und ihrer Verletztheit noch immer starke Frau. Drehte sich zu Schinagl um, die einen Buben in ihren Armen hielt, der wahrscheinlich mitangesehen hatte, wie seine Mutter vergewaltigt und aufs Brutalste verprügelt worden war.

Das war einer dieser Momente, in denen Worschädl seinen Beruf hasste. Weil er ständig fürchterliche Erfahrungen mit sich brachte. Weil der Blick in die widerlichsten menschlichen Abgründe zum Arbeitsalltag gehörte.

Dabei verabscheute Worschädl nichts so sehr wie rohe körperliche Gewalt. Nichts war ihm widerlicher als Schläge, Fausthiebe oder Tritte. Gespräche mit Karoline hatten ihm klar gemacht, dass es dafür biografische Hintergründe gab und eine Spur direkt in seine Kindheit führte. Die ins Gesicht klatschende

Hand hatte er damals nicht nur einmal, sondern oft und oft erlebt. Mitunter waren auch der Teppichklopfer und dessen metallenes Griffende auf seinem nackten Hintern gelandet.

Diese alten Gefühle von Ohnmacht, Ausgeliefertsein und Schmerz kamen mitunter an die Oberfläche und verursachten Emotionen, die den Chefinspektor in ihrer Heftigkeit nicht nur überraschten, sondern manchmal so richtig unrund machten. Dann konnte er sogar noch ruppiger als üblich werden.

Worschädl konnte ein wenig nachempfinden, wie es Chiara ging, wie gedemütigt sie sich fühlte. Und er verfluchte sich dafür, dass er zu spät gekommen und nicht an ihrer Seite gewesen war.

„Niemand, Frau Löffler, hat es verdient, so behandelt zu werden."

„Ich bin okay."

„Nein, sind Sie nicht. Dafür wird er bezahlen."

„Ich will, dass Sie ihn und uns in Ruhe lassen."

„Wovor haben Sie Angst?"

„Ich habe keine Angst", schrie Chiara laut. „Ich bin nur über meine eigenen Scheißfüße gestolpert! Und jetzt raus! Raus!"

„Natürlich haben Sie Angst, Frau Löffler", ließ sich Schinagl nicht abwimmeln. „Aber vielleicht eher vor der Kinder- und Jugendhilfe. Die könnte Ihnen vorwerfen, dass Sie Niko und sich selbst vor so einem Angriff nicht ausreichend schützen können. Sie fürchten, dass Ihnen Niko weggenommen wird."

Löfflers Lippen begannen zu zittern, über ihre Wangen rollten Tränen.

„Das Schlimmste ist ... ich habe noch immer keinen Job. Kann meine Miete nicht zahlen. Werde wahrscheinlich delogiert. Die sehen nicht einfach zu, wie ich mit meinem Kind auf der Straße lande. Die lassen mich erst in Ruhe, wenn ich endlich Geld verdiene."

Am liebsten wäre Worschädl sofort zum Bankomaten gegangen, um der Frau das Geld für zwei oder drei Monatsmieten in die Hand zu drücken. Doch das würde ihr Problem zwar für den Moment lindern, aber nicht langfristig lösen. Dafür konnte nur Chiara Löffler selbst sorgen.

„Wenn Sie immer noch Arbeit suchen, schreibe ich Ihnen die Adresse und Telefonnummer von einem Lokal auf, das ich sehr gerne besuche", sagte Worschädl und fischte seinen Notizblock aus der Tasche. „Der Besitzer heißt Michaelis Vasilakos. Er sucht eine Aushilfe fürs Mittagsgeschäft. Sagen Sie ihm einen schönen Gruß vom Bertl. Er soll Sie erst einmal ein paar Tage schnuppern lassen."

Worschädl schrieb die nötigen Informationen auf den Notizzettel und drückte ihn Chiara in die Hand.

Schinagl fuhr Niko durch die Haare: „Wir verständigen jetzt jemanden, der euch zuhört und mit euch redet."

„Wir brauchen niemanden", sagte Chiara.

„Unsere Leute vom psychologischen Dienst machen das sehr behutsam", antwortete Schinagl und griff nach ihrem Handy.

„Wir lassen Sie kurz allein und warten draußen", fügte Worschädl hinzu und folgte seiner Kollegin aus der Wohnung.

Am Gang stellten sie sich nach Schinagls kurzem Telefonat ans offene Fenster, atmeten gleichzeitig tief durch und ließen ihre Blicke ziellos über die Dächer schweifen.

„Der Frau kann man nur wünschen, dass sie wieder auf die Beine kommt", sagte Schinagl.

„Und wir zwei holen uns Pernauer ins Polizeikommissariat."

„Ohne Beweise?"

„Mir genügt mein Bauchgefühl."

Schinagls Handy vibrierte. Eine Nachricht von Kerstin. Sie musste sich zu Hause unbedingt mit Mama treffen. Möglichst sofort.

„Robert, schaffst du das auch allein?"

„Klar, Sabine, kein Problem."

33

Sinnvolles Schwänzen der Schule musste belohnt werden. Deshalb hatte Schinagl in aller Eile drei megagroße Pizzen mit nach Hause gebracht.

Capricciosa, Quattro Stagioni und Venezia. Ein Familienlieblingsessen. Doch Schinagl brachte keinen Bissen hinunter, als sie Kerstins Video ansah. Das Mädchen rannte inzwischen in der Küche, die auch als Esszimmer fungierte, wie aufgezogen auf und ab, heulte und verschnäuzte zwei Packungen Taschentücher.

Am Ende des Videos heulte auch Schinagl mit.

„Wahnsinn! Der arme Tobi. Was für eine Schweinerei."

„Ich hätte eingreifen sollen, Mama!"

„Dann hätten wir dieses Video nicht", erwiderte Schinagl und strich ihrer Tochter über den Arm. „Du hast das toll gemacht. Kerstin, ich bin unglaublich stolz auf dich."

„Trotzdem, ich hätte ihm helfen müssen."

„Das hättest du auch gemacht, wenn es ganz ernst geworden wäre. Du hättest nicht zugelassen, dass sie ihn ernsthaft verletzen."

„Stimmt", antwortete Kerstin erleichtert und wischte sich über die Nase. „Dann hätte ich diese Idioten aber sowas von verdroschen. Aber ich habe gedacht, dass ich es diesmal so machen muss wie du."

Schinagl nickte bestätigend: „Du hast Beweise gesammelt."

„Beweise, die hieb- und stichfest sind. Diesen Satz habe ich schon so oft von dir gehört."

„Das hast du super hingekriegt", bekräftigte Schinagl. „Damit hebeln wir nicht nur diese kleinen Idioten aus. Das haut auch die Eltern um."

Kerstin nahm einen kräftigen Schluck Wasser: „Ich kapiere nicht, dass die alle einen einzelnen Buben mobben."

„Zuerst entstehen Gerüchte, dann kursieren Geschichten, eine Anti-Tobias-WhatsApp-Gruppe wird gegründet, dort bauscht sich das auf, ein paar Rädelsführer blähen ihre Egos auf und blasen heftig in die Glut, dann wird das auch noch bis hinauf zur Bildungsdirektion gespielt, und auf einmal ist es kaum mehr aufzuhalten", erklärte ihre Mutter.

„Aber Tobias, warum hat der nichts gesagt? Uns von dieser Kacke nichts erzählt?"

„Aus Angst, Kerstin. Aus purer Angst vor diesen kriminellen Hosenscheißern", antwortete Schinagl.

Als Tobias eine halbe Stunde später nach Hause kam, roch es herrlich nach Pizza. Dazu gab es grünen Salat, Ketchup und süße, gezuckerte, ungesunde Limonade. Nachdem der kleine Mann schweigend die Hälfte seines Wagenrads verdrückt hatte, ergriff seine Mama das Wort.

„He, Tobi. Du musst uns nichts mehr erzählen. Wir wissen, was da läuft."

Tobi unterbrach das Kauen. Blickte seine Mutter mit aufgerissenen Augen an.

„Wir haben den vollen Durchblick und kennen uns aus", ergänzte Kerstin.

Seine Mama legte ihm die Hand auf den Arm.

„Ab jetzt musst du dich nicht mehr fürchten."

Tobis Hände begannen zu zittern. Er würgte den nächsten Bissen hinunter. Redete mit dünner Stimme. „Aber heute ist so ein Elternabend, Mama. Die wollen mich alle nicht mehr in der Schule haben, die schmeißen mich raus."

„Niemand schmeißt dich raus“, sagte seine Mama und legte ihm noch ein Pizzastück auf den Teller.

„Wir sind nämlich auch noch da, Tobi. Die müssen erst einmal an deiner Mama und deiner großen Schwester vorbei“, betonte Kerstin und quetschte Ketchup dazu.

Tobias wurde von oben bis unten von einem Schauer erfasst. Erste Tränen fielen auf seinen Teller.

„Wenn du dich bereit fühlst, erzählst du uns deine Sicht der Dinge, okay?“, meinte Sabine.

„Wir wissen, was diese Drecksäcke mit dir machen, aber wir brauchen Details“, fügte Kerstin mit dem offensiven Blick einer Profi-Ermittlerin hinzu.

Jetzt war es so weit.

Die Blockade löste sich.

Tobias gab nach.

Er zitterte und schluckte, dann kam ein Schwall von Tränen, der nicht und nicht enden wollte. Jetzt erst ließ er es zu, dass ihn seine Mama und seine Schwester umarmten und ganz fest drückten.

34

„Pernauer. Was kann ich für Sie tun?"

„Chefinspektor Worschädl spricht. Sehen Sie mich? Der freundliche, attraktive junge Mann gleich beim Eingang Ihrer wunderschönen Bank."

„Sie schon wieder. Was wollen Sie?"

„Was ich will? Dass Sie sich für die nicht ganz so spektakuläre Tour entscheiden."

„Keine Ahnung, was Sie meinen."

„Ich erkläre es Ihnen gleich. Am besten wäre, Sie stehen jetzt von Ihrem Schreibtisch auf, verlassen Ihren Backoffice-Bereich in aller Ruhe, aber so, dass ich Sie immer, hören Sie, immer sehen kann. Und dann kommen Sie zu mir und begleiten mich ins Polizeikommissariat."

„Unmöglich. Ich bin mitten in der Arbeit. Auf mich warten Kunden und Termine."

„Irrtum. Im Moment gibt es nur einen, der auf Sie wartet."

„Und weswegen, verdammt?"

„Elftes Gebot: Du sollst nicht fluchen, schon gar nicht als Mitarbeiter einer Bank."

„Was ist, wenn ich mich weigere?"

„Dann erleben Sie hier gleich das ganz große Polizei-Trara. Gezogene Waffen, spektakuläre Verhaftung, Handschellen, volles Programm. Genau so, wie man es aus dem Fernsehen kennt. Ihre Bank hat dann sicher ganz schnell einen Mitarbeiter weniger."

„Das ist alles eine Riesenfrechheit!"

„Letzte Warnung, Herr Pernauer! Bei der nächsten unqualifizierten Bemerkung steht das Einsatzkommando in der Bank. Also Arsch hoch oder Riesenspektakel."

„Himmel, wie stellen Sie sich das vor? Wie soll ich das begründen?"

„Ein familiärer Notfall. Ihr Sohn ist von der Sprossenwand gefallen."

„Mein Sohn ist ein hervorragender Sportler."

„Dann eben Verdacht auf Blinddarmdurchbruch."

„Ich sag Ihnen was, Worschädl ..."

„Schön, ich sehe, dass Sie die Unterlagen auf Ihrem Schreibtisch ordnen."

„Dafür zeige ich Sie an."

„Das steht Ihnen natürlich frei. Sehr gut machen Sie das. Jetzt noch ein paar Sätze zu Ihrem Vorgesetzten, und dann einfach zu mir herüberkommen."

„Dafür hetze ich Ihnen meinen Anwalt auf den Hals."

35

Worschädl saß hinter der Einwegspiegelwand und malte sich aus, was in Gernot Pernauer vorging. Der Bankangestellte saß bereits seit 45 Minuten im Verhörraum und starrte verbissen auf die Tischplatte. Mimik und Körperhaltung vermittelten den Eindruck hoher Anspannung. Die Vorgänge der letzten Dreiviertelstunde hatten ihm einigermaßen zugesetzt und ihn mehr als wütend gemacht. Kein Zweifel, Pernauer war kampfbereit.

„Er scheint sich ziemlich über dich zu ärgern", konstatierte Schinagl, die soeben eingetroffen war, und drückte Worschädl eine Tasse Kaffee in die Hand. Ein Verlängerter, nicht zu stark, so wie er das gerne mochte. Worschädl war seit jeher kein Espresso-Typ gewesen.

„Er würde mich gerne in meine Bestandteile zerlegen", antwortete der Chefinspektor, nahm einen Schluck und genoss den belebenden Geruch.

„Zugleich tut er so, als ob ihm nichts passieren könnte", stellte Schinagl fest.

„Er geht davon aus, dass wir ihm nichts beweisen können."

„Womit er leider richtigliegt."

„Er verlässt sich voll auf das windige Alibi, das uns seine Frau telefonisch bestätigt hat."

„Dabei lügt sie wie gedruckt."

„Und er sitzt da, als ob er unverwundbar wäre", meinte Worschädl.

„Er will uns demonstrieren, dass er ein reines Gewissen hat."

„Und dass wir ihm nichts anhaben können."

Schinagl legte ihrem Kollegen die Hand auf die Schulter. „Du musst ihn aus seiner Deckung locken. Seine verwundbare Stelle finden."

„Und das möglichst, bevor sein Anwalt auf der Bildfläche erscheint“, beschloss Worschädl, schnappte sich seine Tasse und stieg in den Ring.

Wenige Augenblicke später hatte Schinagl die beiden auf der anderen Seite des Spiegels vor sich: rechts am Tisch der drahtige, muskulöse und durchtrainierte Pernauer und links der etwas übergewichtige, nicht übermäßig sportlich wirkende Chefinspektor. Jeder, der ihn nicht kannte, unterschätzte seine Kondition. Worschädl war keiner, der schnell außer Atem kam.

Dennoch wirkten sie wie ein ungleiches Paar, bei dem Pernauer klar im Vorteil schien. Doch hier ging es nicht um einen Karatekampf, sondern um ein Verhör. Und in dieser Disziplin gab es kaum jemanden, der Worschädl das Wasser reichen konnte.

Diesmal eröffnete der Chefinspektor das Spiel mit ausgedehntem Schweigen. Er musterte Pernauer, der provokant und genervt lächelte, nippte am Kaffee, beschäftigte sich ausgiebig mit dem Diktiergerät, schaltete es schließlich ein.

„Wissen Sie, wozu man Ihnen wirklich gratulieren kann?“

Die Finger von Pernauers rechter Hand gerieten in Bewegung. Am liebsten hätte er jetzt wohl einen im Karatesport gängigen *Uraken Uchi* beziehungsweise Faustrückenschlag durchgeführt. Aber mit Karatetechniken konnte er hier nichts gewinnen.

„Zu Ihrer Frau“, setzte Worschädl fort. „Die Gute riskiert Kopf und Kragen, um ihrem Mann, der sie nach Strich und Faden betrügt, den Arsch zu retten.“

Jetzt schlossen und ballten sich auch die Finger von Pernauers linker Hand. Mit diesem offensiven Zug hatte er wohl nicht gerechnet.

„Johanna, oder? So heißt sie doch. Dieses naive Geschöpf lügt uns ungeniert an und bedenkt nicht, dass ihr damit ein mehrjähriger Aufenthalt in einer Justizanstalt blühen könnte."

„Netter Versuch, Worschädl." Pernauers Stimme klang belegt.

„Ich war noch nicht fertig. Unterbrechen Sie mich nicht! Sie reden nur, wenn Sie gefragt werden. Ist das klar?"

Kleine Kopfbewegung von Pernauer, die man als Nicken deuten konnte.

„Ist es nicht verrückt, wie Ihre Frau zu Ihnen hält? Bei all dem, was Sie so treiben? Macht sie das aus reiner, echter Liebe, oder ist sie einfach nur blind? Hat sie tatsächlich keine Ahnung, dass sie von ihrem Mann am laufenden Band gleich mehrfach betrogen wird?"

„Tolle Moralpredigt, gratuliere", gab Pernauer patzig zurück. „Sie hätten Pfarrer werden sollen. Dann könnten Sie diese Schnulze jeden Sonntag liefern."

„In diesem Fall müsste ich auch darüber reden, dass Männer keinen Besitzanspruch auf Frauen erheben dürfen. Dass es zutiefst verwerflich ist, eine Frau aus purer Eifersucht oder persönlicher Verletztheit zu verprügeln."

„Mir müssen Sie das nicht erzählen, weil ich in diesem Punkt ausnahmsweise Ihrer Meinung bin."

„Obwohl Sie einen unbändigen Hass auf Chiara Löffler entwickelt haben."

„Das ist absoluter Schwachsinn."

„Sie dachten, dass sie uns zu viel über Ihre Schweinereien im Internet verraten hat. Sie haben sie brutal vergewaltigt und schwer misshandelt. Und das alles vor den Augen ihres erst sechsjährigen Sohnes."

„So etwas Krankes ... nein, niemals."

„Es ist mit Ihnen durchgegangen. Genauso wie beim Mord an Clemens Löffler."

„Haben Sie einen Hörfehler?", schrie Pernauer. „Sind Sie verdammt noch einmal taub? Ich war zu Hause! Ich habe ein Alibi!"

„Das sich in Luft auflösen wird. Und dann bekommt Ihre Johanna ernste Schwierigkeiten."

Worschädls Stimme klang nach wie vor, als könnte er niemandem etwas zuleide tun. Wie muss es, fragte sich der Chefinspektor, meiner Kollegin hinter dem Einwegspiegel gehen. Sie hatte ihn gebeten, Pernauer allein zu verhören, weil sie bei diesem Typ Mann für nichts garantieren könne. Vermutlich platzte sie bereits vor Wut und wartete sehnlichst darauf, dass Worschädl einen Gang zulegte.

Was auch unmittelbar bevorstand. Vorerst nur physisch, indem er sich unvermittelt nach vorn beugte und beide Hände auf den Tisch legte, jedoch den sanften Tonfall beibehielt.

„Herr Pernauer, grinsen Sie so dämlich, weil Sie das kognitiv nicht auf die Reihe kriegen oder weil Sie die Zukunft Ihrer Frau einen Scheißdreck kümmert?"

Falls das Mahlen der Kiefermuskeln ebenfalls zu den Techniken eines Karatesportlers zählte, lief der Bankangestellte in diesem Moment zur Hochform auf. Hätte er seinen schwarzen Gürtel zur Hand gehabt, hätte er ihn sicher liebend gern um Worschädls Hals geschlungen und fest, ganz fest zugezogen. Stattdessen lösten sich seine Lippen, und seine Sprechapparatur kam wieder in Bewegung.

„Bevor Sie mich mit Dreck bewerfen, sollten Sie überlegen, wie Sie meinem Anwalt den Irrsinn in der

Bank erklären. Wie Sie die Frechheit besitzen konnten, mich direkt aus meinem Büro zu holen. Die beruflichen Nachteile, die mir daraus erwachsen, werden Sie teuer zu stehen kommen."

Worschädl erhob sich und ging ein paar Schritte auf und ab.

„Ich bin davon ausgegangen, dass ein Bankangestellter mit Karatekompetenz ein Verständnis für Prioritäten und Zusammenhänge hat. Aber gut, bei Ihnen muss ich meine Ansprüche wohl ganz weit nach unten schrauben."

Auch wenn Pernauer jetzt sichtlich nach einem *Yoko Geri Kekomi* beziehungsweise seitwärts ausgeführten Fußstoß zumute war, fuhr Worschädl mit seinem Vortrag fort.

„Sie kapieren offensichtlich nicht, worum es hier geht! Sie sind mehrfach tatverdächtig. Erstens Mord, zweitens schwere Körperverletzung und drittens schwere Verletzung der sexuellen Integrität und Selbstbestimmung. Passt das in Ihr krankes Spatzenhirn?"

Jetzt schnellte Pernauer hoch. Nahm Nahkampfstellung ein. Begann zu tänzeln. Hatte es plötzlich mit einer neuen Situation zu tun, weil Schinagl hereinkam. Als Ablöse für Worschädl, der sich setzte. Schinagl jedoch, die baute sich vor Pernauer auf. Eine Face-to-Face-Situation. Sie wollte den Karatekämpfer endgültig aus der Reserve locken.

„Sie, und nur Sie, Herr Pernauer, haben Chiaras Ex-Mann zu Brei gequetscht. Weil Sie in Chiara vernarrt sind. Weil Sie diese Frau brauchen. Weil Sie süchtig sind nach ihr."

Jedes Wort versetzte Pernauer unter Starkstrom. Schinagl kannte keine Gnade und legte sofort nach.

„Sie duldeten keinen Konkurrenten. Deshalb musste er sterben. Auf Sie wartet die Justizanstalt. Zum Glück haben Sie etwas Kampfsport im Gepäck, da wird man Ihren süßen Arsch vorläufig in Frieden lassen."

Ashi-Barai oder *Shihon Nukite*. Fußfeger oder Vierfingerstich. Pernauer stand ganz knapp davor, diesen Trampel von Polizistin körperlich zu attackieren. Dieses beschissene Weib von der Matte zu fegen. Worschädl hatte die Hand zur Faust geballt, war bereit, sich dazwischenzuwerfen.

„Eine Frau schlagen? Ist das alles, was du draufhast? Na los, du feiger Arsch. Probier es aus! Mal sehen, wer schneller ist. Du mit deinem Karatescheiß oder ich mit meinem rechten Knie."

Schinagls Knie war fast schon in Bewegung. Ziel wären eindeutig Pernauers Weichteile gewesen. Nach Worschädls Prognose wäre nicht Schinagl, sondern Pernauer jaulend zu Boden gegangen. Nur öffnete sich exakt in diesem Augenblick die Tür.

Der Raum wurde von einer männlichen Erscheinung in Anthrazit betreten. Anzug- und Krawattenträger. Schmale schwarze Ledertasche. Hager, 190 Zentimeter groß, überaus dominante Nase. Außerdem riesige Hände, mit denen er sofort die schmale Distanz zwischen Schinagl und Pernauer füllte.

„Wer lässt denn hier zu, dass eine Situation derart entgleist?"

„Scheiße, sie haben mich provoziert", begriff Pernauer, wo er da hineingeraten war. „Haben mich ein krankes Hirn und feiges Arschloch genannt!"

„Na bravo. Aber für solche eskalierenden Methoden ist Herr Worschädl ja bereits amtsbekannt. Dass auch Sie, Frau Schinagl, so beschämend aus dem Rahmen fallen, finde ich allerdings äußerst bedauerlich und traurig. Sie haben hiermit eine Beschwerde am Hals. Herr Pernauer, kein Wort mehr, wir gehen."

„Moment. Niemand geht hier einfach so hinaus", widersprach Schinagl, die sich wieder im Griff hatte.

„Wir sind noch lange nicht fertig", pflichtete ihr Worschädl bei.

„Sie vielleicht nicht, wir aber schon. Ist von oben abgesegnet. Rüsten Sie sich, da kommt etwas auf Sie zu!"

Damit zog der feine Herr Anwalt seinen Klienten aus dem Zimmer. Pernauer, nach wie vor in Spannung, ahnte noch nicht, dass sein Erfolg nur ein vorläufiger war. Ein Blick auf die soeben eingetroffene Nachricht auf seinem Handy hätte ihn eines Besseren belehrt.

Zwei Koffer sind für dich gepackt. Findest du draußen beim Griller. Türschlösser sind ausgetauscht. Unser Haus wird von dir nicht mehr betreten. Scheidungsklage ist eingereicht. Du kannst bei deiner devoten Sklavin wohnen.

„Was heißt von oben abgesegnet?", war Worschädls zornige Stimme bis hinaus auf den Gang zu hören. „Kann mir jemand erklären, welcher Volltrottel diesen Irrsinn genehmigt hat!"

„Das war meine Wenigkeit."

Worschädl und Schinagl blickten irritiert zur Tür. Dort stand ihr Vorgesetzter Stefan Schweitzer mit hochrotem Kopf und Habichtblick.

„Beide in mein Büro! Sofort!"

Schweitzer machte am Stand kehrt und ging im Stechschritt voran. Worschädl und Schinagl verständigten sich stumm. Nein, das sah wahrlich nicht nach einer Einladung auf Kaffee und Kuchen aus.

36

Karolines Arbeitstag hatte mit einer Sitzung begonnen, in der es um die gravierende Ehemüdigkeit einer 46-jährigen, von ihrem Mann hoffnungslos abhängigen Mutter dreier schulpflichtiger Kinder gegangen war.

Gleich danach bestärkte sie einen jungen Mann darin, Mut zu fassen, sein ihn frustrierendes Informatikstudium gegen den Wunsch seiner Eltern zu beenden und sich stattdessen an einer Schauspielschule anzumelden.

Im Anschluss daran saß sie einer Person Ende 20 gegenüber, die sich mit ihrem weiblichen Körper nicht mehr identifizieren konnte und eine Geschlechtsangleichung in Erwägung zog.

Die durchgehend intensiven Gespräche ließen bei Karoline kaum andere Gedanken zu. Als sich aber in der Mittagspause ihr Handy meldete und sie von Silvia erfuhr, dass sich ihr Zustand nicht verbessert hatte, brach sie unvermittelt in Tränen aus.

Sie wurde von einem Schwindel erfasst.

Rettete sich auf einen Sessel.

Undenkbar, dass sie kurz davorstand, einen ihr sehr lieben Menschen zu verlieren. Silvia, diese wunderbare Frau, mit der sie Reisen, Wanderungen und Spaziergänge unternommen hatte. Mit der sie alles teilen, über alles reden konnte.

Die Ärztin war ihre Seelenverwandte, ihr Herzensmensch. Nicht vorstellbar, dass Silvias Fröhlichkeit, ihr Lachen, ihr kluger Blick auf die Welt plötzlich nicht mehr existent sein sollten. Nicht auszudenken, dass dieses lebensbejahende Leuchten in ihren Augen und ihr vom Wind zerzaustes Haar mit einem Mal von der Bildfläche verschwunden sein würden.

Karoline bemühte sich um Fassung. Bereits in einer Viertelstunde würde der nächste Klient in ihrer Praxis sitzen und ihre volle Aufmerksamkeit und Präsenz brauchen. Sie musste ihre Emotionen bremsen und ihre Gedanken ordnen.

Karoline stellte sich an das Flipchart, griff nach einem Marker und begann, ihre inneren Bilder auf das weiße Papier zu übertragen. Mit Schlagworten und Zeichen entwarf sie die Geschichte einer schweren Erkrankung. Sie zog Verbindungslinien und Pfeile, machte die parallele Entwicklung der weiteren zwei Patientinnen und Patienten sichtbar.

Dann trat sie zwei Schritte zurück. Betrachtete das Bild. Hütete sich vor verfrühten Interpretationen.

Sie drehte die Argumente, wendete sie und bildete Hypothesen. Wog jedes Für und Wider ab. Zog immer wieder denselben Schluss. Weil er ihr zwingend logisch erschien. Obwohl er äußerst unwahrscheinlich war.

Falls es in der Kette aller Ereignisse und Entwicklungen einen Fehler gibt, dann liegt er beim Medikament. Punkt und Ende.

Karoline stellte zwei Gläser auf ihren Beratungstisch.

Dazu einen Krug mit Wasser.

Sie war bereit für ihre nächste Sitzung.

Als es läutete, musste sie unwillkürlich lächeln.

Weil ihr zwei Sätze einfielen, die ihre Klienten des Öfteren von ihr zu hören bekamen.

Du darfst deiner inneren Stimme trauen.

Wenn dich etwas so hartnäckig beschäftigt, dann ist sicher etwas dran.

37

Mit ihrer Einschätzung hatten die beiden Ermittler recht behalten. Schweitzer schenkte ihnen in seinem Büro zwar ordentlich ein, wartete aber nicht mit duftenden Kaffeebohnen und cremiger Mehlspeise auf.

„Ich hatte die Gelegenheit, die letzte Sequenz des Verhörs mit Pernauer hinter dem Spiegel mitzuverfolgen."

Worschädl und Schinagl beobachteten Schweitzers Mittelfinger, der im Stakkato-Rhythmus auf die ausladende Schreibtischplatte trommelte, während sie am Besprechungstisch der nächsten Sätze harrten.

„Sie wollen wissen, was ich dazu sage? Wie ich die Art und Weise, oder besser, die Methode dieser Befragung beurteile? Nämlich deiner, Robert, und Ihrer, Frau Schinagl. Was ihr da abgeliefert habt, war unprofessionell und skandalös!"

„Wenn ich dazu etwas sagen darf", meldete sich Schinagl, deren Pulsschlag nach wie vor auf 180 war.

„Nein, dürfen gerade Sie nicht, Frau Kollegin!" Schweitzer stemmte sich hoch, ging zum Besprechungstisch und stützte sich an der Stirnseite auf die Lehne eines Sessels. „Zuerst reiten Sie uns mit Ihrem wahnwitzigen Alleingang in diese nächtliche Observierungskatastrophe ... nein, keine Widerrede ... dann unterschreiben Sie dabei einen haarsträubenden, den gesamten Berufsstand desavouierenden Sadomaso-Vertrag, verwechseln die vereinbarten sexuellen Perversitäten mit einem gewalttätigen Übergriff, brechen Ihrem Vertragspartner die Nase, und jetzt führen Sie mit ihm eine Auseinandersetzung auf tiefstem, letztklassigem Niveau und rammen ihm beinahe Ihr Knie in seine ..."

„Eier. Mit Verlaub, dort hätte es auch hingehört. Gut, ich bin vielleicht etwas zu weit gegangen, aber ..."

„Ein Aber wird nicht akzeptiert!"

„Selbstverständlich akzeptieren wir ein Aber", mischte sich Worschädl ein. „Und brüll bitte nicht so herum!"

„Wie bitte?"

„Wir sitzen vor dir. Auf zwei Meter Abstand. Wir hören dich gut. Es gibt also keinen Grund, derart unangebracht herumzuschreien."

Schweitzer konnte nicht verhindern, dass seine eben noch mit Wind gefüllten Segel jäh in sich zusammenfielen. Wie bei einer unvermittelt einsetzenden Flaute. Soeben noch volle Fahrt und plötzlich totaler Stillstand.

„Im Übrigen sind die Abers, die Einwände und Korrekturen so etwas wie die Juwelen unseres Jobs. Sie müssen nicht nur gestattet, sondern sogar willkommen sein", führte Worschädl weiter aus.

Jetzt belehrt er mich auch noch, ergrimmte sich Schweitzer und arbeitete krampfhaft daran, die Verhältnisse zu seinen Gunsten umzukehren. „Tatsache ist, dass Kollegin Schinagl ihre Contenance aufs Sträflichste verloren hat."

„Aber du wirst Frau Schinagl nicht absprechen, dass sie ihre Contenance üblicherweise ausgezeichnet bewahren kann."

„Was uns hier nicht weiterhilft. Bei einer Entgleisung wie dieser kann ich nicht einfach zur Tagesordnung übergehen."

Jetzt konnte sich Schinagl nicht mehr zurückhalten. „Okay, ich hätte diesen Mann am liebsten durch den Fleischwolf gedreht. Aber wir sind auch nur Menschen. Auch uns darf einmal jemand gehörig an die Nieren gehen."

„Als Polizistin müssen Sie auf jede Situation klar und vernünftig reagieren!"

„Komm, Stefan, sei jetzt nicht päpstlicher als der Papst", erwiderte Worschädl. „Dir sind in deiner Laufbahn doch auch schon Fehler unterlaufen."

„Aber nicht bei einem Mann, für dessen Schuld es vorerst keinerlei Beweise gibt."

„Für mich steht fest, dass er Frau Löffler schwer misshandelt hat", warf Schinagl ein.

„Ihr subjektiver Eindruck ist aber leider nicht von Relevanz."

„Er ist außerdem in zwei Mordfällen unser Hauptverdächtiger", warf Worschädl ein.

„Das war er, werte Kolleginnen und Kollegen. Aber das könnt ihr ab sofort vergessen!"

Schweitzer lehnte sich zurück. Er genoss den Überraschungseffekt und die Raffinesse, mit der ihm die angestrebte Drehung der Kräfteverhältnisse soeben gelungen war. Jetzt saßen die beiden vor ihm, als hätte er ihnen die Kirsche von der Torte gefischt. Oder die Hohlhippe vom Eisbecher.

Es war Worschädl, der sich anschickte, das kurze Schweigen zu brechen.

„Dann weißt du also mehr als wir."

Schweitzer setzte ein süffisantes, gönnerhaftes Lächeln auf.

„Laut dem Bericht der Untersuchung in der Autowerkstatt weist der Wagen von Herrn Pernauer keinerlei ältere beziehungsweise jüngere Unfallschäden auf."

„Wie bitte? Kein Kratzer? Keine Delle?", entfuhr es Schinagl.

„Nichts, das von der Kollision mit dem Motorrad stammen könnte."

„Pernauer ist nicht dumm. Vielleicht hat er sich den Wagen ausgeliehen", warf Worschädl ein.

„Wir rufen alle Autovermietungen in der Stadt und der näheren Umgebung durch und fragen, ob ein beschädigter SUV zurückgegeben wurde", sagte Schinagl.

„Oder ein anderes Fahrzeug, falls uns der Straßenmeister belogen hat."

„Gehört das nicht zu euren Hausaufgaben?", echauffierte sich Schweitzer. „Sollte das nicht längst erledigt sein? Und müsst ihr euch ständig auf Pernauer fixieren?"

„Entschuldigung, aber wir sind ziemlich zügig unterwegs", entgegnete Schinagl.

„Und von Fixierung kann keine Rede sein", ergänzte Worschädl. „Wie immer ziehen wir alles in Betracht."

„Und tappt dabei völlig im Dunkeln", schimpfte Schweitzer und ließ sich in den Sessel fallen. „Während ich übermorgen zum Hearing-Termin anzutreten habe. Exakt um 16 Uhr sitze ich der Polizeispitze dieses Landes gegenüber und muss meine Konzepte für die Zukunft präsentieren. Keine Sorge, ich bin exzellent vorbereitet, aber was mache ich, wenn die mich fragen, wie es um meine Abteilung steht? Und um meine Mitarbeiter? Wovon kann ich dann berichten? Von zwei Morden, substanzlosen Hinweisen und Spuren, drei Verdächtigen, unzähligen leeren Kilometern, erschreckender Orientierungslosigkeit, übergriffigen Ermittlungen und null Erfolg. Großartige Reputation. Ganz herzlichen Dank! Wirklich gut gemacht, ihr beiden."

Schweitzer klatschte mit den Händen auf die Tischfläche, was den pessimistischen Eindruck, den er vermittelte, noch einmal verstärkte. Höflich ausgedrückt schimmerte der große Respekt durch, den er vor diesem Hearing hatte. Salopper formuliert sah es so aus, als ob sich das gestandene Mannsbild gründlich in die Hose machte.

Selbst so ausgesucht, befand Worschädl, der für die Lage seines Chefs nicht das geringste Mitleid verspürte. „Wir sind hoffentlich einer Meinung, dass es nicht hauptsächlich um dich und deine Karriere geht, sondern um die möglichst rasche Lösung zweier Mordfälle."

„Du solltest nicht vergessen, dass ich schon sehr bald eine Position bekleide, wo solch abschätzige Bemerkungen auf Zack zu Konsequenzen führen können."

„Wovor ich mich erst dann fürchte, wenn es endlich so weit ist. Sabine, ist auf deinem Handy ebenfalls eine Nachricht unserer Spezialisten eingetroffen?"

„In dieser Sekunde. Klingt erfreulich."

„Stimmt. Wir sollten keine Zeit verlieren. Sobald es Ergebnisse gibt ..."

„... werden wir dem Chef Bericht erstatten."

Der Chef war noch mit der Verarbeitung von Worschädls Frechheiten beschäftigt und brachte seine Frage erst heraus, als die beiden schon in der Tür standen.

„Halt! Ich bestimme, wann dieses Gespräch beendet ist. Und ich sage, welche Schritte von euch als Nächstes zu setzen sind!"

„Selbstverständlich", antwortete Worschädl. „Nachdem die Techniker den Laptop von Clemens Löffler knacken konnten ..."

„Und der gute Mann darauf die Dienstpläne der letzten Jahre gespeichert hat ..."

„... sind wir davon ausgegangen, dass wir diese ganz dringend durchforsten sollen."

„Und warum die Dienstpläne?", fragte Schweitzer.

„Weil wir daraus schließen könnten, ob sich das erste Mordopfer bei Drogenfunden heimlich persönlich bereichert hat."

„Falls ja", setzte Schinagl fort, „wäre es möglich, dass nicht nur er daran beteiligt war."

„Und daraus könnten sich Spuren ins Drogenmilieu und Hinweise auf den oder die anderen Täter ergeben."

Der Chef rieb sich die Nase. Worschädl musste unwillkürlich an den kleinen Eroberer Wickie denken.

„Na also, dann los. Fürs Herumstehen werdet ihr nicht bezahlt. Tempo, Tempo, an die Arbeit. Und bringt mir endlich Ergebnisse!"

38

Wuchtige, ausladende Kastanienbäume spendeten wohltuenden Schatten. Der sich träge dahinwälzende Fluss sorgte für ein leichtes, die Hitze linderndes Lüftchen. Es war schwül und drückend heiß, im Garten des Traditionsgasthauses „Schwarzer Anker", das direkt am Donaustrand lag, war die Temperatur jedoch halbwegs erträglich.

Worschädl fand es somit durchaus vertretbar, im Dienst einen alkoholarmen Sommergespritzten zu trinken, während sich Schinagl mit einem erfrischenden Soda mit Zitrone begnügte.

Vor ihnen am Tisch lagen die ausgedruckten Dienstpläne des Flughafenzollamts und die Liste der einkassierten Schmuggelware inklusive der Namen und wichtigsten Daten der aufgegriffenen Reisenden. Sie überprüften Zeile für Zeile, wurden aber auf ihrer Suche nach größeren Mengen beschlagnahmter Drogen nicht fündig. Ihnen sprangen auch kein Geldkoffer oder andere Auffälligkeiten ins Auge.

Einmal ein paar Gramm Crystal Meth gefunden, bei nächster Gelegenheit eine überschaubare Menge an Psychopharmaka und fallweise auch Kokain und Amphetamine. Aber darunter waren keine Mengen, bei denen sich das Risiko lohnte, für eigene Geschäfte etwas beiseitezuschaffen.

„Für mich ergibt das keinen Sinn", grübelte Schinagl. „Löffler und Kubek machten doch nicht gemeinsam Dienst, um ein paar harmlose Schmuggeleien aufzudecken. Wenn schon, dann wollten die richtig viel Geld scheffeln."

„Aber wie? Ohne Ware kein Handel, ohne Drogen keine Abnehmer", antwortete Worschädl. Er hatte den

Eindruck, dass sie sich schon wieder festgefahren hatten und in einer Sackgasse gelandet waren.

Seine von ihm geschätzte Ehefrau hätte vermutlich empfohlen, nicht mehr länger in den bekannten Gewässern zu fischen, sondern das Problem ganz anders anzugehen und das Pferd vielleicht von hinten aufzuzäumen.

„Sabine, noch einmal von vorn. Was ist unsere Grundannahme?"

„Wir gehen davon aus, dass Clemens Löffler und sein Chef gemeinsame Sache gemacht und Schmuggelware in die eigene Tasche gesteckt haben."

„Und was wäre das Gegenteil davon?"

„Wieso das Gegenteil?"

„Versuch es einfach."

„Sie haben gemeinsam Dienst gemacht und nichts abgezweigt."

„Bingo. Aber was war ihr Nutzen? Ihr Gewinn?"

„Gute Frage. Aber keine Idee. Tut mir leid."

Schinagl wischte sich den Schweiß von der Stirn und lehnte sich zurück. Das knielange Kleid, für das sie sich heute entschieden hatte, verschaffte ihr nicht die erwartete Linderung. Der aktuelle Hitzestau reichte von den Zehen bis zu den Haaren. Kaum auszudenken, wie es ihrem Kollegen in seiner langen Hose ging.

Worschädl hätte von wiederkehrenden Hitzewallungen und kleineren Schwindelattacken berichten können, bemühte sich aber, denkfähig zu bleiben. Er wollte die Nuss unbedingt knacken und hatte den Eindruck, dass sie der Lösung bereits recht nahegekommen waren.

Die positive Grundstimmung des Chefinspektors erlitt allerdings einen herben Rückschlag, als von der Kellnerin die bestellte Jause serviert wurde.

Für Schinagl kam ein ansehnlicher Salat mit Putenstreifen.

Für Worschädl ein sogenannter Wurstsalat. An heißen Sommertagen sein absolutes Lieblingsessen. In einer abgespeckten Version auch als Essigwurst bekannt.

Dieses auf den ersten Blick sehr simple Gericht musste bei Worschädl allerdings sehr hohen Ansprüchen genügen und durfte keinesfalls mit dem allgemein bekannten Schweizer Wurstsalat verwechselt werden. Bei der Worschädlschen Version kamen nämlich weder Käse noch Essiggurkerl vor, sondern ausschließlich fein geschnittene Knackwurst, frische, geschmacklich vorzügliche Tomaten sowie hauchdünne, bevorzugt rote Zwiebelringe.

Mit weißem Balsamico, nativem Olivenöl sowie Salz und Pfeffer sorgsam mariniert, konnte diese Mixtur eine köstliche, wunderbar säuerliche Frische entfalten, die Worschädl über alle Maßen schätzte.

Bei der fragwürdigen Wirtshausvariante, die soeben vor ihm auf dem Tisch platziert wurde, konnte davon jedoch leider keine Rede sein.

Sieben viel zu dick geschnittene Scheiben einer ordinären Extrawurst, darauf ein verschwindend kleines Schnittlauchhäufchen, ein paar lächerliche Zwiebelflankerl, weit und breit keine Tomate, und das alles getränkt in einem Apfelessig, der sich zum Entkalken von Badezimmerarmaturen weitaus besser geeignet hätte als zum Anrichten eines Salates.

Was Lebensmittel betraf, war der Allesesser Robert Worschädl grundsätzlich überhaupt kein komplizierter Mensch. Vom Tisch jagen konnte man ihn nur mit Gurkensuppe und Bröselkarfiol, was auf unliebsame Erfahrungen in seiner Kindheit zurückzuführen war.

Davon abgesehen hatte er mit einer gegrillten Lachsforelle genauso seine Freude wie mit einem Erdäpfelkäsbrot. Ein feuriges Gulasch konnte ihm mindestens genauso schmecken wie ein Brokkoli-Karotten-Auflauf. Was er jedoch gar nicht mochte, waren Lieblosigkeit bei der Zubereitung und Unachtsamkeit beim Würzen. Oder eben die Wurstigkeit beim Anrichten eines Wurstsalates.

Für das, was vor ihm auf dem Teller lag, hatte Worschädl hauptsächlich Verachtung übrig, zugleich gab er prinzipiell ungern etwas zurück und hatte zudem großen Hunger. Als gabelte er lustlos nach einem Wurstradl, steckte es in den Mund, schob ein Stück Schwarzbrot nach und fragte sich, wie jemand, der das Kochen gelernt hatte, an so einem überschaubaren Gericht derart beschämend scheitern konnte.

Essen oder Nichtessen, das war hier die Frage, sinnierte er und bemerkte dabei eine Art Kräuselung in seinem Gedankenfluss. Wie ein Ast, der plötzlich aus dem Wasser ragte und auf etwas aufmerksam machte, das noch nicht offensichtlich war.

Zwei, drei Sekunden dauerte es, bis Worschädl entschlüsselt hatte, was ihm der Wurstsalat sagen wollte. Verblüffend, dass es so einfach war.

Er lächelte, als hätte er soeben ein großes Geheimnis gelüftet, und knallte sein Besteck neben den Teller.

„Klar, das ist es!“

„Darf ich wissen, was du meinst?“, erkundigte sich Schinagl.

„Kontrolle oder Nichtkontrolle, das ist hier die Frage.“

„Shakespeare in allen Ehren, aber was erklärt mir das?“

„Wir gehen davon aus, dass die beiden die Fluggäste kontrolliert haben. Aber es geht tatsächlich um das Gegenteil!"

„Ach du liebe Scheiße", rief Schinagl und ließ ihre Gabel mit einem aufgespießten Putenstreifen auf den Teller fallen. „Diese Arschlöcher waren eingeweiht. Die haben gewusst, dass etwas geschmuggelt wird, und haben absichtlich weggeschaut!" Sie griff nach ihrem Glas, trank es auf einen Zug leer und kümmerte sich nicht um die verwunderten Blicke der Gäste an den Nebentischen.

Worschädl winkte der Kellnerin, orderte die Rechnung und drückte ihr den Wurstsalat-Teller in die Hand.

„Ich werde mich mit Löfflers Finanzen beschäftigen. Ist doch interessant, wie viel der auf dem Konto hat."

„Und wir müssen herausfinden, welche Passagiere während der Dienstzeiten der beiden regelmäßig am Flughafen in Linz gelandet sind."

„Du könntest Kubek bezirzen, damit er uns die nötigen Unterlagen überlässt."

„Gehört das Bezirzen zu meinem Jobprofil?", fragte Schinagl.

„Du hast bei ihm sicher mehr Erfolg als ich. Sobald du alles hast ..."

„... geht es per Mail sofort an dich. Heute Abend habe ich nämlich für gar nichts Zeit."

„Der Elternabend?"

„Da muss ich durch."

„Aufgeregt?"

„Sauwütend."

„Wird schon gutgehen."

„Hoffentlich."

39

Schinagl legte es taktisch an. Zuerst ersuchte sie die Klassenlehrerin Elfriede Plank per Mail, einen Beamer zu organisieren, und freute sich über die postwendende, positiv gehaltene, klar formulierte Bestätigung. Von ihr befürchtete Schinagl keine Attacke aus dem Hinterhalt.

Fünf Minuten vor Beginn des Elternabends schrieb sie ihr eine SMS, dass sie sich wegen einer unvorhergesehenen beruflichen Verpflichtung etwa 20 bis 30 Minuten verspäten würde, das Treffen ruhig ohne sie beginnen dürfe, mit etwaigen Beschlüssen aber bitte auf sie gewartet werden solle.

„Danke für die Info. Bis gleich." Frau Plank kommunizierte erneut flott und unaufgeregt, sie schien sich trotz der auch für sie herausfordernden Veranstaltung gut im Griff zu haben. Weiterer Pluspunkt: Sie war, wie sich in ihren freundlichen Antworten bestätigte, nach wie vor nicht tobiasfeindlich eingestellt.

Für Schinagl gab es freilich keine unerwartete Verpflichtung. Sie hätte es ohne Weiteres pünktlich schaffen können. Doch sie wollte, dass sich die Mobbing-Partie bei ihrem Eintreffen im Vorteil wähnte. Die Mütter und Väter sollten sich bereits eine fixe Meinung gebildet haben und wie die sicheren Sieger fühlen.

Als sie die Klasse um 18 Uhr 24 betrat, war eine rege Diskussion im Gange. Wörter wie Suspendierung, Sauerei, Hinauswurf, Diebstahl und Zumutung schwirrten durch den Raum, verstummten jedoch urplötzlich. Mit Schinagls Erscheinen drückten alle den Ausschaltknopf. Augenblicklich wurde es still. Dafür nahm das Räuspern und Hüsteln zu.

Schinagl entschuldigte sich für die Verspätung, grüßte und ging zum leeren Platz ihres Sohnes in der vierten Reihe auf der linken Seite. Nahezu sämtliche Blicke waren auf sie gerichtet, als sie sich auf den niedrigen Volksschulsessel setzte.

Es beamt einen zurück, dachte sie. Man fühlt sich sofort wieder wie eine Schülerin. Fürchtet sich vor der Beurteilung. Vor einem satten „Nicht Genügend". Für die versammelte Elternschaft musste sie auf jeden Fall eine potenzielle Fünferkandidatin sein.

Es war die Klassenlehrerin Elfriede Plank, die das betretene Schweigen unterbrach, Schinagl herzlich willkommen hieß und einen Vater, Hermann Kortner, ein bekannter und erfolgreicher Bauunternehmer, daran erinnerte, dass er eigentlich am Wort gewesen war.

„Na gut, vielen Dank", übernahm Kortner das Wort. „Es wird Frau Schinagl ja hoffentlich nicht wundern, dass ihr Sohn Tobias gerade Thema war."

„Überhaupt nicht, weil offensichtlich der ganze Abend meinem Sohn gewidmet ist", antwortete Schinagl.

„Sagen wir so ... gewisse Vorgänge haben uns dazu veranlasst, uns mit disziplinären Themen zu beschäftigen, in deren Zentrum Tobias steht."

Doris Lang, pummelige, modisch und vorteilhaft gekleidete Bäckerei-Angestellte, meldete sich in der zweiten Reihe rechts vorn zu Wort. Übereifrig, als wollte sie ein Plus für gute Mitarbeit ergattern.

„Reden wir doch bitte nicht um den heißen Brei herum. Keiner von uns wünscht sich das, aber die bittere Wahrheit ist auch einer Frau Schinagl zumutbar."

„Und die bittere Wahrheit wäre?“, fragte Schinagl und spürte im Brustbereich, wie ihr Zornpegel nach oben wanderte.

„Na ja, vielleicht färbt Ihr Beruf auf Tobias ab, vielleicht hört er zu viel über Räubers- und Totschlaggeschichten. Tatsache ist, dass er in fremde Schultaschen greift, Geldbörsen leerräumt, und das bereits zum dritten Mal, wobei meines Erachtens gar nicht alles erfasst und gemeldet wurde. Und so etwas wollen wir hier bitte schön nicht. Das ist bitte schön durch nichts, aber schon gar nichts zu entschuldigen.“

Schinagl nickte. „Verstehe. Wenn ich mich so umsehe, macht es den Eindruck, als ob Sie alle so ziemlich einer Meinung wären.“

„Als Elternvereinsobmann wurde ich gerade angehalten, einen Antrag zu formulieren“, warf Kortner ein.

„Dann bin ich ja gerade zur rechten Zeit gekommen. Nur zu, hören wir uns den Antrag an!“

Zur vorherigen Beklemmung wehte jetzt auch noch eine Brise Argwohn durch den Raum. Wie konnte die Mutter des Delinquenten nur so locker und beschwingt klingen?

Nichts zu bemerken vom aufkommenden Misstrauen war bei Klassenlehrerin Elfriede Plank. In ihren Augen blitzte es erwartungsvoll, da sie wegen des bestellten Beamers ahnte, dass die Polizistin einen Trumpf im Ärmel hatte.

„Na gut, wenn Sie gar nicht mehr darüber diskutieren wollen ...“, begann Kortner.

„Das kann ich erst, wenn ich den Antrag kenne“, unterbrach ihn Schinagl.

„Tut mir leid, aber die Debatte muss vor Antragstellung beendet sein.“

„Wo steht das geschrieben? In den Statuten? Nur damit das klar ist: Sie werden mich als Mutter meines Sohnes nicht daran hindern, meine demokratischen Rechte wahrzunehmen. Aber bitte. Ich kann immer noch einen Gegenantrag stellen."

Das allgemeine Räuspern setzte wieder ein. Jemand nahm einen langen Zug aus einer Trinkflasche, ein anderer knipste mit dem Kugelschreiber, die Nächste blickte beunruhigt in die Runde. Es brauchte keine großen Worte, um zu spüren, dass sich Schinagls Gegnerschaft für die zu erwartende Auseinandersetzung rüstete.

„Das steht Ihnen natürlich frei", räumte der oberste Elternvertreter ein und erhob sich von seinem Sessel. „Nach eingehender Diskussion stelle ich hiermit den Antrag, dass sowohl die Klassenlehrerin als auch die Direktion und darüber hinaus die Schulbehörde inklusive der Bildungsdirektion mit großer Dringlichkeit aufgefordert werden, den Schüler Tobias Schinagl wegen seines unzumutbaren und dauerhaft störenden Verhaltens mit sofortiger Wirkung bis zum Ende des Schuljahres vom Unterricht auszuschließen. Wer ist dafür?"

Nein, auf Zack schossen die Hände nicht in die Höhe. Nur einige wild Entschlossene setzten rasch und deutlich ein Zeichen, doch einige kostete es sichtliche Anstrengung, vor den Augen der anwesenden Mutter Farbe zu bekennen. Aber nach einer halben Minute war die Angelegenheit geklärt. Von 18 anwesenden Müttern und Vätern stimmten 14 für den Antrag, zwei enthielten sich der Stimme und Schinagl sorgte gemeinsam mit einer weiteren Mutter für die einzigen beiden Gegenstimmen.

„Das ist die eindeutige Mehrheit. Vielen Dank. Frau Schinagl, nehmen Sie es bitte nicht persönlich, es ist wirklich nicht böse gemeint“, schloss der Bauunternehmer die Abstimmung ab und schien darauf zu hoffen, dass die klare Entscheidung der Polizistin die Sprache verschlagen hatte. Doch die Mutter von Tobias hob tatsächlich noch einmal die Hand.

„Bitte, eine letzte Wortmeldung, Frau Schinagl. Halten Sie sich kurz!“

Schinagl stand auf, spürte den Zorn im Bauch, in der Brust, im Hals, sogar im Gesicht, ließ sich ein wenig Zeit, um ihn zu bändigen, konnte aber nicht verhindern, dass es ihre geballte Energie war, die ab jetzt die Stimmung dominierte.

„Herzliche Gratulation zu dieser klaren Entscheidung. Ich nehme an, Sie haben es sich nicht leicht gemacht und genaue Erkundigungen eingezogen. Ich, oder besser meine Tochter und ich, wir haben das natürlich auch gemacht. Weil wir die Not und Verzweiflung von Tobias gesehen haben. Seine Sprachlosigkeit, sodass er sich nicht einmal mir erklären konnte. Ja, er hat auch mir gegenüber behauptet, das Geld nicht gestohlen zu haben, obwohl er es doch ganz offensichtlich getan hat. Das habe ich nicht verstanden. Trotzdem habe ich zu ihm gehalten. Und inzwischen weiß ich, dass er nicht gelogen hat. Er hat das Geld nicht gestohlen, sondern er hat es sich genommen. Aber nicht aus eigenen Stücken ...“

Offene Münder. Stühlerücken. Eine Klassenlehrerin, die heimlich beide Daumen drückte.

„... sondern weil er dazu gezwungen wurde.“

Schinagl schenkte sich Wasser ein, nahm einen Schluck, stellte das Glas wieder auf den Tisch.

„Deshalb jetzt mein Gegenantrag. Schreibt das jemand mit?“

Kopfnicken der Mutter, die mit Schinagl eine Gegenstimme abgegeben hatte.

„Danke. Ich stelle den Antrag, die Schülerin Alina Lang und die Schüler Simon Kortner und Fabian Ritter wegen Geldeintreiberei, Nötigung zum Diebstahl und wegen des Quälens und Misshandelns eines Mitschülers sowie der Androhung und Ausübung von Gewalt für einen angemessenen Zeitraum vom Unterricht zu suspendieren. Außerdem beantrage ich den Besuch der Klasse durch einen Exekutivbeamten oder eine -beamtin in Uniform, um den Schülerinnen und Schülern die Tragweite eines solchen Handelns in entsprechender Weise deutlich zu machen.“

Schinagl fühlte sich nach diesem Auftritt nahe an einem Zusammenbruch. Aber sie wusste, dass noch ein wichtiger Satz fehlte.

„Vor der Abstimmung darf ich noch um den Beamer bitten.“

40

Alle besser als er. Dachten sie. Bildeten sie sich ein.

Die blond gefärbte große Schwester mit ihrem Doppeldoktor und ihrer durch diverse vor- und außereheliche Vögeleien erworbenen Führungsposition im Krankenhaus. Natürlich mit Vorzeigetochter. Matura mit Auszeichnung, präzise Vorstellungen über die bevorstehende medizinische Berufslaufbahn. Die zweite Tochter, 16-jährig, bildhübsch und so hochbegabt, dass sie zuletzt eine Klasse überspringen konnte.

Der mit Doktor- und Magistertitel ausgestattete Bruder, ein von den Medien hofierter dampfplaudernder Virologie-Primar und in Wahrheit nur scheinbare Koryphäe in seinem Fachgebiet. Ebenfalls mit zwei Kindern, beide umwerfend kunstaffin. Die Tochter eine vielversprechende angehende Schauspielerin, der Sohn ein überzeugendes Klaviertalent.

Immer wieder die tätschelnden Hände der Großeltern, die bewundernden Ahs und Ohs der Oma, die begeisterten Bravos des Opas, jedes Fürzchen ihrer von sich eingenommenen Enkelkinder wurde mit Applaus bedacht, und dazwischen machten sich ihre Eltern mit diversen Erfolgsgeschichten wichtig.

Für das stundenlange Schwärmen über sich selbst hätten sich die Schwester und ihr bornierter Ehemann olympisches Gold verdient. Der Bruder und dessen rekordverdächtig verkopfte Frau hätten es wiederum beim Wettbewerb um die meisten unverständlichen Fremdwörter auf den obersten Stockerlplatz geschafft.

Weit dahinter, hoffnungslos abgehängt, kam er. Der nicht geplante, unwillkommene Nachzügler. Das hyperaktive Sorgenkind, das sich schon in der Volksschule nur mit Tabletten im Zaum halten ließ.

Durchs Gymnasium kam er mit Ach und Krach.

Zum Studienabschluss und armseligen Magistertitel mit Hängen und Würgen.

Zu einem Praktikumsplatz nur durch die vehemente Protektion seines Vaters.

Darüber hinaus prädestinierte ihn sein exzessiver Alkohol- und Drogenkonsum zum schwarzen Schaf der Familie. Jahrelang eignete er sich als das zentrale Thema bei sämtlichen Geburtstags- und Weihnachtsfeiern. Bis er sich mit einem Mal nach Italien absetzte, jeglichen Kontakt abbrach und fortan von niemandem zu erreichen war.

Es ging das Gerücht, dass er als Dealer in Bologna lebte. Der Bruder vermutete ihn in der Gegend rund um Neapel und traute ihm Kontakte zur Mafia zu. Die Schwester fand es unerhört, dass er seine Eltern sechs Jahre lang im Unklaren ließ.

Tatsächlich verdiente er in der Nähe des Lago Maggiore mit dem Handel von Kokain, Heroin und Haschisch gutes Geld, übersiedelte dann nach Graz, päppelte sein Erspartes als grenzüberschreitender Drogenkurier auf, absolvierte ein Praxisjahr und schuf damit die Voraussetzung, selbstständig einen Betrieb zu führen.

Und plötzlich war er wieder in Linz aufgetaucht. Mit hervorragenden Italienischkenntnissen und der wie auch immer erworbenen Berechtigung, sein eigenes Geschäft zu eröffnen. Große Familienaufregung, weil er von den Eltern die vorzeitige Auszahlung seines Erbes verlangte. Hitzige Diskussionen, bis er notariell beglaubigt garantierte, die zu erwartende Zuwendung nicht zu verschleudern, sondern auf Euro und Cent für die Gründung und den Aufbau seines Unternehmens zu verwenden.

Und? Löste er dieses Versprechen ein? Vervielfachte er sein Erbe? Schaffte er es, aus einem anfangs kleinen

Geschäft eine Goldgrube zu machen? Besaß er rund um seinen Betrieb inzwischen eine ausreichende Anzahl an Immobilien, um seinen Traum von einem monströsen Ärzte- und Geschäftszentrum mitten im Herzen der Stadt wahrzumachen? Würde er dieses verschlafene Linz mit einem fulminanten Paris-, London- und New-York-Feeling beleben?

Zeigten sich seine Geschwister in kleinen Nebensätzen bereits an Geschäftsräumen in seinem zukünftigen Palast interessiert? Hielten ihre bemitleidenswerten Ehepartner und deren unerträglich eitle Kinder endlich ihre schamlosen, selbstverliebten Klappen, wenn er, dem niemand etwas zugetraut hatte, zur Familienfeier einlud? Konnte sich einer von diesen Schlappschwänzen auch nur eine einzige Flasche von jener Cuvée aus Blaufränkischem, Cabernet Sauvignon und Merlot leisten, die er großzügig servierte? Schafften es die karrieregeile Schwester und der in die eigene Klugheit vernarrte Bruder, für das Familienevent einen externen Spitzenkoch samt Personal zu engagieren? Besaß auch nur einer dieser ausgewiesenen Vollidioten einen zehn mal fünf Meter großen Außenpool und ein ebenso ausladendes Hallenbad?

Wen pumpte erst jüngst der Herr Schwager an, weil er sich beim Abschluss eines Fremdwährungskredites hoffnungslos verspekuliert hatte und dringend 50.000 Euro brauchte? Wen hofierte die Frau Schwägerin bezüglich einer Intervention beim Intendanten des städtischen Schauspielhauses, damit er der vorsprechenden Tochter eine sogenannte Rutsche legte?

Bei wem gab sich die Prominenz aus Politik und Kunst die Hand? Um wen schwänzelten diverse Stadtgrößen herum, wenn sie – wofür auch immer – einen großzügigen Sponsor brauchten? Wen fragte der Herr Bürger-

meister bei einem exklusiven Achterl um Rat bei seinen diversen Entscheidungen?

Ja, immer häufiger ertönte bei familiären Zusammenkünften auch in Verbindung mit seiner Person ein erstauntes Ah oder Oh. Immer öfter verwies er das zum x-ten Mal dramatisch vorgetragene Gedicht oder die geklimperte, ewig gleiche Sonatine in die zweite Reihe.

Weil nun auch er die Bühne in Anspruch nahm. Zum Beispiel mit der Präsentation eines echten Nitsch, eines Schüttbilds par excellence, 150 mal 100, erstanden um bescheidene 250.000 Euro. Oder mit einem großartigen Rainer, für den er das Doppelte hingelegt hatte.

Kaum zu glauben, aber so etwas entlockte selbst dem alten Herrn Vater ein dezentes Lob. Da ließ sich gar die mit Anerkennung sehr sparsame Frau Mutter zu einem ungewohnten Zusammenklatschen ihrer Hände herab. Und auch den Geschwistern und deren Anhang entwichen Worte der Bewunderung.

Ja, der einstige Vollpfosten von einem Sohn und Bruder hatte sie alle, ausnahmslos alle, an die Wand gespielt. Der sichere Verlierer hatte sie mit Vollgas überholt. Der ehemalige Außenseiter hatte sich zum hochbeliebten Gast in den allerbesten Kreisen entwickelt.

Kein schlechtes Gefühl, mit einem Glas Brut Gold auf der Dachterrasse seiner 380 Quadratmeter großen Stadtvilla zu stehen und zuzusehen, wie seine von ihm deklassierten Geschwister samt Anhang ihr Kinderpack in ihre Mittelklassekisten verfrachteten. Wie sich sein Vater und seine Mutter mit ihren schmerzenden, müden Gliedern in ihren Wagen quälten.

Die nächste Familienfeier, dachte er, findet wieder bei jemandem von euch Versagern statt. Dann tischt ihr wieder eure bemühten, in Wahrheit geschmacklos zusam-

mengeschusterten Menüs auf, setzt uns billigen Fusel vor, und ich werde naiv fragen, ob wir uns nicht etwas wirklich Gutes genehmigen wollen, um euch sodann mit mehreren mitgebrachten Flaschen exorbitant teuren Weines zu demütigen.

Wie war er doch froh, dass auf ihn heute Abend nicht eines dieser müden, trostlosen Ehebetten wartete. Dieser langweilige, resignative Sex.

Da bemühte er doch lieber seinen gewohnten Hostessendienst. Topangebote. Superexklusive Damen. Kosteten ein kleines Vermögen, zahlten sich aber in jeder Hinsicht aus.

Davor kam er jedoch einer angenehmen Pflicht nach.

Er wählte eine Nummer, sprach ein Lob aus und bedankte sich. Zum einen für die rasche Erledigung des Auftrags, zum anderen für die überraschende Waffenwahl.

Ein Pfeil.

Hübsch.

Sehr erfreulich, dass dieses aktuell größte Problem des Dottore auf so originelle Weise ein für alle Mal erledigt war.

41

Der Bauunternehmer und Elternvereinsobmann Hermann Kortner wurde blass wie der durchsichtige Mond, als er sah, wie sein entzückender, adrett gekleideter neunjähriger Sprössling über die Straße rannte, seinem verzagt bei der Mülltonne stehenden Mitschüler Tobias ansatzlos mit der flachen Hand ins Gesicht schlug und ihn dann seinem Freund überließ. Fabian Ritter, Sohn der Inhaberin eines Friseurgeschäftes, adrette kurze Hose, dazu passendes Polo, helle Turnschuhe und weiße Socken, versetzte Tobias mehrere Tritte, dann öffnete er die Mülltonne, presste Tobias' Kopf hinein, klappte den Deckel zu und bearbeitete den darunter eingeklemmten Jungen mit den Fäusten.

Im Anschluss daran riss die gleichaltrige Alina Lang, geblümtes Kleidchen, Heidi-Zöpfe, blaue Schnallenschuhe, Tobias den Rucksack vom Rücken und warf ihn hinter die Mülltonne.

Den Schlusspunkt bildete die Geldübergabe. Tobias händigte dem Trio ein schmales Bündel von Scheinen und einige Münzen aus. Simon Kortner, offensichtlicher Schatzmeister, zählte, wirkte zufrieden, redete noch kurz auf Tobias ein, dann zog die Bande ab.

Video aus. Schwarzer Bildschirm. Stille.

Ein Häufchen fassungsloser, peinlich berührter Erwachsener. Gerade noch drauf und dran, einen Schüler an den Pranger zu stellen und zu verurteilen, der das eigentliche Opfer war. In diesem Augenblick vereinten sich in einem Gefühlsgemisch Empörung, Schuld und Scham.

Wie konnte ihnen eine so gravierende Fehleinschätzung passieren?

Wie konnten diese drei Milchgesichter, die sich noch nicht einmal in der Einflugschneise zur Pubertät befanden, ein derartiges Maß an Kaltherzigkeit und Brutalität entwickeln?

Was sagte man zu Eltern, die gerade noch gegen Tobias gestimmt hatten und jetzt vor den Trümmern der Erziehung ihrer Kinder saßen?

Es war wieder einmal die Klassenlehrerin Elfriede Plank, die mit leiser, aber fester Stimme das schwere, raumfüllende Schweigen durchbrach.

„Frau Schinagl. Möchten Sie dem noch etwas hinzufügen?"

Schinagl stand langsam auf. Ihre Stimme klang nun nicht mehr angriffig oder vorwurfsvoll. Eher mitfühlend und traurig angesichts des Desasters, in dem sich die versammelten Eltern jetzt befanden.

„Nur, dass Tobias dieses Ritual seit längerer Zeit einmal pro Woche über sich ergehen lassen musste. Das abzuliefernde Geld hat er zum Teil auch mir und seiner Schwester geklaut, aber wir haben es nicht bemerkt. Wenn er kein Geld auftreiben konnte oder weniger als den geforderten Betrag, wurde er von den beiden Buben und dem Mädchen umso mehr gequält. Ich muss Ihnen nicht sagen, was diesen drei Kindern bei einem solchen Beweismaterial blühen würde, wenn sie im straffähigen Alter wären."

Die Betroffenheit der versammelten Eltern hallte auch noch nach, als Schinagl wenig später ins Auto stieg. Bevor sie den Motor startete, griff sie nach ihrem Handy, forderte beim Journaldienst im Polizeikommissariat eine Telefonnummer an, legte auf und drückte die Wahltasten.

„Hallo?"

„Guten Abend, hier Schinagl, Kriminalpolizei. Frau Pernauer?“

„Ja.“

„Ich komme gerade von einer Veranstaltung, bei der etwas Wichtiges passiert ist.“

„Und deshalb rufen Sie mich an?“

„Genau. Weil dort etwas ans Licht gekommen ist.“

„Und was?“

„Die Wahrheit, Frau Pernauer.“

„Schön ... aber was habe ich damit zu tun?“

„Das Alibi, das Sie Ihrem Mann gegeben haben ...“

„Was ist damit?“

„Sie haben behauptet, dass er am heutigen Vormittag zu Hause war.“

„Stimmt, genau das habe ich gesagt.“

„Ich bin mir nicht sicher, ob das den Tatsachen entspricht. Deshalb muss ich Sie fragen, ob Sie sich da wirklich hundertprozentig sicher sind.“

42

Der würzige Retsina war leider nur ein schwacher Trost. Von den ausgedruckten Unterlagen, bestehend aus Löfflers Dienstplänen und den Passagierlisten, über denen Worschädl seit einer guten Stunde an einem Ecktisch seines Lieblingsgriechen saß, hatte er sich weitaus mehr erwartet.

Zum Glück wies der Linzer Flughafen ein überschaubares Aufkommen an Reisenden auf. Dennoch war es mühsam genug gewesen, minutiös zu überprüfen, ob zu jenen Dienstzeiten, in denen Löffler und sein Chef Dienst hatten, etwaige Auffälligkeiten zu finden waren. Zum Beispiel Passagiere, die wiederholt und regelmäßig in Linz gelandet waren und den Zoll problemlos passiert hatten.

Doch Worschädl fand nichts, woraus er auf Manipulationen oder Absprachen hätte schließen können. Dabei war sich der Chefinspektor sicher, dass in diesen Listen der Schlüssel für weitere Ermittlungsfortschritte versteckt war.

„Darf ich mich zu Ihnen setzen?" Karoline, in dünner, weißer Leinenhose und hellblauer Bluse, sah abgekämpft und müde aus.

„Sehr gerne, junge Dame. Sind wir uns nicht schon einmal begegnet?"

„Gut möglich, dass wir uns aus unserer gemeinsamen Wohnung kennen", scherzte Karoline und setzte sich.

„Ist das der Platz, an dem wir uns seit Wochen immer nur spätabends treffen?"

„Kann sein. Wie oft haben wir den Besuch beim Griechen verschoben?"

„Ich habe nicht mehr mitgezählt. Ein Wunder, dass es endlich klappt."

„Wunder müssen gefeiert werden", sagte Karoline, begrüßte ihren Mann mit einem Kuss und nahm einen Schluck von seinem Wein.

„Yamas", prostete ihr Worschädl zu, räumte seine Zettelwirtschaft zusammen und legte den Stoß auf den Sessel neben sich.

„Bürokram?"

„Nur frustrierender Listenschmarrn. Und wie ist es bei dir gewesen?"

„Durchwachsen, traurig ... und sehr erkenntnisreich."

„Erkenntnisreich? Du machst mich neugierig."

Worschädl musste sich gedulden, weil der Taverneninhaber Michaelis Vasilakos an den Tisch kam, Karoline mit breitem Lächeln begrüßte, eine Karaffe Retsina und ein Glas für sie auf den Tisch stellte und ihnen als Vorspeise *Piperiés Tiganités* und als Hauptspeise *Mýdia Saganáki* empfahl.

„Michaelis, du kennst uns. Und du weißt, was uns schmeckt", zeigte sich Worschädl sehr angetan.

„Auch von mir gibt es keinen Einwand. Empfehlung angenommen", sagte Karoline.

„Sehr gerne. Yamas", antwortete der Grieche.

„Yamas, Michaelis." Karoline hob ihr Glas und prostete Michaelis zu, der sich bereits in Richtung Küche entfernte.

„Also, was war los heute?", fragte Worschädl.

„Silvia geht es leider unverändert schlecht."

„Scheiße."

„Ja. Ich bin noch einmal alles durchgegangen."

„Du meinst die Sache mit dem Tumormarker?"

„Genau. Ich fasse zusammen: Silvia und die drei anderen Patienten aus der Selbsthilfegruppe haben ganz ähnliche Probleme. Alle werden von verschiedenen Ärzten behandelt. Es handelt sich um Mediziner mit hervorragenden Reputationen. Es gibt also keine Gemeinsamkeit. Außer diesem speziellen Medikament!“

„Du bist davon überzeugt, dass es daran liegt?“

„Auch wenn es als nahezu ausgeschlossen gilt. Du hältst mich vielleicht für hysterisch oder überdreht.“

„Überhaupt nicht. Das Medikament hat doch sicher einen Namen.“

„Zytostan.“

„Alles klar. Ich frage gleich morgen unser kriminalpolizeiliches Informationssystem.“

„Danke, Bertl.“ Karoline lächelte und machte Worschädl auf das aufleuchtende Display seines Handys aufmerksam. „Es ist Sabine. Wenn du mit ihr reden willst ...“

„Danke“, erwiderte Worschädl und nahm das Gespräch an.

„Hallo, Sabine, wie war dein Elternabend?“

„Anstrengend und erschütternd. Aber ich habe drei zu null gewonnen. Bist du die Listen durchgegangen?“

„Sogar sehr genau. Habe aber nichts gefunden.“

„Mist. Aber doppelt hält besser, also lege ich noch eine Nachtschicht ein.“

„Sehr gut, Sabine.“

„Trotzdem gibt es Neuigkeiten. Ich habe Frau Pernauer angerufen und ihr ins Gewissen geredet.“

„Wegen des Alibis? Hat sie zugegeben, dass ihr Mann doch nicht zu Hause war?“

„Nicht dezidiert. Aber sie hat eingeräumt, dass ihre Aussage eventuell ein Irrtum war."

43

„Guten Morgen, Herr Pernauer."

„Sie haben Nerven. Was machen Sie hier in der Bank? Es reicht vollkommen, dass Sie mit Ihrer Indiskretion meine Ehe ruiniert haben. Meine Frau hat mich verlassen."

„Wenn das so ist, haben Sie es sich schon selbst zuzuschreiben. Von uns hat sie kein Wort erfahren. Und Ihre Kolleginnen oder Kollegen sollten wohl auch nicht mitbekommen, dass ich Polizist bin. Also behandeln Sie mich am besten wie einen ganz normalen Kunden", antwortete Worschädl.

Eigentlich war es eine Verschwendung, einen Bankfachmann an der Hand zu haben und sich mit ihm ausschließlich über dessen eigenartiges Sexualverhalten, sein befremdliches Verständnis von Ehe und Familie und seine temporäre Verwicklung in einen Mordfall zu unterhalten.

Man hätte ihn auch fragen können, was er davon hielt, dass Worschädl trotz der elfprozentigen Inflation immer noch auf das gute alte Sparbuch setzte. Ob er es guthieß, dass dem Chefinspektor nichts ferner lag, als Aktien zu erstehen und sich an diversen Spekulationen zu beteiligen. Wie er Worschädls Meinung einschätzte, dass von Zusatzpensionen hauptsächlich Versicherungen und Banken profitierten, weil beim Antritt des Ruhestandes trotz jahrzehntelanger Einzahlungen nur ein verschwindend geringer Betrag auf dem Konto landete.

Derartige Erkundigungen hätten bei Pernauer jedoch den Eindruck erweckt, dass er wieder vollständig rehabilitiert war, was in keiner Weise stimmte. Schinagl und Worschädl waren davon überzeugt, dass es

Pernauer war, der Chiara Löffler so entsetzlich zugerichtet hatte. Auf keinen Fall wollten sie zulassen, dass sich der Bankangestellte ohne jegliche Konsequenzen davonstehlen konnte. Um ihn festnageln zu können, fehlten ihnen allerdings die nötigen Beweise.

Pernauers ihm eigene Arroganz kam heute nicht zum Vorschein. Vielmehr wirkte er zurückhaltend und vorsichtig, war ihm doch nach wie vor unklar, ob er, abgesehen von der Trennung von seiner Familie, mit halbwegs heiler Haut davonkommen würde.

„Wir haben es gleich geschafft, Herr Pernauer."

„Was wollen Sie denn noch von mir?"

„Wirklich nur eine Kleinigkeit", erwiderte Worschädl. „Im Internetverlauf unseres ersten Mordopfers gab es mehrere Aufrufe der Webseite Ihrer Bank. Wir nehmen also an, dass Herr Löffler bei Ihnen ein Konto hat. Für unsere weiteren Ermittlungen müssen wir einen Blick auf seine letzten Ein- und Ausgänge werfen."

„Keine Chance, völlig unmöglich! Allein schon aufgrund der Datenschutzverordnung."

„Entschuldigung, aber wenn Sie hier den Superkorrekten spielen wollen, ist das ein denkbar schlechter Zeitpunkt."

„Es geht nicht darum, was ich will, sondern was mir gestattet ist. Nein, das können Sie vergessen."

„Schade. Wenn ich mich um eine richterliche Verfügung bemühen muss, könnte es durchaus passieren, dass ich bei Ihren Vorgesetzten Ihren Namen fallen lassen muss. Eventuell mit einem Hinweis auf Ihre sexuellen Eskapaden. Ich nehme an, dass Sie das vermeiden wollen."

Pernauer biss sich auf die Unterlippe und flüsterte: „Sie sind derartig durchtrieben und heimtückisch."

„Ich würde mich eher als ergebnisorientiert bezeichnen."

„Wie auch immer ... nach dieser fiesen Aktion sind wir zwei fertig."

„Solange Sie sich im gesetzlich einwandfreien Rahmen bewegen, wird dem nichts im Wege stehen."

Pernauer griff widerwillig nach seiner Computermaus, tippte seinen Zugangscode und loggte sich ein. In die geheime Welt der Stadtbank. Ins Zentrum eines für Außenstehende unübersichtlichen Informations-Wirrwarrs.

„Es geht also um Clemens Löffler."

„Ausgezeichnet, Sie denken mit!", lobte Worschädl.

„Was ich hier mache, bleibt unter uns", sagte Pernauer und tippte den Namen ein. „Davon darf niemand etwas erfahren."

„Worauf Sie sich verlassen können. Großes Polizistenehrenwort", bekräftigte Worschädl und stellte erfreut fest, dass der Bankangestellte den Bildschirm in seine Richtung drehte.

Auf den ersten Blick war an den Kontobewegungen des Zollbeamten nichts Ungewöhnliches zu erkennen. Erst, als Worschädl zur Maus griff und nach oben scrollte, entdeckte er einen Zahlungseingang, der ihn innehalten ließ.

„Diese Überweisung über 4000 Euro von einer Firma namens *Danube Pharma* ... können Sie mir sagen, von wo aus die getätigt wurde?"

„Für einen sympathischen Menschen wie Sie mache ich das natürlich gern", zischte Pernauer sarkastisch und konzentrierte sich auf den Bildschirm. „Das Geld kommt von einer asiatischen Bank mit Sitz in Singapur."

„Singapur? Interessant. Wie ich sehe, hat Löffler von dort gleich mehrmals höhere Beträge bezogen. Könnte ich einen Ausdruck der Kontoauszüge der letzten sechs Monate haben?“

„Sie bringen mich in Teufels Küche. Aber das war es dann, Worschädl.“

„Noch nicht ganz. Sie haben behauptet, dass Sie hier vorgestern früh etwa um zehn Minuten nach neun angefangen haben.“

„Das ist korrekt.“

„Schön. Aber ich brauche das schwarz auf weiß.“

„Moment.“ Pernauer blickte erneut auf den Bildschirm und drehte ihn nach wenigen Mausklicks zu Worschädl. „Okay. Ein wenig später. 9 Uhr 17.“

„Interessant. Dann wäre sich zwischen dem Duschen im Karateverein und dem Eintreffen in der Bank locker eine kurze Fahrt auf den Pöstlingberg ausgegangen.“

„Lassen Sie mich endlich mit diesem Mord in Ruhe! Ich habe damit nichts zu tun!“

„Wahrscheinlich genau so wenig wie mit dem Überfall auf Chiara Löffler“, antwortete Worschädl, den ein plötzlicher Geistesblitz heimsuchte, der nach sofortiger Umsetzung verlangte. „Da sind Sie doch angeblich zu Hause gewesen.“

„Nicht nur angeblich. Meine Frau hat das bestätigt.“

Worschädl legte sein Handy auf den Tisch. „Sehr eigenartig, aber eine Videokamera, die zwei Straßen von Frau Löfflers Adresse entfernt montiert ist, sagt uns etwas anderes.“

„Das ist unmöglich. Sie wollen mir eine Falle stellen.“

„Es gibt eine Aufzeichnung, die Sie knapp vor der Tatzeit in unmittelbarer Nähe von Chiara Löfflers Wohnung zeigt. Sie haben uns angelogen."

„Unsinn, Sie bluffen! Das Video ... ich will es sehen."

„Das wird für Sie erst im Zuge des Ihnen drohenden Gerichtsverfahrens möglich sein."

Pernauers Augen huschten zur Tür, am liebsten wäre er davongelaufen.

„Um Himmels willen, was denn für ein Gerichtsverfahren?"

„Wegen schwerer Körperverletzung, Nötigung und Vergewaltigung. Es gibt allerdings eine Möglichkeit, wie Sie so ein teures und aufwendiges Verfahren vermeiden könnten."

„Danke, kein Interesse. Weil Sie nichts beweisen können. Weil diese Geschichte mit dem Video nichts als ein Märchen ist."

„Ganz wie Sie wollen", antwortete Worschädl und stand auf. „Dann sehen wir uns also vor Gericht."

„Moment! Diese andere Möglichkeit ... wie sieht die aus?"

„Sie stecken unverzüglich 10.000 Euro in ein Kuvert und lassen es Frau Löffler zukommen. Falls Sie Chiara Löffler aber noch ein einziges Mal persönlich kontaktieren oder treffen, werden Sie sich ganz schnell wünschen, jemand anderer zu sein."

Der Treffer saß und schickte Pernauer förmlich auf die Matte. Er sackte in seinem Sessel zusammen und wirkte wie ein Häuflein Elend, während Worschädl den Raum verließ und auf das Vibrieren seines Handys reagierte.

„Hallo Sabine."

„Guten Morgen, Robert. Diese Listen ... ich wollte schon aufgeben, doch dann habe ich die Fluggäste noch einmal unabhängig von den Vertretungskonstellationen überprüft. Häufigkeit der Ankünfte, Regelmäßigkeit und so weiter."

„Ist dir etwas aufgefallen? Irgendwelche Geschäftsleute mit einer wiederkehrenden Frequenz?"

„Ja ... vor allem aus Deutschland."

„Ist darunter jemand, der uns interessieren könnte?"

„Sieht so aus. Sie heißt Chen Lu Dang."

„Wie oft schlägt sie bei uns auf?"

„Phasenweise monatlich, dann wieder alle zwei Wochen. Bei ihrer Ankunft hatte meistens Löffler Dienst."

„Und wenn er verhindert war?"

„Von wem er vertreten wurde, habe ich noch nicht herausgefunden", antwortete Schinagl. „Der Flug, bei dem die beiden weggeschaut haben, kam jedes Mal aus Frankfurt. Aber das war nur eine Zwischenstation."

„Weil die Reise der Asiatin nicht dort begonnen hat?", hakte Worschädl nach.

„Genau. Gestartet ist sie immer in Singapur. Um 7 Uhr 40 in der Früh."

„Singapur. Heiliger Strohsack. Wissen wir, wann die Dame wiederkommt?"

„Laut meinen Recherchen relativ bald."

„Wie bald genau?"

„In 52 Minuten."

44

Als Kind hätte Schinagl viel dafür gegeben, ein einziges Mal auf einem jener Koffer sitzen zu dürfen, die auf dem Laufband vorbeitransportiert wurden und manches Mal mehrere Runden drehen mussten, bevor sich jemand ihrer annahm. Heute hatte sie sich über eine Tür, die ausschließlich dem Personal vorbehalten war, Zugang zur Gepäckshalle verschafft und sich unter die überschaubare Menge an Fluggästen gemischt, die in Frankfurt gestartet und nach einer Stunde und vier Minuten pünktlich in Linz gelandet waren.

Frau Chen Lu Dang, die eine schwarze Hose aus weich fallendem Stoff und eine kurzärmelige weiße Bluse trug, stand in einer der Kurven des Förderbandes und legte gerade das Sakko ihres Hosenanzugs über den Griff eines schicken schwarzen Trolleys. Schinagl schätzte die große, schlanke Frau mit den schwarzen, schulterlangen Haaren und dem entspannten Lächeln auf Mitte 30.

Auffällig war, dass sie wenig später nicht nur einen großen, petrolfarbigen Hartschalenkoffer vom Laufband hob, sondern sich auch noch von einem eifrigen Herrn gesetzteren Alters beim Herunterhieven einer imposanten Golftasche unterstützen ließ.

Während die Asiatin die beiden Gepäckstücke und ihren Trolley auf einem Gepäckswagen verstaute, griff Schinagl nach ihrem Handy.

„Sabine?“

„Robert?“

„Ist sie aufgetaucht?“

„Ja, ich denke, wir haben sie. Groß, schlank, schwarze Haare. Ein Koffer, eine riesige Golftasche, ein Trolley. Sie geht gleich zum Zollschalter.“

„Alles klar. Entweder sie nimmt dann ein Taxi, oder sie wird abgeholt. Zum Glück ist hier alles so überschaubar, dass ich sie nicht übersehen konnte."

„Wie ist es so im Auto?"

„Stell dir den dritten Aufguss in der Sauna vor."

„Ich schaffe nie mehr als zwei. In ein paar Minuten darfst du den Motor und die Klimaanlage starten."

„Damit, wenn du einsteigst ..."

„... die Temperatur halbwegs erträglich ist. Sie passiert gerade den Zoll ..."

„Und wird einfach durchgewunken?"

„Richtig geraten. Und zwar von der Beamtin, die bei unserem ersten Eintreffen in einem Reiseprospekt geblättert hat?"

„Hat sie dich bemerkt?"

„Weiß ich nicht."

„Nimm auf alle Fälle wieder die Hintertür."

„Mach ich, Robert. Bis gleich."

Kurz darauf saß Schinagl neben ihrem Kollegen im Auto, hatte den Eindruck, dass er dem vor ihnen fahrenden Taxi mit idealem Abstand folgte, und empfand die Bemühungen der Klimaanlage als unzureichend.

„Hat sich Karatemeister Pernauer noch einmal bei dir gemeldet?"

„Bis jetzt nicht. Wahrscheinlich fragt er sich ununterbrochen, ob er mir die erfundene Geschichte mit dem Video glauben soll?"

„Du warst sicher überzeugend. Für Chiara Löffler wäre es ein Segen."

„Am besten, wir drücken ihr die Daumen", antwortete Worschädl und überquerte eine Kreuzung.

„Während des Wartens auf den Flieger habe ich mit einem sehr hilfsbereiten Kollegen der *Singapore Police Force* telefoniert", begann Schinagl erneut.

„Du knüpfst internationale Verbindungen?"

„Noch dazu sehr informative. Diese Chen Lu Dang führt ein unauffälliges Leben als Direktorin einer kleinen Firma namens ... Achtung, jetzt kommt's ... *Danube Pharma*."

„Dieselbe Firma, die Geld auf das Konto des ersten Mordopfers überwiesen hat?"

„Richtig. Registriert ist sie als sogenannte Private Limited Company. Diese Geschäftsform ähnelt unserer Gesellschaft mit beschränkter Haftung. Allerdings reicht als Mindestkapital für die Gründung ein einziger Singapur-Dollar. Was die Firma produziert oder womit sie handelt, ließ sich noch nicht eruieren. Es gibt außerdem einen weiteren stillen Gesellschafter, dessen Name nicht aufscheint, der aber 95 Prozent der Anteile hält."

„Dann dürfte Frau Dang nur eine Nebenrolle spielen."

„Gut möglich, dass ihre Hauptfunktion darin besteht, einen Wohnsitz in Singapur und somit auch eine Aufenthaltsbewilligung zu haben – die einzigen Voraussetzungen für eine Firmengründung. Und Quadratmeter braucht es auch nicht allzu viele."

„Eine Briefkastenfirma?"

„Klingt ganz danach."

„Tatsache ist, dass Singapur als Steueroase gilt. Gewinne, die im Ausland erwirtschaftet werden, müssen nicht versteuert werden", erklärte Worschädl.

„Heißt das, ich kann hier meine Geschäfte machen, sie über einen Firmensitz in Singapur abwickeln und muss die dann weder hier noch dort versteuern?"

„Sollte genau so funktionieren."

Worschädl brach das Gespräch ab, weil das Taxi vor ihnen nach einer staufreien Fahrt durchs Zentrum in die Untere Donauländе abbog, das Linzer Konzerthaus passierte und die Zufahrt zu einem Fünf-Sterne-Hotel nahm.

„Nobel, nobel“, murmelte Worschädl.

„Die Direktorin von *Danube Pharma* zieht es offenbar vor, mit Blick auf die Donau zu residieren“, meinte Schinagl.

Worschädl blieb auf Abstand und hielt ebenso wie das Taxi an. Die Asiatin stieg aus, der Lenker beförderte Koffer, Golftasche und Trolley aus dem Kofferraum, nahm das Geld entgegen, bedankte sich, stieg ein und fuhr los.

Im selben Moment glitt ein Van an Worschädl und Schinagl vorbei und blieb bei Chen Lu Dang stehen. Ein kräftig gebauter Mittvierziger in T-Shirt und kurzer Hose stieg aus, öffnete die seitliche Schiebetür, hob die beiden Koffer ins Wageninnere, setzte sich wieder hinters Lenkrad und startete den Wagen, während die Asiatin nach ihrem Trolley griff und durch eine Drehtür die Eingangshalle des Hotels betrat.

„Scheiße“, schimpfte Worschädl.

„Wir teilen uns auf“, sagte Sabine.

„Guter Vorschlag.“

„Du folgst den Koffern und ich der Frau.“ Sabine öffnete die Tür und stieg aus. „Pass auf dich auf.“

„Du auch“, antwortete Worschädl und gab Gas.

45

Worschädl gehörte nicht zu jenen Stadtbewohnern, die das Linzer Industriegebiet inklusive der daran angrenzenden Schwerindustrie hässlich fanden. Die funktionalen Betriebsgebäude, die ausladenden Tankstellen und großflächigen Parkplätze, die Zugmaschinen und Lastkräne, die eigene, quer durch die Firmenlandschaft führende Bahnlinie mit oft elendslangen Frachtzügen und schließlich die grauen Silos, Stahlgerippe und hoch aufragenden Schlote gehörten für ihn dazu und prägten den Charakter seiner Heimatstadt mindestens ebenso wie die barocke Altstadt oder die modernen Museen.

Liebend gerne streunte Worschädl über den zentral gelegenen, urbanen, entspannten und weltoffenen Platz vor dem Offenen Kulturhaus und dem angrenzenden Kinokomplex. Nicht weniger schätzte er die Fahrt über die Steyregger Brücke, die an der bizarren, kantigen und geschichtsträchtigen Fabriks- und Industriearchitektur vorbeiführte.

Im Moment befand er sich jedoch noch in den Niederungen der nüchtern gehaltenen Industriezeile. Zur linken Seite, hinter weitflächig angelegten Montage- und Fertigungshallen, konnte die Donau vermutet werden, während sich zur rechten Seite farblose Bürogebäude an Baumärkte und Großbetriebe reihten.

Der Van vor ihm hielt sich exakt an die Geschwindigkeitsbeschränkungen und bremste bei einem Dreißigerschild tatsächlich auf 30 ab. Mühseliges Kriechtempo. Für Worschädl, der sich selbst immer einen zusätzlichen Spielraum von zehn Stundenkilometern gestattete, ein Ereignis mit Seltenheitswert.

Als der Van etwa 50 Meter vor ihm nach links abbog, verspürte der Chefinspektor das plötzliche Bedürfnis, Karoline anzurufen. Einfach so. Um sie zu fragen, wie es ihr gehe. Ihr zu erzählen, dass seine Nachfrage im kriminalpolizeilichen Informationssystem keine Auffälligkeiten zum Medikament Zytostan ergeben hatte. Dass sie bei den beiden Mordfällen nach wie vor im Dunkeln tappten. Dass er gleichzeitig auf eine gewisse Vorwärtsbewegung hoffte, weil er sich jetzt auf der Zufahrtsstraße zu einer langgestreckten Lagerhalle am Linzer Hafen befand. Dass es nicht unlogisch wäre, wenn sich die beiden Gepäckstücke auf dem Weg zu einem Umschlagplatz für Schmuggelware aller Art befanden.

Er hätte Karoline wahrscheinlich auch erzählt, dass es mit dem Dienststellenleiter und einer Zollwachebeamtin zwei Verdächtige gab, die sich zu den Hafenanlagen vermutlich unkompliziert Zutritt verschaffen konnten. Die hier beruflich so manche Kontrolle durchzuführen hatten. Die womöglich den Transport der beiden Koffer organisiert und den Fahrer des Vans angeheuert hatten.

Spätestens jetzt, als der vor ihm fahrende Wagen beim Eingangstor der Halle hielt, hätte Worschädl das Gespräch mit seiner Liebsten unterbrechen müssen. Oder sie wäre gar nicht drangegangen, weil sie gerade mit einer Klientin oder einem Klienten in ihrem Therapieraum saß. Ein Anruf von ihm wäre auch ungewöhnlich gewesen, weil sie sich während ihrer beruflichen Tätigkeiten nur in dringenden Fällen gegenseitig störten.

Also ließ Worschädl sein Handy unberührt, lenkte den Wagen in eine Parklücke, stieg aus, duckte sich hinter einem abgestellten Wagen, sah zu, wie der Fahrer die Gepäckstücke aus dem Kofferraum hob, und überlegte, wie er es schaffen konnte, die geschätzte Entfernung von 100 Metern bis zur Halle ungesehen zu überwinden.

Wie sehr der Chefinspektor doch in diesem Augenblick den Fahrer um die lässigen Flip-Flops beneidete, mit denen er den Hartschalenkoffer und die Golftasche vollkommen sockenlos vom Van wegschob. Wie gern er seine luftundurchlässigen Jeans mit dessen kurzer Hose getauscht hätte. Wie sehr er sich angesichts der flimmernden 34 Grad für seine jahrzehntelang unzulängliche Hosenbeschaffungspolitik verfluchte.

Doch es half nichts. Sobald der Fahrer das Tor aufgesperrt hatte und in der Halle verschwunden war, sprintete Worschädl los. Diese gesundheitlich nicht gerade vernünftige Aktion hätte seiner Karoline Respekt abgenötigt. Obwohl ihr Mann kein Kurzstreckentyp war, lief er die geschätzten 100 Meter in einer respektablen Zeit. Ließ auch im Zieleinlauf nicht nach. Stoppte erst kurz neben dem Eingang, lehnte sich keuchend gegen einen Turm aus Holzpaletten und registrierte, dass er seinen Herzschlag an der Schädeldecke spürte.

Du bist, hätte Karoline jetzt gesagt, nicht mehr der Allerjüngste, Bertl.

Du sollst keinen Herzinfarkt provozieren.

Oder einen Schlaganfall. Wenn du mit so etwas nach Hause kommst, schmeiße ich dich hochkant hinaus. Und dieses Risiko ist es dir hoffentlich nicht wert.

Seine üblichen Argumente in Bezug auf die Erfordernisse seines Berufes hätte sie nicht akzeptiert. Auch nicht, dass es nur Schweißbäche und keine Sturzfluten waren, die ihm gerade die intensivsten Hitzewallungen seines bisherigen Lebens bescherten.

15 Sekunden brauchte er, um seinen Atem zu beruhigen. Weitere zehn, um sich in Bewegung zu setzen und die Halle zu betreten.

Vor ihm stapelten sich in mehreren Reihen verschiedenfarbige Container. Und in einem dieser unzähligen vier mal fünf Meter großen und zwei Meter hohen Metallkästen wurden in diesem Moment die beiden Koffer verstaut.

Worschädl folgte einem etwas entfernten metallenen Geräusch und schob sich zwischen den Containerreihen entlang.

Dann vernahm er plötzlich Schritte. Sie kamen direkt auf ihn zu. Er zog sich sofort zurück, schaffte es gerade noch hinaus und hinter den Palettenturm. Musste zusehen, wie der nunmehr kofferlose Fahrer aus der Halle trat, das Tor absperrte, in den Van stieg und wegfuhr.

Scheiße, dachte Worschädl. So viel Aufwand für ein derart dürftiges Ergebnis.

Das Brummen seines Handys klang erlösend. Wie Trost von ganz oben, auch wenn auf dem Display nur ein irdisches *Schinagl* stand.

„Sabine?"

„Robert, was machen die Koffer?" Schinagls Stimme klang gehetzt.

„Die sind in einer Lagerhalle im Hafen gelandet und dürften gerade im Bauch eines Stahlcontainers verschwunden sein."

„Dann holen wir sie dort raus."

„Ich weiß aber leider nicht, in welchem. Die gibt's hier wie Sand am Meer. Wir müssten einige dieser Dinger öffnen."

„Was uns aufgrund der dünnen Verdachtslage niemand genehmigen wird. Wir haben nichts als unsere Vermutungen. Und keine Ahnung, was sich in diesen Koffern befindet."

„Du könntest unsere Asiatin fragen“, schlug Worschädl vor.

„Was noch ein wenig warten muss. Das mit dem Hotel war eine Täuschung. Die hat dort kein Zimmer gebucht.“

„Wie bitte?“

„Sie ist in die Empfangshalle gegangen, hat einen schnellen Kaffee getrunken und sich wieder ein Taxi gerufen.“

„Also, wenn das nicht zum Himmel stinkt! Wieso bist du so außer Atem?“

„Mein Taxi ist ewig lange nicht gekommen. Ich habe mich zum Flughafen bringen lassen und eile gerade zu den Gates.“

„Wieso zu den Gates?“

„Weil ich vermute, dass die Dame gleich wieder nach Hause fliegt.“

„Du meinst, über Frankfurt nach Singapur?“

„Richtig.“

„Und wann geht der nächste Flug?“

„Zeitnah, lieber Robert.“

„Wie zeitnah, Sabine?“

„In drei Minuten.“

46

Die ungeheuer animative Kraft von 10.000 Euro ließ Chiara Löffler wie ein entfesselter Putzteufel durch die Wohnung wirbeln. Sie hatte das Geld am Nachmittag in einem Kuvert entdeckt, das am Fußboden unter dem Briefschlitz ihrer Wohnungstür lag. Zuerst konnte sie nicht glauben, was für einen Schatz sie da in ihren Händen hielt. Sie zählte die Scheine einmal, zweimal, dreimal, bevor sie sie stapelte und küsste. Wie der Papst den Boden bei seinen Landungen in fremden Ländern. Wahnsinn. Sie konnte sich nicht erinnern, jemals so viel Geld besessen zu haben.

Der Zeitpunkt, zu dem sich dieses Wunder ereignete, konnte kein besserer sein. Der Kühlschrank war so gut wie leer und Niko, der nach dem schlimmen Besuch von Gernot Pernauer eine Nacht bei einer Freundin schlafen durfte, kam heute wieder nach Hause. Toll, toll, toll! Sie konnte für ihren Sohn heute endlich einmal einkaufen, wie es sich für eine Mama gehörte!

Aber zuerst attackierte Chiara wie eine Wilde ihren Wäscheberg. Räumte in die Maschine, was ihr in die Finger kam. Unsortiert und bunt gemischt.

Beim anschließenden Einsammeln des herumliegenden Drecks legte sie ein beachtliches Tempo vor. Super, dass endlich wieder Ordnung in die Bude kam.

Auch das Staubsaugen, zu dem sie sich sonst nur alle paar Wochen überreden konnte, ging ihr kinderleicht von der Hand und regte sie sogar zum geistigen Zusammenstellen einer Einkaufsliste an.

Nutella. Wie lange sich das Niko schon zum Frühstück gewünscht hatte. Und wie lange sie sich solche Extras nicht mehr hatte leisten können. Aber heute, lieber Niko, gab es davon nicht diese winzig kleinen Plastikbecher, sondern gleich ein ganzes Glas. Nutella XXXL. Wie für einen echten Prinzen!

Dazu einen fetten Weißbrotwecken. Wurst, Käse und einen super Saft aus Biofrüchten. Und Ketchup, damit die Kindergartenjause besonders lecker schmecken würde. Und sie selbst würde sich einen italienischen Prosecco gönnen.

Wie wäre es am Abend mit zwei herrlichen Tiefkühlpizzen? Achtung, Waschpulver nicht vergessen, das brauchten sie tonnenweise. Zahnpasta, Seife, alles vom Feinsten, hurra, das würde ein echt voller Einkaufswagen werden. Da schleppte sich die Mama endlich wieder einmal mit richtig schweren Taschen ab. Und am Abend würde sie mit ihrem Niko so richtig völlern.

Ausräumen und aufhängen der Wäsche. Nächsten Berg in die Trommel. Wieder konnte Chiara in die Vollen greifen. Erwischte zufällig eine Bluse, ein schon etwas abgetragenes Teil, das sie in dieser Sekunde um Jahre zurückversetzte und mit Gefühlen überschwemmte.

Scheiße! Konnte ihr bitte irgendjemand sagen, warum sie urplötzlich zu weinen anfing. Okay, das Kleidungsstück hatte sie von Clemens bekommen. Geburtstagsgeschenk. Eine seiner wenigen Glanztaten. Welcher Mann kaufte seiner Frau schon ein echt schickes Gewand?

Blumen waren auch dabei gewesen. Und Sekt. Ganz so, wie es sich gehörte, Und so, als ob es erst gestern gewesen wäre. Chiara konnte sich noch genau ans Anstoßen erinnern, an den Kuss, der dann etwas länger gedauert hatte.

Sie war damals gleich in die Bluse geschlüpft und hatte sich im Spiegel betrachtet. Wurde dabei von ihm bewundert. Ließ es zu, dass er ihr die Bluse auszog. Genoss seine Lippen, seine Hände.

Eigentlich hatten sie vorgehabt, etwas zu essen, doch das mussten sie verschieben.

Was sie danach doch für einen Bärenhunger hatten! Sie vertilgten traumhafte Spagetti mit Olivensugo aus der Dose. Schnelle Küche, aber köstlich. Eine wunderschöne Zeit. Damals hatte sie ihn echt geliebt.

Warum tat es ihr plötzlich so weh, dass dieses Arschloch nicht mehr lebte? Warum schossen ihr Tränen in die Augen? Weshalb wünschte sie sich plötzlich so sehr seine Nähe?

Ein Fotoalbum kam ihr in den Sinn, sie wischte sich über die Nase, schaltete die Waschmaschine ein, fand das Album nach kurzer Suche zwischen den Zeitschriften im untersten Fach eines Regals. Sie hockte sich damit auf den Boden, blätterte quer durch all die Erinnerungen, blieb bei der Sandburg in Caorle hängen, beim Elektrobootfahren am Attersee, bei der Jause auf der Wurzeralm.

Hatte es eilig, wenn zu sehen war, was er zwischen den Glücksmomenten angerichtet hatte. Schrammen, Schwellungen, blaue Flecken.

Und dann wieder sie zu dritt. Chiara mit Niko und Clemens, ihren beiden Männern, mit denen es auch unbeschwerte Zeiten gegeben hatte.

Fast wollte sie weiterblättern, als etwas sie innehalten ließ, das sie im ersten Augenblick nicht fassen konnte.

Clemens und seine Leute beim Betriebsausflug. Zwei Übernachtungen. Sie wusste das noch so genau, weil sie wegen der hohen Kosten gestritten hatten.

Plötzlich wurde ihr klar, welches der Bilder sie irritierte. Clemens mit einer Kollegin. Sie zogen lustige

Grimassen. Eine typische Jux-Aufnahme. Aber mit einem Detail, das ihr zu denken gab. Weil sie genau darauf beim gestrigen Schmökern in einer Zeitung gestoßen war.

Konnte gut sein, dass dieses Foto von Bedeutung war.

Wenn nicht für sie, dann vielleicht für die Polizei.

47

„Nicht sprechen Deutsch. In Koffer weiß nicht."

Chen Lu Dang zog es vor, sich auf diese Satzfragmente zu beschränken und dazwischen ausgedehnt zu schweigen. Nach dem Eintreffen eines Dolmetschers behauptete sie weiterhin, beide Gepäckstücke, deren Inhalt sie nicht interessiere, im Auftrag eines Klienten transportiert zu haben, den sie weder persönlich noch namentlich kenne.

Alle anderen Fragen beantwortete sie damit, dass sie nicht begreife, warum sie von der Polizei befragt werde, und dass sie unbedingt den nächsten Flug nach Frankfurt erreichen müsse.

Schinagl war im Laufschritt übers Rollfeld gelaufen und hatte die Dame gerade noch aus dem Flugzeug geholt. Die Asiatin reagierte überrascht und erschrocken, ließ sich aber widerstandslos zum Flughafengebäude führen und in ein Taxi verfrachten. Während der Fahrt wirkte sie angespannt, verhielt sich jedoch insgesamt freundlich und kooperativ.

Auch jetzt, nach mehr als einer Stunde im Verhörraum, war ihr freundlicher Gesichtsausdruck trotz der sichtbaren Erschöpfung nicht verschwunden. Frau Chen Lu Dang verstand es meisterhaft, die Fassade zu wahren, und bewies im Aufrechterhalten ihrer unverbindlichen Höflichkeit eine erstaunliche Kondition.

Alles nur vorgeschoben. Dahinter verbarg sich eine Frau, an der alle Fragen abperlten wie Wasser an einer Teflon-Pfanne. Um nichts in der Welt würde sie etwas preisgeben, das die Ermittler auch nur minimal weiterbrachte.

„Also gut, Frau Dang, dann eben noch einmal von vorn“, sagte Schinagl. „Es stimmt doch, dass Sie alle zwei Wochen von Singapur nach Linz fliegen?“

„Fallweise, ja. Manchmal auch einmal im Monat“, lieferte der Dolmetscher die Übersetzung.

„Und Sie fliegen jedes Mal mit zwei Koffern nach Linz?“

„Nein. Einmal mit kleinerem, ein anderes Mal mit größerem Gepäck. Aber nur in meinem Handgepäck befinden sich Gegenstände, die mir gehören.“

„In Singapur, wer übergibt Ihnen da die Koffer?“, wollte Worschädl wissen.

„Niemand. Die stehen schon bereit.“

„Und wo?“

„In einem Schließfach“, übersetzte der Dolmetscher.

„Und wie kommen Sie zum Schließfachschlüssel?“, fragte Schinagl nach.

„Der wird mir mit der Post geschickt.“

„Und Sie haben Ihre Auftraggeber noch nie gefragt, was Sie 10.000 Kilometer weit durch die Welt transportieren?“

„Wie schon erwähnt, kenne ich meine Auftraggeber nicht. Mir wurde lediglich mitgeteilt, dass es sich um verschiedene Waren handelt.“

„Verschiedene Waren. Na bravo. Präziser geht es nicht“, schimpfte Worschädl.

„Und Sie haben nie in Linz übernachtet?“, setzte Schinagl das Verhör fort.

„Nur wenn der Flug sehr große Verspätung hatte.“

Worschädl wischte sich über die Stirn, stand auf und verschränkte die Arme.

„Laut unseren Informationen sind Sie Direktorin und Mitinhaberin einer Firma namens *Danube Pharma*."

„Dazu darf ich mich nicht äußern."

„Können Sie uns sagen, was diese Firma herstellt beziehungsweise in welchem Geschäftsfeld sie tätig ist?"

„Darüber darf ich Ihnen keine Auskunft geben."

„Himmel Herrschaft!" Worschädl war mit seiner Geduld am Ende. „So kommen wir keinen Schritt weiter!"

Schinagl löste ihren Kollegen mit einer beruhigenden Geste ab. „Frau Dang, wir ermitteln in einem Mordfall. Ein Mann wurde brutal und in voller Absicht von einem Auto überfahren. Ein weiterer wurde mit einem Pfeil getötet. Es könnte einen Zusammenhang zu den Koffern und Ihrer Firma *Danube Pharma* geben. Können Sie uns wenigstens den Namen des zweiten Gesellschafters oder der zweiten Gesellschafterin nennen?"

„Dazu darf ich Ihnen keine Auskunft geben."

Schinagl sah, dass Worschädl seine Finger um eine Stuhllehne spannte, als ob er sie auswringen wollte.

„Okay, kurze Pause", entschied sie, dankte dem Dolmetscher für seine Geduld und forderte ihren Kollegen mit einem Kopfnicken auf, mit ihr den Verhörraum zu verlassen.

„Danke für die Unterbrechung", sagte Worschädl, während er neben Schinagl den Gang entlangschritt. „Diese Frau macht mich wahnsinnig."

„Bei Frau Dang beißen wir auf Granit."

„Dabei weiß sie garantiert, was in diesen Koffern ist."

„Nur wird sie es uns nicht verraten."

Schinagl verlangsamte ihr Tempo, als sie die zappelige Gestalt sah, die vor ihrem und Worschädls Büro stand und mit heftigem Winken grüßte.

„Hi, echt schön, euch zu sehen."

„Freut uns auch, Frau Löffler", erwiderte Schinagl. „Was führt Sie zu uns?"

„Erstens will ich mich für den Haufen Geld bedanken, der in meiner Wohnung gelandet ist."

„Das Geld stammt aber nicht von uns." Schinagl grinste und wechselte einen Blick mit Worschädl.

„Aber ich nehme ganz stark an, dass die Aktion auf eurem Mist gewachsen ist."

„Kann man so sagen", meinte Worschädl und konnte seine Genugtuung kaum verbergen.

„Super. Deshalb habt ihr beim Griechen mindestens einen Ouzo gut."

„Das nehmen wir gerne an", bedankte sich Schinagl.

„Michaelis hat Sie angestellt?", fragte Worschädl.

„Genial, oder? Nach nur drei Stunden Schnuppern hat er mir einen Job mit 25 Wochenstunden angeboten."

„Toll. Gratulation."

„Danke, besser geht es nicht. Aber da ist noch etwas. In der Zeitung habe ich das von diesem Mord mit einem Pfeil gelesen. Und der ermordete Straßenmeister war doch dieser Typ ..."

„... der gesehen hat, wie Ihr Exmann überfahren wurde."

„Eben. Sie dürfen nicht glauben, dass ich mich wichtigmachen will. Ich kann auch voll danebenliegen. Aber ich bin auf ein Foto gestoßen, das Sie interessieren könnte."

Sie zog ein verknittertes Bild aus der Tasche und streckte es Schinagl hin.

Die Bezirksinspektorin wurde von dem, was sie sah, sofort unter Strom gesetzt. Worschädl ging es nicht anders. Der Blick, mit dem sich die beiden ansahen, sprach Bände. Dieses Foto war endlich ein brauchbarer Schlüssel für eine nächste Tür. Was dahinter lag, konnte noch niemand wissen. Aber immerhin hatten sie jetzt etwas Konkretes in der Hand.

„He, ich meine, tut mir leid, wenn es nichts bringt“, meinte Chiara Löffler unsicher. „Ich brauche es nicht mehr, also werft es einfach weg.“

„Nein, Frau Löffler, das machen wir ganz sicher nicht. Sie helfen uns damit sehr“, stellte Schinagl klar.

„Echt?“

„Echt“, bestätigte Worschädl. „Zuerst mit dem Ouzo. Und ganz besonders mit dem Foto.“

„Na bitte“, grinste Chiara übers ganze Gesicht. „Dann mache ich doch nicht alles falsch.“

48

Diesmal polierte Lukas Kubek seine Honda Goldwing im stillen Gedenken an Clemens Löffler. In kreisenden, meditativen Bewegungen sorgte er mit einem Mikrofasertuch für streifen- und fleckenfreien Glanz.

Beim Bearbeiten des Lenkers, der Armaturen und der Rückspiegel wurde die Erinnerung an eine gemeinsame Fahrt über die Großglockner Hochalpenstraße wach. An das geschmeidige Überwinden der vielen Kehren inmitten der majestätischen Bergwelt. An das Schnalzen der Bierdosenverschlüsse ganz oben auf der Edelweißspitze, dem sogenannten *Bikers Point*. An die erfrischende Kälte des ersten tiefen Zuges und das herrliche Gefühl, den Gipfel der Welt erklommen zu haben.

Es war längst nicht der einzige Biker-Sieg, den er gemeinsam mit Clemens errungen hatte, aber sicher einer ihrer schönsten. Clemens war kein Mann der großen Worte gewesen. Die Gespräche mit ihm kreisten um Motorräder, Fußball und den täglichen Wahnsinn beim Zoll. Von den Streitereien mit seiner Frau Chiara erzählte er nur selten, hin und wieder blitzte der Wunsch durch, seinen Sohn öfter zu sehen und ihm ein guter Vater zu sein.

Auch Lukas gab nicht gerne allzu viel Privates preis. Seine Beziehungsfiaskos wären für andere auch nur mäßig interessant gewesen. Außerdem musste nicht jeder wissen, dass er offenbar kein Mann war, mit dem man auf Dauer zusammenleben konnte. Neben seinen vielen Eigenheiten und eingefahrenen Gewohnheiten hatte er nun einmal keine ausgeprägte Lust, sich an andere Lebensweisen anzupassen.

Das Gute an Clemens war, dass er keine neugierigen Fragen stellte. Ihm reichte völlig aus, was ihm

Lukas an Gesprächsbereitschaft bot, und umgekehrt war Lukas froh, dass ihr Plaudern nie zu sehr in die Tiefe ging. Wenn die Kommunikation stockte, konnten sie immer noch über die Scheißpolitik schimpfen und die Landes- oder Bundesregierung in die Mangel nehmen. Auf ein Thema war letzten Endes immer Verlass: ihre Maschinen, oder – wie Kubek sie nannte – die besten Bräute der Welt.

Eigenartig, dass ihm, als er über den Tank strich, diese Polizistin in den Sinn kam. Ja, die gefiel ihm, die wäre eigentlich sein Typ gewesen, die war das, was er unter männlichen Bikern als scharfe Schnitte bezeichnet hätte.

Nur war er jetzt nicht unter männlichen Bikern, sondern befand sich in legerer kurzer Hose und einem schmutzigen Arbeitspolo auf dem öffentlichen Parkplatz vor seinem Wohnhaus, war demnach in keiner Weise auf den Auftritt der scharfen Schnitte vorbereitet. Denn es war zweifellos Schinagl, die ausgerechnet in diesem Moment unweit von ihm aus dem Auto stieg. Schade, dass sie in ihrem knielangen Rock und einem orangen T-Shirt von diesem Widerling Worschädl begleitet wurde.

Die beiden wollten zweifellos zu ihm beziehungsweise zu seiner Wohnung, hatten ihn aber noch nicht bemerkt, weswegen ihnen Kubek den Rücken zuwandte und den Unbeteiligten spielte. Was ihm wenig nützte. Er hörte, wie sich ihre Schritte verlangsamten, wieder beschleunigten und näherkamen.

Worschädls lautes „Schönes Motorrad, Herr Kubek“ wischte jeden Zweifel vom Tisch. Sie hatten ihn erkannt.

„Für Berufliches wäre ich morgen ab acht Uhr in meinem Büro zu sprechen“, antwortete Kubek, während er sich zu den beiden umdrehte.

„Interessant. In Ihrem Büro hat man uns gesagt, dass Sie sich heute im Homeoffice befinden. Aber wenn Sie sich dabei hauptsächlich privaten Angelegenheiten widmen ..."

Worschädls süffisanter Unterton konnte Kubek unmöglich entgangen sein.

„Homeoffice bedeutet nicht, dass wir ständig am Schreibtisch und am Computer hängen müssen. Sie erwischen mich in einer Arbeitspause."

„Die Störung tut uns leid", übernahm Schinagl die Good-Cop-Rolle. „Wir wären froh, wenn wir Ihnen trotzdem ein paar Fragen stellen dürften."

„Also gut. Wenn es sein muss ... meinetwegen."

„Vielen Dank. Vorher müssen wir uns bei Ihnen entschuldigen", setzte Schinagl betont freundlich fort.

„Bei mir? Wofür denn?"

„Wir hielten es für möglich, dass Sie mit dem Ermordeten gemeinsame Sache gemacht haben."

„Ach so? Das wäre mir gar nicht aufgefallen", lieferte Kubek eine sarkastische Retourkutsche.

„Wir wissen inzwischen, dass es jemand anderer war", fügte Worschädl hinzu.

„Darüber sollte ich mich wohl freuen."

„Ja und nein. Es ist jemand aus Ihrer Zolldienststelle."

Kubek legte das Mikrofasertuch auf den Sattel. „Unmöglich. Sie liefern gleich Ihre nächste Fehlannahme."

Schinagl hielt Kubek das Foto hin, das sie von Chiara erhalten hatten.

„Sie kennen die beiden."

„Natürlich. Clemens Löffler und unsere Kollegin Janika Borgdan."

„Janika Borgdan", wiederholte Worschädl.

„Die wir als Prospekt-Beamtin bezeichnen, weil sie bei unserem ersten Besuch in einem Reiseprospekt geblättert hat", sagte Schinagl.

„Eine ausgezeichnete Mitarbeiterin. Mehrfach ausgebildet. War vier Jahre bei der Cobra, hat diesen Wahnsinn aber psychisch nicht mehr ausgehalten und ist dann bei uns gelandet."

„Wissen Sie, wo dieses Foto aufgenommen wurde?", setzte Schinagl fort.

„Klar. Bei unserem Betriebsausflug vor drei Jahren", kommentierte Kubek das Foto, auf dem seine Mitarbeiter mit Sportbögen in der Hand vor einer Freizeitanlage zu sehen waren.

„Wohin ging es?", wollte Worschädl wissen.

„Nach Ungarn. In die Nähe von Sopron. Janika stammt von dort. Hat uns ein sehr nettes Hotel empfohlen."

„Und Sie waren mit Ihren Leuten Bogenschießen?"

„Genau. Um das Zusammengehörigkeitsgefühl des Teams zu stärken. Es war Janikas Idee, die von den meisten begeistert aufgenommen wurde. Hat auch richtig Spaß gemacht."

„Und Janika? Hat sie eine besondere Affinität zum Bogensport?"

„Kann man so sagen. Sie ist dort Vereinsmitglied und eine exzellente Bogenschützin. Die tritt sogar bei Turnieren an. Du meine Güte! Der Compoundbogen-Mord, von dem medial ganz groß berichtet wurde ... Darauf wollen Sie beide hinaus. Aber da liegen Sie falsch!"

Worschädl nickte. „Wir haben festgestellt, dass Clemens Löffler und Frau Borgdan regelmäßig an ganz bestimmten Tagen Dienst hatten."

„Nämlich immer dann, wenn eine Frau namens

Chen Lu Dang mit zwei großen Koffern in Linz gelandet ist", ergänzte Schinagl.

Wäre Kubek in seinem Büro gesessen, hätte er jetzt vermutlich den Marillenschnaps aus dem Schrank geholt. Stattdessen griff er nach dem Mikrofasertuch und schlug damit mehrmals auf den Sattel ein.

„Das kann auch reiner Zufall sein!"

„Oder die beiden wollten sicherstellen, dass die Asiatin jedes Mal ohne Kontrolle durchgewunken wird."

„Weil sie etwas geschmuggelt hat?", fragte Kubek.

„Gut möglich."

„Das darf nicht wahr sein."

„Und hätte vielleicht noch lange funktioniert. Aber irgendetwas ist scheinbar aus dem Ruder gelaufen und hat zu den beiden Morden geführt."

„Sie werden verstehen, dass wir dringend mit Frau Borgdan reden müssen", sagte Schinagl.

„Selbstverständlich. Nur hat sie sich heute krankgemeldet."

„Wahrscheinlich gleich nach der Ankunft der Passagiere aus Frankfurt", vermutete Worschädl.

„Das kann sein. Sie hat über Magenkrämpfe geklagt."

„Haben Sie Ihren Kollegen mitgeteilt, dass wir die ankommenden Fluggäste in der Gepäckshalle kontrollieren?"

„Ja, kurz vor Ankunft der Maschine."

„Sie hat geahnt, dass unsere Anwesenheit kein Zufall war", folgerte Schinagl. „Sie musste damit rechnen, dass wir ihr früher oder später auf die Schliche kommen."

„Moment, noch ist so gut wie nichts bewiesen", warf Kubek ein.

„Stimmt. Aber wir gehen davon aus, dass Ihre Mitarbeiterin den Straßenmeister Lorenz Furtner ermordet hat."

„Nein, unmöglich. Nicht Janika. Die macht so etwas nicht."

„Schön, dass Sie sich hinter Ihre Mitarbeiterin stellen", sagte Schinagl.

„Finde ich auch", ergänzte Worschädl. „Trotzdem schreiben wir Frau Borgdan sofort zur Fahndung aus."

49

Eigentlich war Schweitzer gerade damit beschäftigt, vor dem Spiegel nach der perfekten Mimik für sein bevorstehendes Hearing zu suchen. Ausgerechnet in dem Augenblick, in dem er sich selbst mit dem seiner Meinung nach idealen Mix aus Souveränität, Entschlossenheit und Selbstsicherheit entgegenblickte, platzte Schinagl herein.

„Schon einmal etwas von Anklopfen gehört?", schimpfte Schweitzer, trat vom Spiegel zurück und hoffte, dass er auf Schinagl keinen allzu dämlichen Eindruck gemacht hatte. Doch die junge Kollegin schien von seinen Selbstversuchen in Sachen mimische Ausdruckskraft nichts mitbekommen zu haben, da sie mit anderen Angelegenheiten beschäftigt war.

„Bei uns überschlagen sich die Ereignisse. Für den Mord am Straßenmeister Furtner gibt es eine neue Hauptverdächtige. Es handelt sich um Janika Borgdan, ihres Zeichens Mitarbeiterin des Zollamts und Mitglied in einem ungarischen Bogenschießverein. Wir haben sie in ganz Europa zur Fahndung ausgeschrieben."

„Wie bitte? Eine Fahndung nach einer Zollwachebeamtin? Und gleich europaweit? Einfach so über meinen Kopf hinweg?"

„Frau Borgdan hat weder auf Anrufe und Nachrichten ihres Chefs reagiert, noch war sie zu Hause anzutreffen."

„Wie auch immer – ihr hättet mich unverzüglich informieren müssen!"

„Wir waren uns sicher, dass Sie mit unserer Vorgangsweise einverstanden sind."

„Das bin ich nur, wenn wir morgen um Punkt 10 Uhr 30 etwas Konkretes und Vorzeigbares präsentieren können."

Aha, der Chef denkt nach wie vor nicht fall-, sondern hearingbezogen, sagte sich Schinagl. Vermutlich hat er deswegen vor dem Spiegel diese lächerlichen Grimassen geschnitten.

Dem stellvertretenden Bezirkskommandanten, der unbedingt Bezirkskommandant werden wollte, flatterten die Nerven.

„Ich bin davon überzeugt, dass wir bis dahin einen guten Schritt weiter sind. Bei den Autoverleihfirmen wurden zwei Fahrzeuge mit leichten Schäden zurückgegeben, aber zum Mord an Löffler dürfte es keine Verbindung geben", berichtete Schinagl.

„Genau, wie ich vermutet habe."

„Was aber nicht bedeutet, dass Pernauer entlastet ist. Weil er uns verschwiegen hat, dass er die ganze Zeit mit einem Leihwagen seiner Autowerkstatt unterwegs war."

„Aber auch da wird nichts zu finden sein."

„Das wird von den Kollegen gerade untersucht. Außerdem müsste in Kürze das Bewegungsprofil seines Handys bei uns landen."

„Klingt immerhin nach guter Arbeit. Wo treibt sich der Worschädl herum?"

„Der ist vermutlich auf dem Weg nach Hause. Ich soll Ihnen ausrichten, dass er sich wegen eines Kreislaufzusammenbruchs zwei Tage Zeitausgleich nehmen muss."

„Wie bitte? Der hat doch den Kreislauf eines Wasserbüffels."

„Es ist die Hitze. Die setzt ihm zu."

„Also, dass der Worschädl in die Knie geht, wer hätte das je gedacht?“

„In zwei Tagen ist er wieder ganz der Alte.“

„Hoffentlich. Aber wer kümmert sich jetzt um diese Janika Borgdan?“

„Keine Sorge, ich werde mich dahinterklemmen.“

„Tun Sie das! Und richten Sie Worschädl aus, dass er sich gefälligst persönlich bei mir melden soll.“

„Alles klar.“

„Sie lassen nicht locker, bis wir die Bogenschützin haben.“

„Ich tue mein Möglichstes. Kann aber sein, dass sie sich in Ungarn in der Nähe von Sopron aufhält.“

„Wegen ihrer Mitgliedschaft in diesem Bogenschießverein?“

„Und weil sie dort geboren wurde und Familie hat. Wir haben herausgefunden, dass der Verein ein versteckt gelegenes Jagdhaus besitzt. Dorthin könnte sie sich zurückgezogen haben.“

„Ungarn, Sopron ... das hat mir gerade noch gefehlt. Endlose Telefonate, Anträge über Anträge. Machen Sie Tempo, Frau Kollegin. Nehmen Sie sofort Kontakt mit den ungarischen Kollegen auf.“

„Wird erledigt, Chef.“

„Wir brauchen möglichst schnell eine hochoffizielle Genehmigung. Ohne die wir dort auf keinen Fall ermitteln dürfen.“

„Ich mache Druck, halte mich aber streng an die Vorschriften“, versicherte Schinagl.

„Genau das wollte ich hören. Ist vielleicht ganz gut, dass Worschädl für ein paar Stunden stillgelegt ist. Bei Ihnen weiß ich wenigstens, dass ich mich auf Ihre korrekte Vorgangsweise voll und ganz verlassen kann.“

50

Das Recherchieren im Internet machte Karoline Spaß. Sie mochte es, wenn sie, ausgehend von einer kleinen Frage, den diversen Pfaden folgte, dabei vom Hundertsten ins Tausendste kam und in unbekannte Gefilde vorstieß. Auch wenn sie sich im Netz verlor und eine Zeitlang ziellos durch neue Wissensräume surfte, kam sie in den meisten Fällen letztendlich zu den gewünschten Ergebnissen.

Ganz anders erging es ihr allerdings bei der Suche nach einem Labor, in dem das Krebsmedikament Zytostan für die Verwendung in Krankenhäusern und Arztpraxen aufbereitet wurde.

Auf dem Beipackzettel, der im Internet rasch zu finden war, schien zwar die Herstellerfirma auf, doch den weltweiten Kooperationsbetrieben kam Karoline nicht auf die Spur. Sie klickte auf unterschiedlichste Seiten, überflog unzählige Einträge, landete aber immer wieder im antwortlosen Nirgendwo.

Nein, Karoline war keine, die so schnell das Handtuch warf, aber als sie nach geschlagenen eineinhalb Stunden auf ein internes Positionspapier der Herstellerfirma stieß, war es beinahe so weit. Das komplizierte medizinische Blabla überflog sie nur mehr oberflächlich, die vielen unverständlichen Fachausdrücke ließ sie ohne eingehende Überlegungen an sich vorüberziehen. Bis sie plötzlich stutzte, innehielt, den letzten Absatz ein zweites Mal las und sofort erkannte, was ihre Verunsicherung ausgelöst hatte. Ein unscheinbarer Name. *Danube Pharma Austria.*

Diese wenigen Worte hatten Karolines Aufmerksamkeit auf sich gezogen, weil ihr Mann die Firma

Danube Pharma erst gestern im Zusammenhang mit seinen aktuellen Ermittlungen erwähnt und in Verbindung mit Singapur gebracht hatte. Sehr naheliegend, dass es sich bei *Danube Pharma Austria* um die österreichische Zweigstelle von *Danube Pharma* in Singapur handelte.

Minuten später staunte Karoline nicht schlecht, als sie in einem österreichischen Online-Telefonbuch auf die Adresse von *Danube Pharma Austria* stieß: Dieses Labor hatte seine Zelte ausgerechnet im nördlichen Teil der oberösterreichischen Landeshauptstadt aufgeschlagen.

Die Pferdebahnpromenade, in die sie eine Stunde später auf ihrem E-Bike einbog, kannte sie von Spaziergängen mit ihrem Bertl. Linzer Luxusvillen-Viertel. Ausladende Gärten, imposante Pools, fette Autos. Die Quadratmeterpreise in schwindelerregenden Höhen. Für Normalverdienerinnen wie Karoline jenseits der Leistbarkeit.

Während sie in die Pedale trat und die Straße entlangfuhr, fragte sie sich, wo sich in dieser Gegend ein Labor befinden könnte. Ihrem Eindruck nach bot sich die Siedlung nicht unbedingt als Standort für Firmengebäude an. Hier lebten Menschen, die den Rückzug hinter hohe Gartenmauern suchten und sich abschotteten, um ihr Privatleben vor fremden Augen zu schützen.

Sie stellte ihr Rad vor dem etwas abseits gelegenen Haus mit der Nummer 86 ab. Umgeben war das Anwesen von einem hohen, mit unzähligen Granitsteinen gefüllten Gabionenzaun. Dahinter erlaubten hoch und dicht gewachsene Hainbuchen lediglich einen eingeschränkten Blick auf ein ausladendes Gebäude. Schwer einzuschätzen, ob die prächtige Villa in ihrer modernen, sachlichen Architektur ausschließlich privaten

Wohnzwecken diente oder ob sich darin tatsächlich ein Labor befand.

Karoline überquerte die menschenleere Straße, näherte sich dem mächtigen Eingangstor und versuchte, das goldene Namensschild neben dem überdimensionierten Postkasten zu entziffern. Nun ja, ohne Brille brauchte es dazu doch eine gewisse Nähe. Zwei Schritte noch, dann war es so weit.

Karoline blieb stehen, las den Namen, konnte es zuerst nicht glauben, las ihn noch einmal und fiel dabei aus allen Wolken.

Unglaublich.

Völlig verrückt.

Alles hatte sie erwartet, nur das auf keinen Fall.

Auch das konnte, hätte Bertl gesagt, unmöglich Zufall sein.

Karoline, die es in ihrem Beruf als Psychotherapeutin oftmals mit überraschenden Wendungen und verwirrenden Entwicklungen zu tun hatte, versuchte, die neue Erkenntnis einzuordnen und zu begreifen. Sie zermarterte sich ihr Hirn mit der Frage, welche Schlussfolgerungen sich daraus in Bezug auf Silvias Erkrankung hätten ergeben können.

Plötzlich tauchte in einem Winkel ihres Gehirns der Funke einer Erklärung auf. Doch in der Sekunde, in der sie ihn hätte fassen können, durchfuhr sie ein höllischer Schmerz am Hinterkopf. Noch im reflexhaften Herumwirbeln kam der nächste brutale Schlag.

Ihre Beine sackten weg. Sie fiel in zwei kräftige Arme. Die und zwei weitere packten sie und warfen sie wie Dreck in den Laderaum eines Fahrzeugs.

Sie hörte das Zuknallen von Autotüren, das Anlassen des Motors.

Spürte das Rucken des Wagens.

Sie fuhren los.

Ins Nirgendwo.

Jetzt habe ich mich, konnte sie noch denken, genauso fahrlässig verhalten wie mein Mann.

Über ihren Ausflug in die Pferdebahnpromenade hatte sie niemanden informiert.

Kein Mensch wusste, was sie machte, wo sie war.

Weder Bertl noch irgendjemand konnte vermuten, dass sie sich in höchste Gefahr begeben hatte.

51

Der Rehbock unterbrach das Äsen. Hob seinen Kopf. Nahm Witterung auf. Bemerkte, dass etwas Neues, Ungewohntes in der Luft lag. Der Geruch von fremdem Schweiß.

Janika Borgdan verharrte regungslos hinter einer Buschgruppe und verfluchte ihren für die hohen Temperaturen viel zu warmen Tarnanzug. Ein teures Stück, allerbeste Qualität, doch die Transpiration, die eine zweistündige Pirsch bei 26 Grad im Schatten verursachte, vermochte die beste antibakterielle Beschichtung nicht zu kompensieren.

Der Rehbock blickte in ihre Richtung, konnte sie aber auch wegen der einsetzenden Abenddämmerung mit Sicherheit nicht erkennen. Ihr in braunen und grauen Tönen gehaltenes Tarnmuster bestand aus Flecken, die für das ausreichende Verschwimmen von Konturen sorgten, ihr Gesicht verbarg sich hinter einem Tarnschleier mit Sehschlitzen, und die helle Haut ihrer Hände steckte in luftigen, grünbraunen Handschuhen.

Er kann mich visuell nicht orten, aber er kann mich riechen, dachte Janika und vermied jede Bewegung. Die Jagd mit Pfeil und Bogen war ein Geduldsspiel ohnegleichen. Gelassenheit und Ruhe waren dabei weitaus bessere Ratgeber als Eile und das Eifern nach dem schnellen Erfolg.

Janika liebte es, sich mit Rehen, Böcken und Keilern stunden- und mitunter auch tagelang zu duellieren. Weitaus lieber als in der Gruppe ihrer aufeinander eingeschworenen Jagdkameraden ging sie allein auf die Jagd. Nur sie, das Tier und der unendlich tiefe Wald. Hier kam sie zu sich, hier konnte sie sich spüren, hier konnte sie klare Gedanken fassen.

Die sie jetzt brauchte. Weil sie den Boden unter den Füßen verloren hatte, als sie die Kripobeamtin heute Früh beim Laufband für das Gepäck aus Frankfurt entdeckt hatte. Wie gerne hätte sie die Asiatin diesmal nicht wie sonst durch den Zoll gewinkt. Wie clever wäre es doch gewesen, ihre Koffer diesmal zu kontrollieren, die Frau auffliegen zu lassen und sie bei der nächsten Lieferung durch eine andere Person zu ersetzen.

Aber eine derart weitreichende Entscheidung durfte sie nicht treffen, ohne sich mit dem Dottore abzustimmen. Nur er saß am Kommandoturm, nur er gab die Richtung vor, nur er konnte eine derartige Veränderung der eingespielten Abläufe gestatten. So musste sie es eben ertragen, dass die Kripobeamtin miterlebte, wie sie die Asiatin unbehelligt durch die Kontrolle ließ.

Während die Polizistin der Asiatin nach draußen folgte, rechnete sich Janika bereits aus, wie lange die Ermittler wohl brauchen würden, um über den Inhalt der Gepäckstücke Bescheid zu wissen. Wie schnell sie herausfinden würden, dass Janika der Asiatin bei Weitem nicht zum ersten Mal einen Freibrief ausgestellt hatte.

Sie täuschte sofort Magenkrämpfe vor, meldete sich krank, packte zu Hause in Windeseile das Nötigste in einen Rucksack und setzte sich nach Ungarn ab.

Vielleicht machte sie sich zu viele Sorgen. Womöglich sah sie Gespenster. Doch als Jägerin und ehemalige Beamtin hatte sie gelernt, ihren Instinkten zu vertrauen.

Im Grunde ging es ihr so wie dem Rehbock, hinter dem sie schon so lange her war und der ihr noch jedes Mal entwischt war. Weil er jedes Geräusch und jede Bewegung als drohende Gefahr wahrnahm. Würde sie ihren Bogen auch nur langsam anheben, um einen Pfeil mit größter Vorsicht aus dem Köcher zu ziehen und anzulegen, würde das Tier bereits auf die geringste Bewegung reagieren und verschwinden.

Der Rehbock witterte die Bedrohung und befand sich in Alarmbereitschaft.

Der Rehbock war ständig sprungbereit.

Genauso wie Janika.

Immerhin konnte sie sich hier vorläufig sicher fühlen. Niemand würde sie so schnell in den Wäldern nahe Sopron vermuten. Es würde Tage brauchen, um ihre Verbindung zum örtlichen Bogensportverein festzustellen. Und das Jagdhaus kannten nur wenige Mitglieder und ausgesuchte Gäste.

Der Rehbock schüttelte trotzig den Kopf, als wäre er mit Janikas Schlussfolgerungen nicht einverstanden. In diesem Augenblick fiel Janika ein, dass sie tatsächlich auf etwas Wesentliches vergessen hatte. Verflucht! Sie war auch mit ihrer Zollamtskollegenschaft und ihrem Chef hier gewesen. Hatte mit ihnen im Rahmen des Bogenschießens eine Wanderung unternommen und sie auf eine Runde Schnaps ins Jagdhaus eingeladen. Niemand von ihnen würde es allein wiederfinden, aber alle wussten, dass es existierte.

Diese Erkenntnis, dessen war sich Janika bewusst, hatte sie der ruppigen Bewegung des Rehbocks zu verdanken. Sie nahm es als Zeichen, dass ihr gemeinsamer Wettstreit noch mindestens eine weitere Runde dauern sollte.

Jetzt blieb ihr nicht mehr die Zeit, dem Tier zu folgen und sich ihm langsam zu nähern. Jetzt musste sie danach trachten, möglichst schnell zum Jagdhaus zurückzukehren, ihre Sachen zu packen und abzutauchen.

Sie hob den Bogen wie zum Gruß, worauf der Rehbock in rasanten Sprüngen im Gebüsch verschwand, dann lief sie los. Während sie Bäumen und Büschen auswich und sich ihren Weg durch den dicht verwachsenen Wald bahnte, holte sie der aufgestaute Ärger über den Dottore ein. Sie hatte ihn mehrmals angerufen, ihm eine ausführliche Nachricht über die Festnahme der Asiatin hinterlassen, und dieser verfluchte Kerl hatte sie einfach nicht zurückgerufen. Dabei hätte sie dringend Anweisungen gebraucht, wie sie sich in der neuen Situation verhalten sollte. Weil sie zwar über ihren Part des Spiels Bescheid wusste, jedoch vom Spiel selbst so gut wie keine Ahnung hatte.

Zwar kannte sie den Teil der Schmuggelware, die im Hartschalenkoffer transportiert wurde, hatte jedoch keine Ahnung, was nach der Übernahme im Hafen damit passierte. Und der Inhalt der Golftasche ging sie ohnehin nichts an, der war, wie der Dottore mehrmals ausdrücklich betonte, für sie absolut tabu.

War auch okay so. Machte ihr nichts aus. Hatte sogar etwas Entlastendes. Aber jetzt hatte sie den Eindruck, dass ihr wesentliche Informationen fehlten, um die richtigen Entscheidungen treffen zu können.

Sie überwand eine Anhöhe, kämpfte sich durch widerspenstiges Dickicht, erreichte den Feldweg, der zur Jagdhütte führte, und legte an Tempo zu. Sie hatte keine Zeit zu verlieren. Konnte durchaus sein, dass die Polizei bereits Bescheid wusste und hierher unterwegs war.

Als hinter der nächsten Kurve endlich die Hütte auftauchte, verlangsamte Janika abrupt ihre Geschwindigkeit. Blieb keuchend stehen, wollte ihren Augen nicht trauen, konnte erst nach ein paar Sekunden so richtig begreifen, was sich vor dem Jagdhaus abspielte.

Ein fremdes Auto. Die sich öffnende Fahrertür. Ein Mann, der aus dem Auto stieg. Nicht gerade schlank.

Eher fest gebaut. Diesem Linzer Kommissar, der sie am Flughafen befragt hatte, zum Verwechseln ähnlich. Stand neben dem Auto, sah sich um, bewegte sich schließlich auf die Hütte zu.

Im ersten Augenblick verfluchte sich Janika für ihren Leichtsinn. Sie hatte nicht damit gerechnet, dass ihr so schnell jemand auf der Spur sein könnte. Hatte ihren Rucksack und ihre Jagdutensilien einfach achtlos auf die Bank in der Stube gelegt und keinerlei Vorsichtsmaßnahmen getroffen. Zum Glück hatte sie ihren eigenen Wagen hinter dem Jagdhaus geparkt. Dieser Worschädl wusste also vermutlich noch nicht, dass außer ihm noch jemand hier war.

Das Jagdhaus war abgeschlossen, aber Worschädl klopfte und rüttelte bereits an der Tür und würde den simplen Schließmechanismus in Kürze überwunden haben.

Dann würde er eintreten. Sich umsehen. Etwas entdecken, das sich gegen Janika richten würde. Genau das musste sie verhindern.

Geduckt schlich sie nach vorn.

Richtete sich schließlich auf.

Zog einen Pfeil aus dem Köcher.

Spannte den Bogen.

Legte ihr Auge an das Jagdvisier.

Hatte ihr Ziel klar vor sich.

Zur gleichen Zeit versuchte Worschädl, die Tür mit dem alten Kreditkartentrick zu öffnen. Doch irgendetwas klemmte, was dem Chefinspektor gehörig auf die Nerven ging.

Er hatte drei Stunden Autofahrt hinter sich, wovon er nahezu eine halbe Stunde lang die Gegend nach dieser verdammten Jagdhütte abgesucht und sich dabei mehrmals lautstark über sein mistiges Navi ausgelassen hatte.

Davor hatte er die Strecke von Linz nach Sopron ohne größere Verzögerung bewältigt und währenddessen Karoline, die seltsamerweise mehrmals nicht ans Handy ging, eine Nachricht über seinen ungeplanten Ausflug hinterlassen und mehrere Anrufe seines Chefs ignoriert. Schweitzer hätte seinem inoffiziellen Ausflug nach Ungarn keinesfalls zugestimmt und mit zwar korrekten, aber komplizierten Behördenwegen nur unnötig Zeit verspielt.

Inzwischen hatte Worschädl festgestellt, dass man der Hitze auch außerhalb von Österreich nicht entkommen konnte. In den ungarischen Wäldern im Komitat Győr-Moson-Sopron war es schweineheiß. Allein das Hantieren mit einer lächerlichen Plastikkarte rief einen Schweißausbruch hervor. Ja, es musste der Feuchtigkeit seiner Finger geschuldet sein, dass die Karte auch noch abrutschte und auf den Boden fiel.

Wahrscheinlich hätte Worschädl, als er sich nach der Karte bückte, nicht wie ein Rohrspatz geschimpft, wenn er geahnt hätte, was haargenau in diesem Moment mit einer Geschwindigkeit von 320 km/h in Richtung seines linken Lungenflügels geflogen kam. Er hätte auch nicht geächzt und gestöhnt, hätte er gewusst, dass ihm die hinuntergefallene Karte in diesem Augenblick das Leben rettete.

O-Ton Karoline: *Einiges ist rational nicht erklärbar. Manchmal hat man einfach nur sagenhaftes Pech oder unglaubliches Glück.*

Für Worschädl galt heute Zweiteres, auch wenn ihn der Schmerz wie eine Keule traf und wie ein glühendes Schwert in seine linke Schulter schnitt.

Er schrie auf. Presste seine Hand auf die Schulter, spürte die austretende Flüssigkeit. Blut. Dann sah er den Pfeil, der in der Hüttenwand steckte.

Scheiße. Worschädl hechtete sich auf den Boden, unterdrückte den Reflex, vor Schmerz laut zu brüllen, robbte in Richtung seines mindestens zehn Meter entfernten Autos und seiner höchst semiprofessionell im Handschuhfach verstauten Waffe. Er hob den Kopf, spähte zum Waldrand. Jetzt sah er sie. Die Jägerin im Tarngewand. Sie kam direkt auf ihn zu. Den schussbereiten Bogen in der Hand.

Meter für Meter arbeitete sich Worschädl voran. Hasste sich wegen seines Leichtsinns, ohne offizielle Genehmigung nach Ungarn gefahren zu sein, um eine mutmaßliche Mörderin im Alleingang festzunehmen. Wegen seiner Verantwortungslosigkeit seiner Frau gegenüber. Wieso hatte er sich nur derart sinnlos in Lebensgefahr gebracht? Warum hatte er seinen Wagen nur so unendlich weit weg geparkt? Und weshalb hatte er seine Glock wieder einmal nicht bei sich, sondern in dem verdammten Handschuhfach, das sich noch dazu auf der von ihm abgewandten Seite des Autos befand.

Es geht sich nicht aus, dachte Worschädl.

Die Zeit, um an die Waffe zu kommen, wird sie mir sicher nicht lassen.

Scheiße, Karoline, tut mir unendlich leid, dachte er, während er verzweifelt vorwärts robbte.

Völlig sinnlos, was ich hier noch versuchen will.

In drei Minuten bin ich tot.

25 Sekunden später kam Janika im geduckten Laufschritt heran. Suchte Schutz hinter einer Hüttenwand. Spähte um die Ecke, sondierte die Lage.

Sah die Blutspur, die von der Hütte zum Wagen führte. Alle Autotüren und der Kofferraumdeckel waren offen. Kein Worschädl in Sicht. Der lag vermutlich im hohen Gras hinter dem Wagen. Zielte mit seiner Dienstwaffe womöglich bereits in ihre Richtung. Oder war so schwer verletzt, dass er sich nicht mehr wehren konnte.

Janikas Jagd- und Cobra-Hirn ratterte. Spielte blitzschnell alle Möglichkeiten durch. Entschied sich für einen Überraschungszugriff. Blitzschneller Start, rasanter Angriff, überraschendes Ausschalten des Feindes.

Three, two, one, go!

Schon in der Ausbildung bei der Cobra war Janika unter den Schnellsten gewesen. Auch der Sprint von der Jagdhütte zum Wagen konnte sich sehen lassen und musste die besten Scharfschützen zur Verzweiflung bringen. Janika wechselte derart unvermittelt die Richtung, dass sie äußerst schwer zu treffen war.

Dennoch erwartete sie Schüsse.

Doch die kamen nicht.

Kein einziger.

Konnte es sein, fragte sie sich, als sie keuchend bei der Kühlerhaube des Wagens landete, dass dieser Chefinspektor gar keine Waffe hatte?

Sie hob den Bogen, legte den Pfeil an und begann, den Wagen vorsichtig und langsam zu umrunden.

Sie schlich an der Fahrertür vorbei.

Passierte die Hintertür.

Schritt für Schritt.

Gelangte zum Heck des Wagens.

Wo plötzlich etwas unter der Karosserie hervorschoss.

Das gegen Janikas Schienbein krachte.

Und dann sofort gegen das zweite.

Während sie sich vor Schmerzen krümmte, nach hinten taumelte und einknickte, schob sich Worschädl unter dem Wagen hervor, rappelte sich auf und holte zum nächsten Schlag aus. Janika duckte sich weg, rollte zur Seite, spannte in Bauchlage den Bogen und legte auf Worschädl an.

Der Chefinspektor, den Wagenheber in der Hand, fühlte sich wie ein Stück Damwild, das zum Abschuss freigegeben war. Für ihn bestand kein Zweifel, dass die Zollwachebeamtin keine Skrupel kannte und ihn nicht am Leben lassen würde. Sollte der Pfeil den Bogen verlassen, wäre es aus und vorbei.

Deshalb musste Worschädl zu einer äußerst uncharmanten, grobschlächtigen, ihm selbst ganz und gar unsympathischen Methode greifen, indem er den Wagenheber in Janikas Richtung schleuderte. Zweifellos ein gelungener Wurf, der mit voller Wucht sein Ziel erreichte. Janikas Stirn.

Mit dem unmittelbar eintretenden Bewusstseinsverlust hatte Worschädl nicht gerechnet. Tatsächlich hatte er die mehrfach ausgebildete ehemalige Cobra-Kämpferin, Jägerin sowie Zollwachebeamtin aus aussichtloser Position sehr effizient aufs Kreuz gelegt.

Er kniete sich neben sie hin, fixierte ihre Hände mit Handschellen und bemerkte an seinen zitternden Händen, wie erschöpft er war. Gut, dass ihm beim mühsamen Dahinrobben mit der verletzten Schulter die Idee mit dem Wagenheber gekommen war. Noch besser, dass er den Kofferraum blitzschnell öffnen und das Gerät herausholen konnte. Und großes Glück, dass der Wagen so einen hohen Radstand hatte, dass er sich darunterschieben konnte.

Sämtliche Vorgänge und Bewegungen, aber vor allem der anschließende Kampf gegen Janika Borgdan hatten ihn unendlich viel Kraft gekostet. In seinem Zustand fand er es beinahe tröstlich, dass sich zwei schwarze Autos mit rotierenden Blaulichtern näherten. Vermutlich hatte Schinagl die ungarischen Kollegen verständigt und dafür gesorgt, dass sie ihm zu Hilfe eilten.

Ja, es gab Momente, in denen das Knallen von Autotüren und laute Stimmen erlösend wirkten. Der Chefinspektor konnte noch nicht ahnen, dass Erwartung und Realität auch hier in Ungarn manchmal sehr weit auseinanderliegen konnten.

Die schreienden Beamten dachten nämlich gar nicht daran, ihm zu helfen.

Vielmehr drückten sie ihn mit Nachdruck auf den Boden.

Rissen ihm die Hände auf den Rücken.

Fixierten ihn mit Kabelbindern.

Behandelten ihn wie einen Schwerverbrecher.

Doch erst, als sie ihn brutal hochzerrten und in einen Wagen schoben, registrierte Worschädl, dass er soeben verhaftet worden war.

52

Natürlich meldete sich sein Handy wieder während des morgendlichen Ausfallschrittes. Selbstverständlich zogen ihn Trainingskollegin Lisa und Trainerin Steffi wieder auf. Aber nach seinem Telefonat erkannten sie sofort, dass ihm etwas Fundamentales über die Leber gelaufen war.

Seine Gesichtsfarbe wechselte.

Von Kreidebleich zu Purpurrot.

Ab nun verlief das Training vollkommen humorbefreit.

Bei Stefan Schweitzer war eindeutig Schluss mit lustig.

Womit die beiden Damen vollkommen richtiglagen. Auch mit ihrer Vermutung, dass ihm wieder einmal dieser renitente Mitarbeiter auf den Magen schlug, trafen sie mitten ins Schwarze. Doch die Details der aktuellen, sehr schwerwiegenden Verwerfungen vermochten sie nicht zu erahnen.

Bei der Übung mit dem Theraband, das über dem Kopf weit auseinanderzuziehen war, stellte sich Schweitzer vor, dass er Worschädls Ohren malträtierte. Beim Gummiring, den sie danach quetschen mussten, dachte er an dessen Hals. Ein wenig auch an die Kehle des Landespolizeidirektors. Und an das Telefonat, das er soeben mit ihm hinter sich gebracht hatte.

„Herr Schweitzer, haben Sie eine Ahnung, wo sich Ihr Mitarbeiter Robert Worschädl aufhält?"

„Er hat sich Zeitausgleich genommen. Also vermutlich zu Hause, Herr Landespolizeikommandant."

„Zu Hause? Tatsächlich? Mir ist zu Ohren gekommen, dass er heute im Krankenhaus behandelt werden musste. Aber nicht hier, sondern im ungarischen Sopron."

„Sopron ... nein, das ist unmöglich."

„Unmöglich ist bei diesem Worschädl gar nichts. Der schafft es sogar, dass er von ungarischen Kollegen nach Österreich eskortiert wird. Die Handschellen werden sie ihm inzwischen hoffentlich abgenommen haben."

„Das darf nicht wahr sein! Ehrlich, ich weiß nicht, wovon Sie reden."

„Genau das ist das Problem, Herr Schweitzer. Sie haben Ihre Leute nicht im Griff. Wissen nicht, wo sie sind und was sie im Schilde führen. Sie lassen es zu, dass ein Beamter Ihrer Abteilung ins Ausland fährt, dort wild drauflosermittelt, sich auf einen lebensgefährlichen Kampf mit einer Bogenschützin einlässt und dabei durch einen Streifschuss mit einem Pfeil verletzt wird."

„Entschuldigung, aber ..."

„Nichts, gar nichts wird entschuldigt! Ihrem Dilettantismus habe ich es zu verdanken, dass ich heute zum Rapport ins Innenministerium beordert wurde. Sie haben es geschafft, für eine saftige internationale Verstimmung zu sorgen. Und wem hat das der Minister an den Kopf geworfen?"

„Das tut mir leid. Das ist absolut unerfreulich. Ich würde dennoch behaupten, dass mein Anteil daran ein äußerst geringer ist", bemühte sich Schweitzer um Deeskalation.

„Großer Irrtum. Ich muss Ihnen nicht sagen, dass Ihre Beförderung zum Bezirkskommandanten auf äußerst wackeligen Beinen steht. Aber es gibt eine Chance, wie Sie den Kopf vielleicht doch noch aus der Schlinge ziehen können."

„Herr Landeskommandant, ich bereite mich seit Wochen akribisch auf das Hearing vor. Meine Dienstzeugnisse sind ausgezeichnet. Die Erfolge meiner Abteilung können sich mehr als sehen lassen ..."

„Nicht in letzter Zeit, Herr Schweitzer! Ganz zu schweigen von den letzten Tagen. Ich sehe nur dann noch eine Chance, wenn dieser Worschädl die Richtige gefasst hat. Das würde den kritischen Stimmen in Wien den Wind aus den Segeln nehmen. Und mit viel Glück könnte es Ihnen die Karriere retten."

„Stefan, alles okay?" Die Stimme von Trainerin Steffi riss Schweitzer aus seinen Gedanken.

„Aber freilich, alles bestens."

„Obwohl du so kräftig schnaubst?"

„Das ist eher der Zorn."

„Ging es bei dem Telefonat wieder um deinen renitenten Mitarbeiter?", erkundigte sich Trainingskollegin Lisa.

„Natürlich. Um wen denn sonst?"

„Was hat er diesmal angestellt?"

„Dieser Wahnsinnige hat erstens alle Vorschriften missachtet. Zweitens ohne offizielle Genehmigung im Ausland extrem dilettantisch herumgefuhrwerkt ..."

„Und drittens?"

„... hat ein Jäger der Polizei gemeldet, dass ein ihm unbekannter Autofahrer das Einfahrtsverbot in einen Forstweg missachtet und sich auf verdächtige Weise an der Tür einer Jagdhütte zu schaffen gemacht hat."

53

Ich darf nicht panisch werden, ermahnte sich Karoline. Ich muss diese absolut schwarze Finsternis akzeptieren und ertragen. Ich muss all meine Sinne schärfen. Ich muss mir eine Ahnung davon verschaffen, wo ich bin.

Vor etwa einer halben Stunde war sie mit üblen Kopfschmerzen zu sich gekommen. War schockiert darüber gewesen, dass sie von undurchdringlicher Dunkelheit umgeben war.

Der Boden, auf dem sie lag, fühlte sich glatt und trotz der stickigen, heißen Luft ein wenig kühl an. Sie kämpfte sich hoch, bis sie mit einem schlimmen Pochen hinter der Stirn wackelig auf den Beinen stand. In dieser Finsternis gab es keinerlei Orientierungspunkte. Keinen Anfang, kein Ende, keine Begrenzung des Raums. Nicht einen einzigen Lichtschimmer, der durch einen Spalt oder ein Fenster fiel.

Sie machte zwei Schritte nach vorn, stieß gegen etwas Leichtes, das über den Boden rutschte, und griff danach. Ein Plastikeimer. Im Eimer eine Rolle Klopapier. Großartig. Man hatte ihr Gefängnis mit Komfort und Luxus ausgestattet.

Sie tappte weiter und stieß gegen eine Wand. Schlug mit der Hand dagegen. Schloss aus dem Klang, dass sie sich in einem Käfig aus Metall befand. Immerhin eine Erkenntnis.

Nach sechs Schritten kam sie in einer Ecke an, nach fünf weiteren in einer nächsten. Die letzte zurückgelegte Strecke war demnach die Breitseite und die davor die Längsseite gewesen.

Karoline ertastete eine Türschnalle. Rüttelte daran. Abgesperrt.

Sie hockte sich auf den Boden, weil sie plötzlich von einer Angstwelle überflutet wurde. Sie bekam zu wenig Luft, spürte einen anschwellenden Kloß im Hals, glaubte ernsthaft zu ersticken. Sie konnte sich nicht erinnern, dass sie jemals so hoffnungslos verloren gewesen war.

Autosuggestion! Selbsthypnose! Raus aus dem Panikfokus! Na los! Wäre Bertl bei ihr gewesen, hätte er nicht zugelassen, dass sie sich von ihrer Furcht vollkommen blockieren ließ.

Besinne dich auf deine vielfältigen Kompetenzen, hätte er gesagt. Schalte auf Überlebensmodus! Kämpfe um jeden Millimeter!

Wie recht er damit gehabt hätte. Sie durfte sich nicht aufgeben und musste trotz ihrer Not einen kühlen Kopf bewahren.

Zuerst hatte sie nach dem Sitz dieses Labors gesucht. Den fand sie in einer Nobelgegend-Villa, die wahrscheinlich privaten Zwecken vorbehalten war. Und dann war sie vor dem Türschild gestanden und konnte nicht fassen, welcher Name darauf zu sehen war.

Nein, sie war nicht entführt worden. Hier ging es nicht um Lösegeld. Jemand wollte verhindern, dass sie weitererzählte, was sie auf dem Türschild gelesen hatte.

Die hatten vor, sie zu beseitigen.

Die würden sie hier vertrocknen und verschimmeln lassen.

Die wollten sie töten.

Wieder stieg die Panik in ihr hoch. Karoline besiegte sie, indem sie an Silvia dachte. Ihre Freundin kämpfte seit Wochen um ihr Leben und wollte Karoline sicher dringend wieder in die Arme schließen.

Da konnte sie doch nicht wegen dieser lächerlichen Finsternis und der paar Stunden in Gefangenschaft das

Handtuch werfen. Da hatte sie sich gefälligst etwas einfallen zu lassen.

Sie stand auf, suchte nach dem Kübel, bekam ihn zu fassen, stolperte zu einer Wand, schlug den Kübel immer wieder dagegen, schrie laut um Hilfe.

Das war das Naheliegendste.

Karoline schlug und schrie.

54

Sein Handy ging Worschädl bereits an der Grenze auf die Nerven. Noch während er sich mit einem Handzeichen von den beiden ungarischen Kollegen verabschiedete, die ihn und Janika Borgdan mit dem Streifenwagen von Sopron bis hierher eskortiert hatten.

Der Verband rund um seine linke Schulter ließ nur eine kümmerliche Geste zu, was die Meinung der hiesigen Kollegen vermutlich mehr als bestätigte. Für sie war er ein österreichischer Vollpfosten, der durch sein dreistes Verhalten unnötiges Aufsehen verursacht hatte.

Die kochende ungarische Polizeiseele ließ sich auch mit dem Hinweis auf zwei Kapitalverbrechen nicht beruhigen. Immerhin durfte er das Land verlassen, und nach einigen Diskussionen und der Ausstellung einer Sondergenehmigung gestattete man ihm sogar, die des Mordes verdächtige Janika Borgdan auf den Rücksitz zu packen und mitzunehmen.

Zum zweiten Mal meldete sich das Handy auf der Höhe von Eisenstadt und dann erneut bei der Ausfahrt nach Vösendorf. Dreimal Schweitzer war dreimal zu viel. Nicht überraschend, dass Worschädl dessen Anrufe tunlichst ignorierte.

Schinagl rief ihn erst kurz vor Alland an, informierte ihn darüber, dass sein Ausflug nach Sopron für einigen Wirbel gesorgt hatte, und kündigte hilfreiche Neuigkeiten über Janika Borgdan an.

„Das trifft sich gut. Die Dame sitzt auf der Rückbank."

„Sehr fein, dann stell mich am besten laut."

„Wird gemacht", antwortete Worschädl, aktivierte die Freisprechanlage und blickte in den Rückspiegel zur Zollwachebeamtin, die mit Handschellen an den Türgriff gefesselt war und durchs Seitenfenster starrte.

„Frau Borgdan, Sie dürfen meiner Kollegin Schinagl einen guten Morgen wünschen."

Borgdan antwortete mit einem abschätzigen Lächeln, ganz so, als ob es ihr zu minder wäre, Worschädl ihre Aufmerksamkeit zu schenken.

„Frau Borgdan wirkt etwas indisponiert, Sabine, aber das wird uns nicht davon abhalten, uns über sie zu unterhalten."

„Keineswegs." Durch die Lautsprecher klang Schinagls Stimme etwas blechern. „Frau Borgdan, ich habe soeben erfahren, dass Sie sich nicht freiwillig von der Cobra verabschiedet haben!"

„Ich dachte, der Grund waren psychische Probleme?", wunderte sich Worschädl.

„Das ist richtig, allerdings verursacht durch einen übermäßigen Drogenkonsum. Frau Borgdan war mehrmals nicht in der Lage, ihren dienstlichen Pflichten ordnungsgemäß nachzukommen. Aus diesem Grund wurde sie fristlos entlassen."

„Dann passt es gut ins Bild, dass in der Jagdhütte ein beeindruckender Vorrat an einschlägigen Tabletten gefunden wurde."

„Etwa dieselben wie bei ihrem ermordeten Kollegen?", wollte Schinagl wissen.

„Volltreffer. Außerdem Jagdpfeile, die jenem Pfeil entsprechen, mit dem der Straßenmeister getötet wurde."

„Bemerkenswert. Demnach könnte Frau Borgdan für beide Morde verantwortlich sein."

„Genau davon gehe ich aus."

„Echter Bullshit. Kompletter Blödsinn!“, zischte Janika Borgdan auf der Rückbank.

„Es erstaunt dich nicht, dass sie alles abstreitet.“

„Überhaupt nicht. Aber du hast noch aus allen alles rausgekriegt.“

Die Mundwinkel von Janika Borgdan wanderten wieder nach oben. Das verächtliche Grinsen sollte wohl demonstrieren, wie wenig sie diese Verdächtigungen kümmerten. Dabei musste der hervorragenden Bogenschützin sehr wohl bewusst sein, dass sie beste Chancen auf einen längeren Aufenthalt in einer Justizanstalt hatte.

„Noch etwas, Robert. Der Chef will dich dringend sprechen“, wechselte Schinagl das Thema, nachdem Worschädl die Freisprechfunktion wieder deaktiviert hatte.

„Ein sehr einseitiges Bedürfnis, dem ich leider nicht nachkommen kann.“

„Er wird dich durch den Fleischwolf drehen.“

„Obwohl er mir gratulieren müsste“, klang Worschädl überzeugt.

„Das sieht er gravierend anders.“

„Womit ich locker leben kann. Beunruhigend finde ich im Moment nur, dass ich meine Frau seit Stunden nicht erreichen kann.“

„Müsste Karoline um diese Zeit nicht in ihrer Praxis sein?“

„Ja, aber ich habe sie gestern und auch heute schon mehrmals gebeten, mich dringend zurückzurufen“, antwortete Worschädl.

„Und sie hat sich nicht gemeldet?“, wunderte sich Schinagl.

„Totale Funkstille."

„Sehr ungewöhnlich. Ich schaue in ihrer Praxis vorbei."

„Gute Idee, vielen Dank. Falls sie nicht da ist, könntest du bitte auch noch einen Abstecher zu unserer Wohnung machen."

„Geht klar, Robert. Ich melde mich."

Aufgelegt.

Keine Schinagl mehr.

Nur noch die Autobahn, die trostlosen Lärmschutzwände und eine verbitterte Bogenschützin. Nicht gerade die besten Therapeutika gegen die Verzweiflungsattacke, von der Worschädl plötzlich überfallen wurde. Als wäre er ganz allein in dieser von Dreck und Brutalität heimgesuchten Welt.

Das Schniefen hinter ihm holte ihn zurück in die Autowirklichkeit.

„Brauchen Sie ein Taschentuch?"

„Von Ihnen ganz sicher nicht."

„Dieses Geschäft mit den Tabletten, haben Sie das gemeinsam mit Löffler aufgezogen?"

„Ich habe gar nichts aufgezogen", antwortete Janika Borgdan.

„Kompliment", setzte Worschädl unbeirrt fort. „Euer Plan war richtig raffiniert. Die Asiatin schmuggelt die Pillen ins Land. Sie und Ihr Kollege drücken am Zollschalter die Augen zu, lagern die Ware in einer Containerhalle, bringen sie nach und nach unter die Leute und verdienen sich dumm und dämlich."

„Sie haben eine echt kranke Fantasie."

„Kann aber auch sein, dass da noch jemand im Hintergrund agiert. So eine Art Auftraggeber. Immerhin hat Clemens Löffler regelmäßig Zahlungen von einer dubiosen Firma namens *Danube Pharma* erhalten."

„Schön für ihn. Aber was geht mich das an?“

„Ich kann mir vorstellen, dass auch Sie auf dieser Gehaltsliste stehen.“

„Wäre mir nicht aufgefallen.“

„Dann wissen Sie auch nicht, was sich in den beiden Koffern befindet?“

„Richtig.“

„Natürlich haben Sie auch keine Ahnung, in welchem Container diese gelandet sind.“

„Von Containern weiß ich gar nichts. Bei der nächsten Ausfahrt muss ich mal.“

„Nur dann, wenn ich bis zur nächsten Ausfahrt erfahre, was in den beiden Koffern war.“

„Hallo! Ich habe keine Ahnung! Ich kenne auch die ominöse Asiatin nicht! Ich habe mit der ganzen Scheiße nichts zu tun!“

„Genau so wenig wie mit dem Tod des Straßenmeisters.“

„Habe ich schon x-mal gesagt. Aber für Sie kann ich es gerne noch zehn Mal wiederholen.“

Jetzt lächelte Worschädl.

„Was nichts daran ändern wird, dass ich Ihnen kein Wort glaube. Doch keine Angst. Ich bin kein Unmensch. In acht Kilometern legen wir eine Pinkelpause ein. Sie werden mir allerdings gestatten müssen, dass ich Sie bis zur Kabinentür begleite.“

55

Die Probleme rückten näher. Engten ihn ein. Innerhalb kürzester Zeit war viel zu viel schiefgegangen.

Zuerst die überschießende, bornierte Forderung von diesem Versager Clemens Löffler. Dann seine eigene unbedachte Reaktion.

War nicht klug gewesen, den Idioten mit dem eigenen Wagen zu überrollen. Hatte aber keine Folgen gehabt. War nichts weiter passiert. Auch das mit dem Straßenmeistertrottel hätte er problemlos hingekriegt. Still und heimlich aus dem Weg räumen. Unspektakulär. Das wäre sein Plan gewesen.

Doch dann passierten Dinge, mit denen er nicht gerechnet hatte. Zuerst die Verhaftung der Asiatin. Ein gelungener Schachzug der Polizei. Die hatten sein System durchschaut, ihn aber zum Glück nicht. Von ihm waren sie tausende Kilometer weit entfernt. Aber nicht von Janika Borgdan. Der waren sie dicht auf den Fersen. Schade. Sie war so lange so verlässlich gewesen. Ausgerechnet sie musste er über die Klinge springen lassen. Zum Glück hatte sie keine Ahnung, wer er war, und konnte ihm nicht gefährlich werden.

Ganz anders verhielt es sich mit dieser Dame. Großes Glück, dass er mit dem Wagen in die Pferdebahnpromenade eingebogen war, als sie vor seinem Haus vom Rad gestiegen war und sich für sein Türschild interessiert hatte. Eine saudumme Aktion, die ihm keine Wahl gelassen hatte. Und die ihm jetzt einen veritablen Prioritätenkonflikt bescherte.

Er hatte sie vorerst an einen sicheren Ort gebracht. Wollte ihr kein Leid zufügen.

Sie in eine lange und glückliche Zukunft entlassen.

Gab er seinem Bedürfnis allerdings nach, konnte sie seine Mission gefährden. Das konnte er unmöglich riskieren. Dafür stand zu viel auf dem Spiel.

Er atmete tief durch.

War froh, dass er seine Gedanken ordnen konnte.

Dann erkannte er, was zu tun war.

Er griff nach dem Handy. Wählte eine Nummer. Gab seine Anweisungen durch. Ordnete an, dass diese unverzüglich zu befolgen waren.

Wirklich schade, dass zum Erreichen höherer Ziele nicht nur nutzlose und dumme, sondern auch wertvolle und kluge Menschen geopfert werden mussten.

Jetzt konnte er sich der zunehmenden Enge widmen. Dem Spielraum, der sich verkleinerte. Der Schlinge, die sich zusammenzog.

Den Plan, den er für diesen Umstand schon längst geschmiedet hatte, hätten seine Geschwister niemals mitgetragen. Weil sie viel zu simpel dachten. Zu geradlinig. Für sie kam nach A immer B und danach folgerichtig C.

Was, wenn nach dem B plötzlich ein unvorhergesehenes R auftauchte? Und dann vielleicht auch noch ein F? Was, wenn ein vorgefertigtes Konzept durch ein überraschendes Ereignis über den Haufen geschmissen oder auf den Kopf gestellt wurde?

Genau dann brauchte es Qualitäten, über die weder seine Schwester noch sein Bruder verfügten.

Blitzschnelle Anpassung an die neuen Gegebenheiten.

Messerscharfes Analysieren der sich bietenden Möglichkeiten.

Risikobereitschaft für ungewöhnliche Schachzüge.

Absolute Schnelligkeit und Effizienz.

Und ein gewisses Maß an krimineller Energie.

Niemand in seiner Familie hätte ihm dieses gekonnte Spiel mit dem Feuer zugetraut. Diesen souveränen Umgang mit der ständig lauernden Gefahr.

Er griff nach seinem Autoschlüssel, ließ sich im Lift von der großzügigen Dachterrasse hinunter in die Garage bringen, öffnete den Kofferraum seines SUVs und legte die Sitze um. Für sein nächstes Vorhaben würde er die gesamte Ladefläche brauchen.

Als er aus der Garage fuhr und sich unauffällig in den Nachmittagsverkehr einordnete, erhielt er die beruhigende Nachricht, dass die Angelegenheit mit der Dame bereits am Laufen war. Sie würde ihr Gefängnis nie wieder verlassen können.

Perfekt.

Die Phase der Irritationen war vorbei.

Alles lief wieder nach Plan.

56

„Ich drehe das Wasser auf, dann können Sie es in aller Ruhe plätschern lassen“, vermeldete Worschädl und setzte seine Ankündigung in die Tat um.

„Das wird trotzdem nicht klappen“, gab Borgdan zurück, die gerade ihre Kabinentür von innen absperrte. „Ich kann unmöglich, wenn ein Mann vor meiner Klotür steht.“

„Es wird klappen müssen, Frau Borgdan. Wir haben Zeit. Außerdem stehe ich in einigen Metern Abstand beim Eingang.“

„Sie unmöglicher Mensch missachten die Grundrechte einer Frau. Ich werde mich über Sie beschweren.“

„Sehr gerne, das steht Ihnen selbstverständlich frei. Und jetzt entspannen Sie sich bitte.“

Schon das Betreten der Damentoilette war Worschädl äußerst unangenehm gewesen. Selbstverständlich war es eine Zumutung, dass er sich als Mann in diesem intimen Rückzugsbereich aufhielt. Bei zwei Frauen, die sich vor dem Spiegel zurechtmachten, entschuldigte er sich, zeigte seinen Ausweis und erklärte ihnen, dass er eine Amtshandlung durchführen, der ihn begleitenden Dame die Handschellen abnehmen und dann für die Dauer ihres Aufenthaltes leider die Stellung halten müsse.

Er trug die Gründe seiner außergewöhnlichen Anwesenheit betont laut vor, klopfte an die Kabinentüren, öffnete sie und stellte sicher, dass sich niemand im Raum befand. Nachdem die beiden Angesprochenen die Toilette verlassen hatten, blieben nur er und Janika Borgdan zurück.

Klar, dass es auch in dieser Toilette das berühmte kleine Fenster gab, durch das in unzähligen Filmen den diversen Festgenommenen die Flucht gelang. Freilich war es klug von ihm, die hervorragend ausgebildete und mit allen Wassern gewaschene ehemalige Cobra-Beamtin auf Schritt und Tritt zu bewachen und keine Sekunde aus den Augen zu lassen.

Zum lautstarken Rauschen aus drei Wasserhähnen würde sie ihr Geschäft schon verrichten können, sagte sich der Chefinspektor, betrachtete im Spiegel sein unrasiertes Gesicht und warf einen Blick auf eine gerade angekommene Nachricht.

Sorry, habe Karoline weder in ihrer Arbeit noch zu Hause angetroffen. LG Sabine. Vielleicht Auswärtstermin?

Worschädl spürte, wie sich sein Brustraum verengte. Ein Auswärtstermin war natürlich möglich, aber es war absolut unüblich, dass ihn seine Frau so lange nicht zurückrief. Spätestens auf die Nachricht mit seiner Verletzung und der Behandlung im Soproner Krankenhaus hätte sie, wenn es ihr möglich gewesen wäre, auf alle Fälle reagiert.

Dem Chefinspektor erschien es daher nicht übertrieben, sich ernsthafte Sorgen zu machen. Schinagl ging sofort ans Handy, als er ihre Nummer wählte.

„Hallo Robert."

„Sabine, bist du noch bei unserer Wohnung?"

„Direkt davor, mit dem Finger auf der Klingel."

„Sehr gut. Rechts neben der Tür, die Blumenampel ..."

„Sag bloß nicht, dass du als Polizist den Wohnungsschlüssel ..."

„Im zweiten Topf von oben. Zwischen den Blättern."

„Ich glaube es nicht, aber ... einen Augenblick ... ich habe ihn."

„Dann geh bitte rein und schau nach, ob sie gestürzt oder unglücklich gefallen ist, sich vielleicht nicht bewegen kann ..."

„Mach ich, Robert. Ich bin schon drin."

Worschädl hörte, wie Schinagl Türen öffnete und nach Karoline rief.

„Nein, Robert. Alles leer. Niemand da."

„Scheiße. Karoline fährt doch nicht einfach so weg. Sie muss irgendwo sein."

„Ich stelle dir unsere Standardfrage: Hat sie sich in letzter Zeit seltsam verhalten? Gab es etwas Ungewöhnliches?"

„Nur die Erkrankung unserer Freundin. Und ihre Skepsis wegen dieses Krebsmedikaments. Moment ... liegt ihr Laptop auf dem Wohnzimmertisch?"

„Ja."

„Sehr gut. Schalte ihn bitte ein."

„Bin schon dabei. Das Passwort."

„12345Bertl."

„Extrem raffiniert. Aber danke, wunderbar ... es funktioniert."

„Schau bitte nach, was sie zuletzt gegoogelt hat."

„Bin gleich so weit. Ich fasse es nicht. Hast du dich mit ihr ausgetauscht? Ihr den Stand unserer Ermittlungen verraten?"

„Nein, natürlich nicht. Sag schon. Was hast du gefunden?"

„Du wirst es nicht glauben, aber sie hat mehrere Fenster offen, bei denen es um *Danube Pharma* geht."

„Das darf nicht wahr sein. Den Namen habe ich nur nebenbei erwähnt."

„Aber wieso interessiert sie sich dafür?"

„Keine Ahnung. Eventuell wegen dieses Medikaments. Karoline kann sehr beharrlich sein und auch unangenehme Fragen stellen. Vielleicht ist sie jemandem zu nahegetreten. Oder hat schlafende Hunde geweckt."

„Aber wie passt unser Karatemeister Pernauer dazu? Vielleicht war das Motiv für den Mord an Clemens Löffler etwas anderes als Eifersucht."

„Du meinst, dass mehr dahintersteckt? Dass Pernauer bei *Danube Pharma* seine Hände mit im Spiel hat?"

„Bei seiner abartigen Energie traue ich ihm so ziemlich alles zu. Es ist jedenfalls kein gutes Zeichen, dass wir sie nicht erreichen können", sagte Schinagl.

Bei Schinagls letztem Satz starrte Worschädl auf den Strahl des mittleren Wasserhahns. Er ballte die linke Faust, bis sie ihm wehtat, und zwang sich zu vernünftigen Gedanken.

„Sabine, im Moment haben wir nichts als Janika Borgdan."

„Stimmt. Sie ist unser einziger Joker."

„Fahr bitte in ihre Wohnung. Du musst etwas finden."

„Okay. Was ist mit den Containern in der Lagerhalle am Hafen?"

„Wir müssen irgendwie herausfinden, wo dort die Schmuggelware gelagert ist."

„Alles klar. Und du musst Borgdan zum Reden bringen."

„Worauf du dich verlassen kannst", bekräftigte Worschädl und drehte die Wasserhähne ab.

57

Karolines Hände waren wundgeschlagen. Ihre Stimme heiser geschrien. Niemand hatte sie gehört, niemand hatte reagiert.

Nach wie vor gab es keinen Kontakt nach draußen. Keinen Menschen, der ihr etwas zu trinken oder zu essen brachte. Niemanden, der auch nur einen Lichtschimmer in ihr Gefängnis ließ.

Nur Schwärze. Absolute Dunkelheit. Zugleich das Schwinden ihrer Kraft. Das Nachlassen ihres Widerstands.

So ist das also in Gefangenschaft, sinnierte sie, während sie auf dem harten Boden lag. Nach und nach nimmst du das Schicksal an und fügst dich. Akzeptierst die widrigen Gegebenheiten. Hältst nicht mehr dagegen. Gibst dich auf.

Auch wenn ihr Bertl das niemals tolerieren würde.

Und sie sich unbedingt in Silvias Nähe wünschte.

Sie konnte nicht mehr.

Sie war am Ende.

Dennoch fühlte sie sich wie in einem Zwischenzustand. Sie spürte noch einen Funken an Lebenswillen, schaffte aber nichts mehr. Sie verachtete ihren Gestank nach Schweiß, konnte aber nichts dagegen unternehmen. Letzten Endes war sie hilflos und vollkommen ausgeliefert.

Wäre doch nur ihr Mann bei ihr gewesen. Dann hätten sie sich aneinander festgehalten. Sich gegenseitig aufgerichtet. Aber ganz allein auf sich gestellt verfiel sie zwangsläufig in einen aussichtslosen Dämmerzustand.

Mein Bewusstsein verändert sich.

Ich kippe ins Delirium.

Doch dann drang aus unendlich weiter Ferne unvermittelt dieses Geräusch zu ihr. Eine Art Scharren. Ein Impuls von außen, der ihr wieder Hoffnung gab. Sie zurückholte in die Wirklichkeit.

Nein, es bestand kein Zweifel. Jemand machte sich an den Wänden zu schaffen. Jemand hatte sie gehört.

Mit letzter Kraft stemmte sie sich hoch. Knallte den Kübel an die Wand. Schrie sich die Seele aus dem Leib.

Dann kam plötzlich der Ruck. Ihr Gefängnis wurde bewegt. Als ob darunter die Erde bebte.

Der Raum schaukelte und wankte.

Karoline verlor das Gleichgewicht. Stürzte. Klammerte sich am Boden fest.

Glaubte plötzlich, verrückt zu werden.

Weil sie den Eindruck hatte, mitsamt ihrem Gefängnis hochgehoben zu werden und durch die schwarze Nacht zu fliegen.

Janika Borgdan registrierte einen Stimmungswandel bei Worschädl. Vor dem Toilettenbesuch in der Raststätte hatte er einen souveränen, taffen Eindruck gemacht, während er jetzt ordentlich unter Druck zu stehen schien. Rätselhaft, was ihn dazu trieb, den Wagen von der Überholspur derart waghalsig in die Ausfahrt nach Melk zu lenken.

Im Moment sah die Zollwachebeamtin keine Möglichkeit, das Blatt zu ihren Gunsten zu wenden. Die von ihr geplante Flucht während des Aufenthalts im Rasthaus hatte er ihr gründlich verdorben. Und jetzt, bei 140 km/h auf einer ganz normalen Bundesstraße, gab es so gut wie keine Chance. Sie musste geduldig bleiben, abwarten und den nächsten sich bietenden Strohhalm nutzen.

Nach wenigen Minuten bog Worschädl in einen schmalen Feldweg ein. Links und rechts von der Trockenheit braun gefärbtes, dürres Buschwerk. Und dann, nach geschätzten drei Kilometern, als der Weg an seinem Ende in zwei entgegengesetzte Richtungen abzweigte, lagen direkt vor ihnen die idyllischen, von Linden, Haselnuss- und Hollerstauden gesäumten Donau-Auen.

Der Polizist bog nach rechts ab, parkte den Wagen bei nächster Gelegenheit am Wegrand, stieg aus, öffnete die hintere Wagentür, schloss die Handschellen auf, zerrte Janika Borgdan aus dem Wagen, legte ihr die Handschellen wieder an und schob sie mit gezogener Waffe vor sich her, bis sie in einer kleinen Kiesbucht standen.

Warum schleppte er sie ausgerechnet hierher? Hatte er mit ihr etwas vor, das er vor anderen verbergen wollte? Würde er sie unter Druck setzen, um ihr endlich Informationen abzuringen?

Vor ihnen strömte der breite, mächtige Fluss. An der linken und rechten Seite der Bucht wucherte üppiges Buschwerk. Außer ihnen war niemand zu sehen. Hier musste der Polizist keine Angst vor fremden Blicken haben. Hier konnte der Bulle mit ihr machen, was er wollte.

Als sie von Worschädl schließlich in seine nächsten Pläne eingeweiht wurde, war ihr klar, dass sie auf das Schlimmste gefasst sein musste.

„Es gibt genau zwei Möglichkeiten. Variante 1: Sie erzählen mir sofort, wer Ihr Auftraggeber ist, was sich in den beiden Koffern befindet und in welchem Container sie verwahrt sind."

„Dazu müsste ich die Antworten auf Ihre Fragen kennen. Ist aber leider nicht der Fall."

„Okay. Dann Variante 2: Wir beide gehen in den Fluss."

„Auf keinen Fall! Was haben Sie vor? Das dürfen Sie nicht!", schrie Janika Borgdan. Es klang nach nackter Angst und war zum größten Teil echt. In einem versteckten Winkel ihres Wesens keimte jedoch auch ein wenig Hoffnung auf. Weil Worschädl zunehmend in Rage geriet und damit einen Teil der Kontrolle über sich und die Situation verlor.

Er packte sie am Oberarm, drückte ihr die Waffe gegen die Schläfe und zerrte sie zum Wasser. Dabei schien ihn eine Mischung aus Wut und Angst zu treiben, seine Aufmerksamkeit war reduziert, und genau darin konnte für sie ein Vorteil liegen.

„Du perverses Schwein! Du gehörst ins Irrenhaus!", goss Borgdan gezielt Öl ins Feuer.

Worschädl ließ sich nicht beirren. Er spürte, wie der Fluss seine Füße umspülte, und zog die Frau neben sich her. Das Wasser, das ihnen bald bis zu den Hüften reichte, war nur mäßig kalt, und trotz der Strömung kamen sie gut voran.

„Von mir erfährst du kein Wort! Du bist total verrückt!"

Nein, verrückt war Worschädl keineswegs, als er stehen blieb, Borgdan am Nacken packte und ihren Kopf unter die Wasseroberfläche drückte. Obwohl er sich quälende Sorgen um Karoline machte, funktionierte sein Verstand einwandfrei. Es gefiel ihm ganz und gar nicht, dass er zu so üblen Mitteln greifen und die Grenze des Legalen so gravierend überschreiten musste.

Doch sein Bauchgefühl sagte ihm, dass das Leben seiner Karoline in Gefahr war. Ihr konnte schon längst etwas Furchtbares zugestoßen sein. Wenn es jedoch den Funken einer Chance gab, musste er diesen nutzen, auch wenn ihn das selbst in größte Schwierigkeiten bringen konnte.

Nachdenken ist gut, aber nicht immer. Manchmal lenkt es dich zu sehr vom Erleben der Gegenwart ab. Kann sein, dass du beim Wälzen von Gedanken das Entscheidende übersiehst.

Ein Zitat von Karoline, das in ihm aufblitzte, als Janika Borgdan mit voller Wucht nach ihm trat und ihn exakt im Schritt erwischte. Im ersten Schmerzreflex ließ er ihren Nacken los, während des automatischen Zusammenkrümmens schoss ihr Kopf nach oben, sie holte Luft, und noch bevor er nach ihr greifen konnte, tauchte sie ab. Verschwand im dunklen Wasser wie ein Fisch.

„Scheiße, Scheiße!“, brüllte Worschädl, ruderte mit den Armen, griff ins Wasser, wieder und wieder, bis er sich endlich zur Ruhe mahnte.

Sie hat nicht die Kraft, gegen die Strömung anzukämpfen, sagte er sich. Sie wird die Geschwindigkeit des Wassers nützen und so schnell wie möglich Strecke machen.

Er löste die Füße vom Grund, begann zu schwimmen, ließ sich von der Strömung treiben und beobachtete dabei scharf die Wasseroberfläche. Sein Hemd und seine Hose wogen zentnerschwer. Seine linke Schulter pochte, aber er redete sich ein, dass er nicht mehr allzu lange durchhalten musste.

Sie brauchte Luft.

Sie musste auftauchen, und dann konnte er sie erwischen.

Zur selben Zeit bewegte sich Janika Borgdan wie ein Delfin. Mit dieser Technik kam sie auch mit den wegen der Handschellen eingeschränkten Handbewegungen gut voran. Sosehr sie bei der Cobra-Ausbildung für ihre Fertigkeiten beim Schwimmen gelobt wurde, hatte man sie für ihr dürftiges Lungenmanagement beim Tauchen gerügt. Das Anhalten der Luft über die 50 Meter Länge im Sportschwimmbecken hatte sie nur mit Müh und Not geschafft.

Auch jetzt, im sich immer kälter anfühlenden, finsteren Wasser der Donau, schrie bereits alles in ihr, endlich aufzutauchen und die Lungen mit Luft zu füllen, doch sie kämpfte um jede Sekunde. Weil es jetzt einfach um alles ging. Um ihr Leben und um ihre Zukunft. Und um diesen Scheißpolizisten, der nicht lockerlassen, sie des Mordes überführen und in eine Zelle stecken würde.

Auch wenn ihr der Schädel platzte.
Zwei Schwimmzüge musste sie noch schaffen.
Zwei Flossenschläge für ihre Freiheit.
Jetzt riss sie den Kopf hoch.
Durchstieß die Wasseroberfläche.
Sog Luft in ihre Lungen.

Im selben Augenblick fand Worschädl, dass er sich dieses Quäntchen Glück redlich verdiente. Diesen direkt vor ihm auftauchenden Kopf der Sportskanone und ehemaligen Cobra-Beamtin Janika Borgdan. Ein Geschenk der schönen blauen Donau. Wirklich wie auf dem Serviertablett.

Worschädl verdrängte die Erinnerung an den Pfeil, der erst gestern seine Schulter aufgeschlitzt hatte. Er war froh, dass sich der betreffende Arm trotz grober Schmerzen blitzartig hob, weil sich in der dazugehörigen Hand seine Glock befand. Der Pistolenlauf erreichte die Schläfe von Borgdan just in jenem Moment, in dem sich sein rechter Arm um ihren Hals legte. Kompromisslos und schraubstockmäßig.

„Schluss mit lustig“, keuchte er und schleppte Borgdan mit größter Mühe aufs Ufer zu.

Nur gut, dass die Frau zu keiner Gegenwehr mehr fähig war, als Worschädl sie mit letzter Kraft auf festen Boden zog und sich keuchend neben ihr auf den Schotter fallen ließ.

„Sie sind mir noch eine Antwort schuldig. Oder wollen Sie, dass wir diesen Zirkus noch einmal wiederholen?“, knurrte er.

„Nein danke“, keuchte Janika Borgdan. „Sie sturer Hund haben gewonnen.“

59

Im letzten Training vor dem Hearing warf sich Schweitzer besonders eifrig ins Zeug. Beim Ausfallschritt hatte er zum ersten Mal nicht die geringsten Balanceprobleme, und alle weiteren Übungen meisterte er mit Bravour.

Von Trainerin Steffi setzte es ein Extralob und Trainingspartnerin Lisa lächelte ihn bewundernd an. Das ideale Doping für seinen Auftritt vor der obersten Polizeispitze. *Mens sana in corpore sano.* In dieser superfitten Verfassung würde er auch intellektuell brillieren und mit seinen kühnen Visionen überzeugen.

Perfektes Timing. Er war gerade rechtzeitig in Topform gekommen. Was offenbar nicht nur er so sah. Als er frisch geduscht, akkurat gekämmt und in heller Hose mit türkisem Hemd das Fitnessstudio verließ, stand Lisa bei seinem Auto. Die attraktive Frau war von ihm offenbar derartig fasziniert, dass sie in die Offensive ging und sogar auf ihn wartete. Da habe ich, dachte Schweitzer, meine Wirkung auf das weibliche Geschlecht doch erheblich unterschätzt.

Er zog den Bauch ein, streckte sich und stelzte auf Lisa zu. Ein wenig zu aufgepumpt. Aber für eine, die das mochte, war das wahrscheinlich attraktiv. Die will, dachte Schweitzer, sicher ein Date mit mir. Zum besseren Kennenlernen. Mit allem, was darüber hinaus dazugehört.

Schweitzer hatte nicht vor, abzulehnen, aber er durfte nicht tölpelhaft zeigen, wie sehr ihm die Idee gefiel. Er musste souverän bleiben. Cool, wie die Jungen heutzutage sagten. Und doch durchaus zielgerichtet.

Lockeres Deponieren der linken Hand in der Hosentasche. Lässiges Drücken der Autofernbedienung mit der rechten. Salopper Tonfall.

„Hi, Lisa. Kann ich etwas für dich tun? Möchtest du noch was trinken gehen?"

„Was trinken? So bald in der Früh?"

„Second Coffee mit Schokodonut."

„Tolle Idee. Nur muss ich leider zur Arbeit."

„Okay. Klar. Kann ich dich mitnehmen?"

„Sehr nett, aber ich werde abgeholt."

Na toll. Dann hatte Lisa gar nicht auf ihn, sondern auf jemand anderen gewartet. Womöglich auf einen Mann. Wie ungerecht einem das Leben doch manchmal mitspielen konnte. Kaum befand man sich im Höhenflug, ging es schon wieder schnurstracks nach unten. Was für ein herber Rückschlag.

Selbstredend, dass Schweitzer keine Blöße zeigte und seine innere Ernüchterung mit einem schiefen Lächeln überspielte.

„Na dann ... bis zum nächsten Mal."

„Was ich dir noch sagen wollte ..."

Die helle Stimme, mit der sie diesen Halbsatz von sich gab, und auch dessen Inhalt hätten Schweitzers Stimmung eigentlich wieder heben können, aber er kannte den Rest ihrer Aussage noch nicht und musste deshalb die nächste Unerfreulichkeit befürchten. Feigheit war in diesem Moment einer eventuell doch noch möglichen Beziehungsanbahnung die schlechteste Option, also stellte er sich der Ungewissheit und ging sogar mutig darauf zu.

„Jetzt bin ich aber gespannt."

Lisas faszinierende blaugrüne Augen blickten ihn direkt und offen an.

„Das war heute echt stark von dir."

„Interessant ... was genau meinst du damit?"

„Du hast dein Handy ignoriert. Ich meine, das hat gebimmelt und gebimmelt, immer wieder, aber du hast dich nicht irritieren lassen, bist total konsequent geblieben und hast deinen Ausfallschritt wie ein Einser durchgezogen. Ich hätte das wahrscheinlich nicht gekonnt. Nein, ich hätte das nicht geschafft. Ganz ehrlich, ich habe dich echt bewundert."

Hocherfreut über Lisas Komplimente machte es ihm gar nichts aus, dass neben ihr ein oranger Kleinwagen hielt. Noch weniger störte ihn, dass hinter dem Lenkrad eine Frau saß, die nach ihrem Aussehen und Alter Lisas Mutter sein konnte. Es verwunderte ihn auch nicht, dass sie die einsteigende Lisa mit seltsamen Handzeichen begrüßte, die mit ebenso eigenartigen Gesten beantwortet wurden. Er kümmerte sich auch nicht um den skeptischen Blick, der ihm von der vielleicht 60-jährigen Frau zugeworfen wurde. Er achtete viel lieber auf das selbstverständliche Lächeln, das ihm Lisa durch das Seitenfenster schickte.

Der stellvertretende Bezirkskommandant sah dem davonfahrenden Wagen noch ein, zwei Minuten lang nach. Jetzt war er sicher, dass sich Lisa nicht nur für seine beruflichen Qualitäten, sondern auch für ihn als Mann interessierte. Sein Handy, das wenig später erneut nach seiner Aufmerksamkeit verlangte, warf er in seinem Auto auf den Beifahrersitz, gab Gas und reihte sich mit einer schon lange nicht mehr gekannten Fröhlichkeit in den Vormittagsverkehr ein.

60

Schinagl trieb den Dienstwagen mit eingeschalteter Sirene und Blaulicht durch die Linzer Innenstadt. Der geballte Verkehr auf der Mozartstraße schob sich nach links und rechts zur Seite, die Gasse in der Mitte war breit genug, um mit 90 Stundenkilometern über die Humboldt-Kreuzung zu jagen.

Schweitzers Stimme, die ihr über die Freisprechanlage zum wiederholten Male erklärte, dass er zurzeit nicht erreichbar sei, löste in ihr einigen Ärger aus. Da forderte ihr Chef ständig, dass man ihn möglichst aktuell auf dem Laufenden halten sollte, und wenn er dann dringend gebraucht wurde, konnte man ihn ewig lange nicht erreichen. Dabei sollte er unbedingt erfahren, dass es von Karoline Worschädl seit geschlagenen 14 Stunden kein Lebenszeichen gab, sich aber immerhin ein Hoffnungsschimmer abzeichnete.

Die Containerhalle im Hafen. Stellplatz 146. Die Firma *Danube Pharma* war dort einer von vielen Mietern einer begrenzten Lagerfläche. Das hatte Schinagl bei einem Telefonat mit der Hafenverwaltung erfahren, nachdem sie in der Wohnung der jagdfreudigen Janika Borgdan eine Ringmappe mit sauber eingehefteten Kontoauszügen entdeckt hatte. Die anachronistische Aufbewahrungsmethode lieferte den Beweis dafür, dass auch Borgdan auf der Gehaltsliste von *Danube Pharma* stand und in unregelmäßigen Abständen beträchtliche Honorare erhielt.

Beeindruckend, wie viel man durch das Zudrücken der Augen verdienen kann, dachte Schinagl, jagte die Gruberstraße in nördliche Richtung entlang, bog vor der Eishalle nach rechts ab, ließ das Areal der von Start-ups und Kunstinitiativen belebten Tabakfabrik hinter sich, fuhr die Industriezeile entlang und bretterte kurz danach in die Zufahrt zur Lagerhalle.

Worschädl, den sie sofort verständigt hatte und der bereits vor ihr in der Halle eingetroffen war, ging davon aus, dass sie in einem der Container die Koffer mit der Schmuggelware finden würden.

Schinagl hielt bei zwei Streifenwagen, die vor der Halle parkten. Auf dem Rücksitz von Worschädls dahinter abgestelltem Auto saß Janika Borgdan und starrte zum Seitenfenster hinaus. Die Frau machte einen zerzausten Eindruck und war mit Handschellen an den Türgriff gefesselt.

Kurz danach stand Schinagl neben ihrem Kollegen in der Halle vor einem blauen Container. Geschätzte sechs Meter lang und zweieinhalb Meter hoch und breit, hielten zwei Vorhängeschlösser aus gehärtetem Spezialstahl den Bolzenschneidern der Einsatzkräfte erfolgreich stand.

„So ein Blechkasten gibt nicht so schnell nach", sagte Schinagl.

„Vor allem haben die viel zu schwache Bolzenschneider", antwortete Worschädl.

„Die tun sicher, was sie können. Gibt es hier keinen, der dafür einen Schlüssel hat?"

„Auf der Bürotür der Verwaltung hängt ein Schild mit ‚Komme gleich', und am Telefon kommt man nur in die Warteschleife. Deshalb hab ich das Hallentor von den Kollegen öffnen lassen."

„Wegen Gefahr in Verzug?"

„Genau. Immerhin könnten wir auch einen Hinweis auf Karoline finden."

„Deine Frau ist eine Kämpferin. Mit der muss man erst einmal fertigwerden“, sagte Schinagl und legte ihre Hand auf seine Schulter.

Worschädl brachte keinen Ton heraus und schüttelte nur den Kopf.

„He Robert, sie haben es gleich geschafft.“

Die Kollegen beim Container feuerten sich mit Zurufen an, der Durchbruch stand unmittelbar bevor.

Augenblicke später war es so weit.

Zwei Männer entriegelten das Schloss, öffneten die beiden schweren Türen und gaben den Blick auf das Innere des Containers frei.

Aus Worschädls Mund drang ein lautes Aufstöhnen.

Es klang nach Enttäuschung und zugleich nach großer Erleichterung.

Da war nichts.

Bis auf die an den Wänden angebrachten, mit Schiebetüren aus durchsichtigem Glas versehenen und leeren Kühlregale war der Container vollkommen ausgeräumt.

„Hier drinnen ist es überraschend kühl“, rief einer der Kollegen.

„Nichts anfassen“, ordnete Worschädl an und wies Schinagl darauf hin, dass es sich um einen Kühlcontainer handelte, in dem man mit entsprechenden Geräten sogar Tiefkühlware aufbewahren konnte.

„Dann wurden hier wahrscheinlich die Tabletten kühl gehalten“, vermutete Schinagl.

„Sieht ganz so aus“, antwortete Worschädl. „Die haben mitbekommen, dass wir ihnen knapp auf den Fersen sind, haben alles entfernt und den Laden dichtgemacht. Wir sind zu spät gekommen.“

„Dahinten ist noch etwas“, rief einer der Kollegen, die den Container betreten hatten, und wartete, bis Worschädl und Schinagl neben ihm standen.

Vor ihnen am Boden lagen zwei kleine weiße Tabletten und ein gelbes Päckchen.

„Die haben es ein wenig zu eilig gehabt“, bemerkte Schinagl.

„Gut für uns“, meinte Worschädl, zog Handschuhe über und bückte sich. Die kleinen Tabletten waren vermutlich dieselben, die sie sowohl in Löfflers Wohnung als auch in der Jagdhütte bei Sopron gefunden hatten. Reinstes Liquid Ecstasy, das am Schwarzmarkt um 15 Euro pro Stück gehandelt wurde.

Das gelbe Päckchen war für Worschädl jedoch neu. Das hatte er noch nie gesehen. Allerdings war ihm die Aufschrift bekannt. Aus Gesprächen mit Karoline über ihre gemeinsame Freundin Silvia. Über deren nicht sinkenden Tumormarker. Und über das Medikament, das Silvia gemeinsam mit anderen Betroffenen einnahm. Zytostan.

Hier laufen die Fäden zusammen, dachte Worschädl. Hier überschneiden sich die Morde an Clemens Löffler und dem Straßenmeister Lorenz Furtner, die Machenschaften der Zollwachebeamtin Janika Borgdan und die regelmäßigen Schmuggelflüge der Asiatin Chen Lu Dang. Hier offenbarte sich auch, in welch riskantes Feld sich Karoline begeben hatte.

Ohne es zu wissen, war sie internationalen Medikamentenschmugglern in die Quere kommen. Verbrechern, die damit Unsummen scheffelten. Denen ein Menschenleben so gut wie gar nichts wert war. Karoline war ins Visier der organisierten Kriminalität geraten.

„Wir brauchen Janko. Er muss dieses Medikament überprüfen“, sagte Worschädl.

„Alles klar“, antwortete Schinagl und zückte ihr Handy.

„Für nähere Informationen über den Container müsste sich endlich eine dieser Schnarchnasen von der Verwaltung herbemühen“, schimpfte Worschädl laut.

„Eine dieser Schnarchnasen wäre eigentlich schon hier“, meldete sich ein ruhestandsnaher Graumelierter im kurzärmeligen, papageienfarbigen Strandhemd über gescheckter kurzer Hose, der mit einem Tablet unter dem Arm in der zweiten Reihe hinter den anwesenden Polizisten stand.

„Sorry, das war nichts gegen Sie persönlich ...“

„Dafür gleich gegen die gesamte Verwaltung.“

„Sie können mich gerne eines Besseren belehren, indem Sie mir sagen, ob *Danube Pharma* hier noch weitere Container gelagert hat.“

Der Träger des Papageienhemds konzentrierte sich auf den Bildschirm und wischte mit den Fingern darüber.

„Genau einen. Ebenfalls blau.“

„Okay, und welchen?“

Als Antwort zeigte der Mann mit dem Zeigefinger exakt auf den leeren Platz gleich neben dem aufgebrochenen Container.

„Interessant. Seit wann ist er nicht mehr hier?“, fragte Schinagl.

„Kann ich Ihnen leider nicht sagen.“

„Und wo, verdammt, könnte dieser Scheißcontainer hingekommen sein?“, platzte es aus Worschädl lautstark heraus.

„Keine Ahnung, das weiß ich nicht. Zug, Flugzeug, Schiff, es gibt mehrere Möglichkeiten."

„Welche ist die wahrscheinlichste?"

„Wenn Sie unbedingt wollen, finde ich das für Sie heraus."

„Es muss jetzt sein! Jetzt sofort!"

„Genauso schnell brauchen wir die Aufzeichnungen der letzten 48 Stunden", fügte Schinagl hinzu und deutete auf die Überwachungskameras, die an einzelnen Containermasten befestigt waren.

„Okay. Ich klemme mich dahinter. Wird aber ein wenig dauern."

Worschädl bedankte sich und drückte ihm eine Visitenkarte in die Hand.

„Robert, unsere Bogenschützin, hat sie dir noch etwas erzählt?"

„Nur, dass sie und Löffler von einem unbekannten Mann beauftragt wurden. Der soll auch die Bezahlung durch *Danube Pharma* eingefädelt haben."

„Vielleicht der geheime Gesellschafter, der 95 Prozent der Anteile hält?"

„Und womöglich von Österreich aus operiert. Gernot Pernauer könnte das in seinem Büro in der Bank erledigen. Internationale Geschäfte und Geldströme sind für ihn sicher kein Problem."

„Aber Achtung. Laut unseren Kollegen haben sie auch am Leihwagen der Autowerkstatt keinerlei Beschädigungen festgestellt."

„Verdammt! Was ist mit seinem Bewegungsprofil?", fragte Worschädl.

„Das wird gerade ausgewertet."

„Okay. Wenn sich dadurch nichts ergibt, wird er noch einmal gründlich durchleuchtet. Dann setzen wir ihm auch in der Bank das Messer an."

„Was sagt Frau Borgdan zu den Morden?"

„Den an Straßenmeister Furtner hat sie aufgrund der zwingenden Indizien gestanden."

„Tatsächlich? Einfach so?"

„Du willst das nicht genauer wissen."

„Okay", antwortete Schinagl mit argwöhnischem Blick. „Und was ist mit dem Mord an Clemens Löffler?"

„Damit hat sie angeblich nichts zu tun."

61

Um 14 Uhr 50 trafen Worschädl und Schinagl mit Janika Borgdan im Polizeikommissariat ein. Am Gang vor ihrem Büro erwartete sie ihr Vorgesetzter Stefan Schweitzer mit dem Zorn eines Racheengels und dem Outfit eines Musterschülers.

Der Tag des Hearings. In etwas mehr als einer Stunde würde er in seinem besten Anzug und farblich halbwegs passender Krawatte einer hochkarätigen Kommission gegenübersitzen, zahllose Fragen beantworten und mit seinen brillanten Statements unter Beweis stellen, dass er zweifelsfrei der beste Kandidat für das Amt des Bezirkskommandanten war. Vorher würde er Worschädl jedoch in einer Art und Weise die Leviten lesen, wie es in seiner Abteilung bislang noch niemals vorgekommen war.

Das Erleben dieser dramatischen Premiere blieb ihm jedoch versagt, da ihn Schinagl abfing, bevor er loslegen konnte.

„Herr Schweitzer, vergessen Sie Sopron und die Beschwerdeflut aus Ungarn. Wir haben ein weitaus ernsteres Problem. Roberts Frau ist spurlos verschwunden und dürfte sich in den Fängen einer internationalen Schmugglerbande befinden. Wir gehen davon aus, dass ihr Leben in Gefahr ist. Und wir müssen ständig unsere Kompetenzen überschreiten, weil Sie seit einer gefühlten Ewigkeit nicht erreichbar sind!"

Aufgeblasene Luftballone, die nach einem Nadelstich in sich zusammensacken, hinterlassen einen eher lächerlichen Eindruck. Schweitzer bewältigte die für ihn völlig neue Situation weitaus souveräner. Er schluckte seinen Ärger hinunter, erwähnte Worschädls eigenständigen Ausflug nach Ungarn mit keinem Wort, verfing sich nicht in Schinagls unverblümten Vorwürfen, sondern berief eine sofortige Krisensitzung ein. Als sie sich kurz danach an seinem Besprechungstisch versammelten, kündigte er an, dass über diverse Alleingänge noch zu reden sein werde, er aber angesichts der neuen Lage sofort um einen Bericht zu den aktuellen Entwicklungen ersuche.

Während Schinagl die Ereignisse kurz und bündig schilderte, sehnte sich Worschädl nach einer Zigarette. Um die unerträgliche Spannung abzubauen. Seine letzte hatte er nach einer langen Glimmstängelkarriere vor acht Jahren geraucht. Genau jetzt hätte ihm der in die Lunge strömende Rauch wieder so richtig gutgetan.

Doch in seiner Situation gab es weder Linderung noch Trost. Da musste er durch, also konzentrierte er sich auf Schinagls Ausführungen, fügte die eine oder andere Ergänzung hinzu und hoffte inständig darauf, dass Schweitzer daraus die richtigen Schlüsse ziehen würde.

„Ich fasse zusammen. Die Firma *Danube Pharma* hat ihren Sitz in Singapur und besteht dort aus einem Minibüro mit Schreibtisch und Kaffeemaschine“, begann der Chef sein Resümee.

„So schildern es die Kollegen in Singapur.“

„Die Firma schmuggelt Ecstasy-Tabletten und ein Krebsmedikament namens Zytostan nach Europa und benutzt dafür den Linzer Flughafen.“

„Wobei die Tabletten echtes Liquid Ecstasy enthalten, während das Zytostan laut der Analyse von Dr. Janko zwar wie originalverpackt aussieht, in Wahrheit aber aus einem wirkungslosen Pulver besteht, das mit einem Krebsmedikament so gut wie nichts gemein hat“, erläuterte Schinagl.

„Was ist mit der Verpackung und dem Etikett?“

„Täuschend echt, aber gefälscht. Sogar mit einem bei uns vorgeschriebenen QR-Code versehen, der die Echtheit von Medikamenten belegen soll ...“

„... aber ebenfalls gefälscht ist?“

„Richtig.“

„Eindeutig Profis, die sich auch noch zwei Zollwachebeamte gekauft haben“, setzte Schweitzer fort. „Die beiden haben dafür gesorgt, dass die Überbringerin der Schmuggelware den Zoll regelmäßig ohne Kontrolle passieren konnte.“

„Richtig. Die Überbringerin ist zugleich Direktorin und Mitbesitzerin von *Danube Pharma*, wobei ein noch unbekannter Gesellschafter 95 Prozent der Anteile hält.“

„Wir halten es für sehr wahrscheinlich, dass Pernauer dahintersteckt. Er hätte die Kompetenz, über ausländische Verbindungen dubiose Geschäfte aufzuziehen.“

„Eine interessante These, aber leider ohne stichhaltige Substanz. Auch, weil inzwischen klar ist, dass das Bewegungsprofil seines Handys exakt seinen Angaben entspricht.“

„Das darf nicht wahr sein.“

„Wie auch immer, ein Zollwachebeamter wurde von einem Mann in einem SUV in voller Absicht überfahren. Wenig später wird der einzige Zeuge Lorenz Furtner mit einem Pfeil getötet.“

„Ein Mord, den Janika Borgdan bereits gestanden hat“, steuerte Worschädl bei.

„Gute Arbeit, Robert. Aber was um Himmels willen hat deine Frau damit zu tun?“

„Eine sehr liebe Freundin ist an Krebs erkrankt, wird mit diesem Zytostan behandelt, aber weder bei ihr noch bei zwei anderen Patientinnen ist die Behandlung ansatzweise erfolgreich. Karoline war fix davon überzeugt, dass mit dem Medikament etwas nicht stimmen kann."

„Womit sie augenscheinlich richtiglag", ergänzte Schinagl. „Dr. Janko vermutet, dass der echte, hochwirksame und sündteure Wirkstoff bei der Aufbereitung im Labor mit dem gefakten und spottbilligen Pulver gestreckt und so zu Spitälern und in Arztpraxen geliefert wurde."

„Aber wie ist es möglich, die bei uns vorgeschriebene lückenlose Dokumentation der Herkunft der Medikamente zu umgehen?"

„Indem die im Labor dafür zuständige Person vortäuscht, dass sie die gefälschten QR-Codes korrekt einliest und checkt, in Wahrheit aber dafür sorgt, dass die Fake-Medikamente ohne Überprüfung und ohne Wissen der anderen Mitarbeiterinnen und Mitarbeiter in den Aufbereitungsprozess gelangen."

„Was für ein Wahnsinn", bemerkte Schweitzer bitter. „Dann wurden schwerkranke Patienten mit einem Krebsmittel behandelt, das eigentlich wirkungslos war."

„Genau. Da hat jemand das Leben von unzähligen Menschen aufs Spiel gesetzt, um seine Gewinne zu maximieren."

„So etwas Krankes. Wer macht so etwas?"

„Und vor allem ... wer kann und darf das?" Worschädl sprang auf und hatte plötzlich den Eindruck, einen wichtigen Faden erwischt zu haben. „Welches Labor in Linz und Umgebung hat dafür eine Berechtigung?"

„Gute Frage", meldete sich Gerichtsmediziner Janko, der soeben eingetreten war. „Der Wirkstoff ist

Bestandteil einer hochtoxischen Infusionsmischung, die bei der Chemotherapie verwendet wird. Die Aufbereitung unterliegt äußerst strengen Auflagen."

„Die sicher nicht jedes Labor erfüllen kann", warf Schinagl ein.

„Auf keinen Fall. Deshalb ist das bei uns vor allem Krankenhäusern vorbehalten", erklärte Janko.

„Aber nicht nur. Oder, Herr Janko?", war Worschädl aufgebracht. „Wir müssen herausfinden, welches Scheißlabor dieses Scheißmedikament aufbereiten kann!"

„Robert, bitte", versuchte Schinagl zu beruhigen.

„Alles okay", sagte Janko und legte Worschädl die Hand auf die Schulter. „Ich prüfe das. So schnell wie möglich."

„Danke."

Worschädl atmete durch und wischte sich über die Stirn, als sich sein Handy meldete.

„Worschädl?"

„Hallo Herr Chefinspektor. Hier ist die Schnarchnase von der Verwaltung der Containerhalle. Das Rätsel ist gelöst. Wir wissen, wohin Ihr blauer Container verschwunden ist. Außerdem müssten die Aufzeichnungen der Überwachungskameras gleich bei Ihnen landen. Habe sie im Schnelldurchlauf durchgesehen. Unscharfe Bilder. Niemand wirklich zu erkennen. Aber es besteht kein Zweifel. In den Container wurde tatsächlich jemand reingeschleppt."

62

Bereits ganze fünf Tage lang steuerte der Kapitän das 135 Meter lange und 17 Meter breite Frachtschiff *MCS Ramona* donauaufwärts. Von den 500 Standardcontainern, die er in Belgrad geladen hatte, waren 40 für Wien und 30 für Linz bestimmt gewesen, der Rest sollte, lief alles nach Plan, in einigen Tagen im Hafen von Kelheim gelöscht werden.

In Insiderkreisen war bekannt, dass der Kapitän neben dem Transport von Gütern auch noch ein weiteres, weitaus einträglicheres Geschäft betrieb. Wer sich daran beteiligen wollte, musste sich unter Deck in den Maschinenkontrollraum bemühen.

Vor neugierigen Blicken bestens geschützt, wurde dort zwischen unzähligen Schaltern und Leuchten über Menge und Preis verhandelt, dann verschwand der Schiffsführer in Richtung der Hauptmaschine, wo sich hinter den Aggregaten und Rohrleitungen ein gut versperrtes Erste-Hilfe-Kästchen mit einer ausreichenden Menge an Vorräten befand.

Auf den Kapitän der *Ramona* war Verlass, der hatte immer etwas dabei, er war kein Halsabschneider, verkaufte zu fairen Preisen, und in gewissen Abständen legte er sogar was drauf.

Seine vorwiegend männlichen Kunden waren mit ihm zufrieden, schwärzten ihn nirgends an und trugen mit Treue und Diskretion zum friktions- und sorgenfreien Fortbestand seines kleinen Drogenhandels bei. Besonders bezeichnend für sein gelungenes Geschäftsmodell war die Tatsache, dass es in all den Jahren noch kein einziges Mal Ärger mit der Polizei gegeben hatte.

Jedoch hatte man ihn schon dreimal überfallen. Zuerst hatte er einen Süchtigen beim Einbruch in eine

Kabine ertappt, danach musste er zwei Matrosen eines bulgarischen Schiffs verjagen. Aus heutiger Sicht zwei harmlose Ereignisse, lauerte ihm doch, als er vor einem halben Jahr spätnachts das Schiff betrat, eine knallharte Profibande auf.

Sie waren zu viert, trugen dunkle Sturmhauben, fielen sofort über ihn her, schlugen ihm zwei Zähne ein, brachen ihm drei Finger der linken Hand und drohten ihm mit noch schlimmeren Sanktionen, wenn er ihnen weiterhin Konkurrenz machen und Drogen verchecken würde.

Diesen Vorfall nahm der Kapitän zum Anlass, um seine sonst friedfertige Crew mit Waffen auszurüsten. Seither hatten sie zwei Maschinengewehre und drei Faustfeuerwaffen mit an Bord. Der Schiffsführer selbst legte sich als neue Gefährtin eine stets schussbereite Beretta zu. Tagsüber trug er sie am Hosengürtel und während des Schlafens schob er sie unters Bett. Man konnte nie wissen, was diesen Gaunern alles einfiel.

Gut, dass es im Linzer Hafen während der beiden letzten Tage keine Probleme gegeben hatte. Das Löschen der Container ging zügig vonstatten, die Nebengeschäfte liefen prächtig, er und seine vierköpfige Mannschaft konnten es sich am Abend in einem Gasthaus in Hafennähe so richtig gut schmecken lassen.

Nur der gestrige Besuch des Hafenmeisters fiel ein wenig aus der Routine. Die Sorge des Kapitäns, dass er ein Formular falsch ausgefüllt oder eine Frist versäumt hatte, erwies sich als unbegründet. Vielmehr wurde er gebeten, einen leeren Container mitzunehmen, ihn bei nächster Gelegenheit abzuladen und sich nicht weiter darum zu kümmern. Ein ungewöhnliches Ansinnen, das dem Hafenmeister immerhin inoffizielle 1000 Euro wert war.

Nachdem es sich beim Kapitän um keinen übermäßig neugierigen Menschen handelte, drängte es ihn nicht, den stählernen Kasten, der vom Kran auf den hintersten Platz der drei aufeinandergestapelten Container-Reihen gehievt wurde, genauer unter die Lupe zu nehmen. Er machte sich auch keine Gedanken darüber, wie es ihm gelingen würde, ihn wieder loszuwerden. Gegen einen Fünfziger unter der Hand würde sich das unschwer erledigen lassen.

Im Großen und Ganzen standen die Sterne für den Kapitän nicht schlecht. Auch jetzt, unter dem prächtigen Sternenhimmel, am Steuerstand der *Ramona*, verspürte er eine grundlegende Zufriedenheit.

Wie ruhig und zügig sein 135 Meter langes Frachtschiff durch die milde, klare Nacht glitt. Wie angenehm der kühlende Nachtwind durch die geöffneten Seitenfenster drang.

Auf der Backbordseite funkelten die Lichter einer ausladenden Hotelanlage. Achtern entfernten sich die Positionsleuchten jenes Schubverbands, der wegen seiner beträchtlichen Breite beim Durchfahren der Schlögener Donauschlinge einiges an Konzentration gefordert hatte.

Sein Wachoffizier und bester Mann stand draußen an der Reling und rauchte eine Zigarette. Die drei weiteren Besatzungsmitglieder saßen unten im Gemeinschaftsraum, tranken Bier und spielten Karten. Alles gut, alles friedlich, hätte es da nicht plötzlich diese schnelle Bewegung auf dem Radarschirm gegeben.

Ein sich näherndes Schnellboot. Zugleich ein knatterndes Geräusch am Himmel.

Die Lärmattacke kam von oben.

Der Kapitän blickte sich um.

Jetzt sah er sie. Zwei unbeleuchtete Flugobjekte.

Hubschrauber.

Sie lösten sich aus der Schwärze der Nacht wie zwei riesige Insekten.

Waren plötzlich über ihnen.

„Verfluchte Scheiße, was ist hier los?“, schrie sein Wachoffizier und griff zu seiner Waffe.

Nicht schießen, wollte der Kapitän schreien. *Die sind nicht wegen der Drogen hier. Für diesen Aufwand sind wir hier viel zu klein. Es geht um etwas anderes. Wahrscheinlich um diesen blauen Container. Und damit haben wir nichts zu tun.*

All das lag ihm auf der Zunge und wollte aus ihm heraus. Aber er kam nicht mehr dazu. Bevor ihm auch nur ein Ton über die Lippen kam, jagte sein bester Mann mit dem Maschinengewehr eine erste Salve in den Himmel.

63

Es gibt Situationen, in denen sich die Frage nach persönlichen Schwächen nicht stellt. In denen der wunde Punkt kein Thema ist. In denen man sich überwinden und mitten durch das Feuer muss.

Noch waren die Schiebetüren des Hubschraubers geschlossen. Aber der Cobra-Beamte, der wie Schinagl und Worschädl einen Schutzanzug trug, hatte schon die Hand am Griff, würde sie im nächsten Augenblick öffnen, hinausspringen und sich blitzschnell abseilen. Zeitgleich würde sich Schinagl auf der gegenüberliegenden Seite in die Tiefe wagen. Danach sollte Worschädl an die Reihe kommen. Einziges Hindernis war seine extreme Höhenangst.

Schweitzer dirigierte den aufwendigen Einsatz von jenem Polizeiboot aus, das dem Frachtschiff in sicherem Abstand folgte. Als sie erfahren hatten, wo sich Karoline befinden musste, hatte er sofort sein Hearing abgesagt und zwei Helikopter, zwei Polizeiboote und zwölf zusätzliche Einsatzkräfte angefordert. Darunter waren ein Sanitäter und ein Beamter, der das Vorhängeschloss des Containers mit einem Bolzenschneider öffnen sollte.

Als entschieden war, dass der Zugriff über die beiden Hubschrauber erfolgen sollte, bestanden Worschädl und Schinagl darauf, zu einem der beiden Einsatzteams zu gehören. Schinagls Wunsch wurde sofort nachgekommen, während ihr Kollege vom Cobra-Einsatzleiter wegen Befangenheit und des nicht zu leugnenden Übergewichts aufs Polizeiboot verbannt werden sollte.

Daraufhin sprang der Chefinspektor über seinen Schatten und ersuchte Schweitzer mit allem Nachdruck, ein Machtwort zu sprechen und ihn in dieses verdammte Fluggerät zu bringen. Er wollte und musste zu den Ersten gehören, die auf dem Frachtschiff mit der Suche nach Karoline starteten.

Schweitzer verstand sowohl Worschädls Argumente als auch die des Cobra-Einsatzleiters, stand aber in diesem Fall eindeutig auf der Seite seines zweifellos besten Mitarbeiters. So konfliktreich sich seine Zusammenarbeit mit Worschädl auch immer wieder gestaltete, hielt er ihn im Grunde für einen großartigen, blitzgescheiten und äußerst effizienten Ermittler, der mit seiner großen Erfahrung und seinem exzellenten Know-how Entscheidendes zum Gelingen des Einsatzes beitragen konnte. Außerdem ging es dabei um das Leben seiner Frau, weshalb Worschädl alles unternehmen würde, um Karoline nicht unnötig zu gefährden und heil da herauszuholen.

Schweitzer schwor Worschädl darauf ein, sich während des Einsatzes unbedingt an alle Anweisungen zu halten, und sorgte dafür, dass er im Helikopter neben Schinagl saß und ihm der Job mit dem Bolzenschneider übertragen wurde.

Die Gefahrenanalyse und Einsatzplanung wurden im Eilzugstempo durchgeführt. Nachdem auf der *Ramona* angeblich reger Drogenhandel betrieben wurde, war mit Gegenwehr und dem Einsatz von Waffen zu rechnen, weshalb höchste Vorsicht geboten war. Kurz vor Anbruch der Dunkelheit standen die Einsatzfahrzeuge mitsamt den Teams bereit. Dann kam Schweitzers Befehl zum Start der Aktion „Donaustrom".

Mit Nachtsichtgeräten kannten sich Worschädl und Schinagl durch regelmäßige Weiterbildungen aus. Die Einschulung in die Technik des Abseilens mittels Einhandgerät und Schnelltrennsystem erfolgte während des Flugs. Ihnen wurde eingeschärft, dass sie sich nach der Landung auf dem Schiffsdeck so rasch wie möglich vom Seil lösen und in Deckung gehen mussten. Niemand konnte voraussehen, wie die Besatzung reagieren würde, deshalb sollten sie sich zuallererst in Sicherheit bringen und auf Anweisungen warten.

Dieser Teil der Aufgabe bereitete Worschädl keine Probleme. Seine persönliche Hürde bestand im Ausstieg. Der würde ihn die größte Überwindung kosten. Aber ihm blieb keine Wahl. Da hieß es Augen zu und durch.

Er registrierte das Öffnen der Schiebetüren, spürte den durchziehenden Wind, sah, wie zuerst der Einsatzleiter und dann Schinagl in der Dunkelheit verschwanden, stand auf, stellte sich in die Tür, hakte sich am Seil ein und griff nach dem Abseilgerät.

Über ihm das Dröhnen der Rotoren.

Unter ihm der langgestreckte Frachter, Schüsse, Schreie.

Schinagl, die sich als schemenhafte Gestalt auf den Containern geduckt Richtung Heck bewegte.

Zwei Cobra-Beamte, die das Führerhaus unter Beschuss nahmen.

Von dort kamen einzelne Schüsse, dazwischen Maschinengewehrsalven.

Zwei Besatzungsmitglieder liefen an der Reling entlang und feuerten wild um sich.

In der Schiffsmitte thronte die lange Reihe unzähliger aufeinandergestapelter Container. In einem davon befand sich hoffentlich Karoline.

Er atmete tief durch.

Spürte seinen vehementen Widerstand.

Die absolute Verweigerung.

Nur war das alles keine Option.

Es durfte kein Zögern geben.

Also los!

Mit rasendem Puls stieg er hinaus, trat eine rasante Talfahrt an, setzte zeitgleich mit einem Kollegen aus dem zweiten Heli auf, beleidigte dabei sein anfälliges linkes Knie.

Er löste das Seil und duckte sich hinter ein Rettungsboot. Im selben Moment hatte er über Funk Schweitzers Stimme im Ohr: „Robert, du dringst, so schnell es geht, zum blauen Container vor! Schinagl ist schon auf dem Weg."

„Mach ich, Stefan, alles klar."

Zur selben Zeit hielt der Kapitän eisern seine Stellung im Steuerhaus, sah zwischen den übers Deck huschenden und rennenden Gestalten aufblitzende Mündungsfeuer und verstand die Welt nicht mehr. Was zum Teufel war passiert? Was um alles in der Welt hatte eine top ausgerüstete Sondereinheit auf seinem Schiff zu suchen? Hatte ihn die Konkurrenz bei den Bullen angeschwärzt? Sollte er auf diese fiese Tour aus dem Rennen genommen werden?

Er selbst hätte am liebsten das Handtuch geworfen, aufgegeben und sich verhaften lassen. Aber seine Crew war außer Rand und Band. Die erfahrenen Schiffsleute ballerten wie verrückt drauflos, dabei waren sie bislang höchstens in die eine oder andere harmlose Rauferei verstrickt gewesen. Im bewaffneten Kampf waren sie völlig ungeübt, was sich jetzt darin zeigte, dass sie wie aufgescheuchte Hasen übers Schiff hetzten, während die Polizisten geordnet vorrückten und die Räume gezielt und erfolgreich enger machten.

„Feuer einstellen“, schrie der Kapitän zum x-ten Mal, drang aber damit nicht zu seinen Leuten durch. Die feuerten aus allen Rohren und erhöhten damit nur die Schwierigkeiten, die sie schon bald erwarten würden.

Ich muss mit gutem Beispiel vorangehen. Meinen Leuten ein Signal senden, ein Zeichen geben. Ich muss diesen Höllentanz beenden, sagte sich der Kapitän, verließ das Ruder, trat aus dem Steuerhaus und hob demonstrativ beide Hände über den Kopf.

Eine löbliche und kluge Handlung, sollte sie doch sinnloses Blutvergießen verhindern. Allerdings passierten dem Kapitän dabei zwei schwerwiegende Missgeschicke. Zum einen versäumte er es in seiner Anspannung, den Autopiloten einzuschalten, zum anderen unterschätzte er die Wirkung von hochfahrenden Händen durch die Perspektive eines Nachtsichtgerätes.

Jener Cobra-Beamte, der den Kapitän aus zehn Metern Entfernung vor dem Lauf hatte, konnte nicht einschätzen, ob der Mann, der plötzlich aus dem Cockpit trat, eine Waffe in der Hand hielt oder eben nicht. Nachdem aber dessen Kollegen eine Salve nach der anderen abfeuerten, ging er automatisch davon aus, ortete erhebliches Gefahrenpotenzial und reduzierte dieses drastisch mit einem Schuss in den rechten Oberarm der Zielperson.

Der beim Kapitän plötzliche auftretende Schmerz trug nicht zu dessen besserem Weltverständnis bei. Ganz im Gegenteil fühlte er sich im Zurückprallen, zu dem ihn der Eintritt der Kugel veranlasste, ungerecht behandelt, weil er die verfahrene Situation doch eigentlich hatte retten wollen. Zu allem Überdruss schlug er auch noch mit dem Kopf auf der metallenen Kante des Gangbords auf, zog sich eine klaffende Wunde zu und entglitt in eine vorübergehende geistige Absenz.

Die daraus resultierende Führungslosigkeit des Frachtschiffs erkannte Bezirksinspektorin Sabine Schinagl erst, als sie sich zur Mitte des Schiffes vorgearbeitet hatte und feststellte, dass sich die Lichter am Ufer in einer anderen Position befanden. Nicht mehr auf 90 Grad Backbord, sondern achtern und auch voraus.

„Schinagl an Einsatzleitung. Das Schiff kommt vom Kurs ab. Irgendetwas stimmt da nicht."

Stimmengewirr an den anderen Funkwellen-Enden. Schweitzer und der Cobra-Einsatzleiter in einem aufgeregten Hin und Her. Bis Schweitzer für eine geordnete Kommunikation sorgte und Schinagl informierte, dass aktuell alle Einsatzkräfte unter starkem Beschuss standen und deshalb sie oder Worschädl das Schiff unter Kontrolle bringen mussten.

Da traf es sich gut, dass besagter Kollege, begleitet von einer Gewehrsalve, in geducktem Lauf zu ihr aufschloss und sich neben ihr niederhockte.

„So eine verfluchte Scheiße, das ist hier wie im Krieg", schrie er.

„Es kommt noch schlimmer, Robert. Das Schiff dürfte führungslos sein."

„Wie bitte. Heißt das ...?"

„Dass niemand am Steuer steht. Jemand von uns muss zum Steuerhaus."

„Okay, ich schaffe die Container auch allein."

„Hoffentlich. Pass auf dich auf."

„Du auch, Sabine."

Schinagl sah Worschädl nach, der sich in Richtung des Hecks bewegte. In diesem Moment spürte sie, wie das Schiff von der Strömung erfasst wurde und die Drehung noch weiter beschleunigt wurde.

Sie durfte keine Zeit verlieren.

Für zusätzliche Nervosität hätte bei Schinagl vermutlich gesorgt, dass sich zur selben Zeit ein donauabwärts fahrendes Passagierschiff näherte, das 196 Gäste von Passau ans Schwarze Meer bringen sollte. Noch mehr beunruhigt hätte sie der Umstand, dass der dortige Kapitän gerade in einer Zeitschrift für Gartengeräte schmökerte, erst nach eingehendem Studium der Vor- und Nachteile selbstfahrender Rasenmäher einen Blick auf den Radarschirm warf, gleich wieder weiterlesen wollte, dann aber doch den Frachter bemerkte, der sich kurz nach der Schlögener Schlinge mit einer Geschwindigkeit von sechs Knoten zum auf der Steuerbordseite gelegenen Ufer drehte, obwohl sich dort keine Anlegestelle für Schiffe dieser Größenordnung befand.

Um Himmels willen! Das Schiff war auf dem besten Weg zu einer gefährlichen Havarie, setzte keinen Notruf ab und war nur mehr einen halben Kilometer entfernt! Fünfhundert Meter! Ganz und gar keine übermäßige Distanz, um eines der größten Donau-Kreuzfahrtschiffe abzubremsen und gegen die Strömung zum Stehen zu bringen. Wenig überraschend brach dem Schiffsführer der Schweiß aus, als er sich anschickte, sein bis auf den letzten Kabinenplatz belegtes Luxusgefährt vor einem Zusammenstoß zu bewahren.

Zu dieser Zeit hatte Schinagl das Steuerhaus beinahe erreicht. Zur linken Hand kniete ein Cobra-Beamter auf dem Rücken eines Besatzungsmitglieds und fixierte den Mann mit Kabelbindern. Vor ihr, direkt unter dem Steuerhaus, feuerte jemand in ihre Richtung. Sie warf sich auf den Boden, kroch weiter nach vorn, wich nach rechts aus, schlug sich dabei Knie und Ellbogen auf, erreichte schließlich unbemerkt die Außentreppe zum Steuerhaus, nahm zwei Stufen auf einmal, stand endlich vor der Steuerkonsole und einer beachtlichen Zahl von Instrumenten, sah die sich rasant nähernden Lichter am Ufer, griff nach dem Steuerjoystick, drückte ihn scharf nach links und reduzierte zugleich vehement die Geschwindigkeit.

Du meine Güte!

Wie langsam der Frachter reagierte!

Wie schnell das Ufer näher kam!

Schinagl hatte keine Ahnung von derartigen Donauriesen, aber wenn sie nicht auflaufen wollten, brauchte sie dringend eine Idee. Ich muss, sagte sie sich, die Motoren strapazieren. Ich muss dieses verdammte Boot mit dem Retourgang zähmen.

Sie drückte den Gashebel nach rückwärts.

Langsam, aber konsequent.

Spürte das Vibrieren der Maschinen.

Das Beben des gesamten Schiffs.

Mehr Kraft, verdammt!

„Mehr Power!", schrie Schinagl, zwang den Gashebel nach hinten und zweifelte stark daran, dass die 135 Meter lange *Ramona* ohne harte Kollision mit dem Ufer noch auf Kurs zu bringen war.

Es sind vier. Vier beschissene blaue Container, fluchte Worschädl, während er mit der Stablampe in der Hand Mühe hatte, das Gleichgewicht zu halten. „Gib mir die

Lampe“, rief der Cobra-Einsatzleiter, der Worschädl zu Hilfe gekommen war.

Dieser Aufforderung kam der Chefinspektor gerne nach. Er griff nach dem Bolzenschneider, der an seinem Gürtel befestigt war.

„Hast du mit so einem irren Zirkus gerechnet?“, rief er aufgedreht.

„Nicht in diesem Ausmaß. Aber wir haben alles halbwegs unter Kontrolle. Zwei Verletzte auf der anderen Seite. Bei uns sind alle okay! Aber Achtung, es könnte gleich ziemlich krachen. Das Ufer nähert sich extrem schnell.“

„Die Sabine macht das schon. Die schafft das!“, schrie Worschädl, knackte das Vorhangschloss, öffnete die Türen und stand vor undurchsichtigen Plastikbehältern, die bis an den obersten Rand gereiht waren.

Zweiter Container. Selber Inhalt. Scheiße!

Er übersprang den dritten Container und nahm sich gleich den vierten vor. Dieser war mit drei hochqualitativen Schlössern aus gehärtetem Stahl verschlossen. Das musste er sein.

„Soll ich dich ablösen?“, fragte der Einsatzleiter. Doch das drang zu Worschädl nicht durch. Das konnte und wollte er nicht hören. Er wollte nur diese verfluchten Schlösser sprengen. Mobilisierte seine ganze Kraft.

Ihr darf nichts passiert sein.

Es muss ihr gut gehen.

Sie muss am Leben sein.

Endlich! Geschafft!

Der auf den Boden scheppernde Bolzenschneider. Worschädls Hände an den Türen. Er zog sie auf. Folgte dem Licht der Stablampe. Sah ganz hinten das leblose Bündel. Stürmte hin, fiel auf die Knie.

Karoline.

Sie lag da wie tot.

„Wieso zittern meine Hände? Wieso zittern meine verdammten Hände so“, schrie er. „Ich spüre keinen Puls. Nein! Ich spür ihn nicht.“

Da griff der Cobra-Einsatzleiter nach seiner Hand. Beruhigte ihn. Half ihm, die Finger sanft an Karolines Hals zu legen. Jetzt nahm Worschädl tatsächlich eine ganz leise Bewegung wahr. Ein verhaltenes Pochen. Jetzt registrierte er, dass Karoline lebte.

Er atmete durch, wischte sich über die Augen, hob ihren Kopf ein wenig hoch.

„Komm zu mir, Karo. Bitte komm zu mir zurück“, sagte er, griff nach seiner Trinkflasche und legte sie an ihren Mund.

Oben stand Schinagl am Steuerstand, eine Hand am Gashebel, die andere am Joystick, sah den Sanitäter losrennen, deutete es als gutes Zeichen, hatte aber keine Zeit für größere Gefühlsäußerungen, weil sie den Bug dieses störrischen, 135 Meter langen und 17 Meter breiten Gauls im spannendsten Rodeo ihres Lebens um Haaresbreite am Ufer vorbeisteuerte, während ein hell beleuchtetes Passagierschiff in unmittelbarer Nähe langsam donauabwärts glitt.

Es hätte ihnen, sollte Schinagl ihren Kindern später erzählen, in dieser hitzigen Nacht auf der Donau jederzeit alles um die Ohren fliegen können.

Aber für so ein haarscharfes und zugleich butterweiches Manöver brauchte es keinen wilden Seebären, sondern genau so eine taffe und feinfühlige Frau wie ihre Mama.

64

Worschädl saß auf einem Sessel neben Karolines Krankenhausbett, hielt ihre Hand, war überglücklich und konnte sich kaum mehr aufrecht halten. Schon beim Flug mit dem Rettungshubschrauber, als Karoline endlich mit den lebenserhaltenden Geräten verbunden war, zeigten sich bei ihm erste Ermüdungserscheinungen.

Die raschen Abläufe nach der Landung auf dem Krankenhausdach aktivierten seine letzten Reste an Adrenalin, und als er nach den ersten Untersuchungen zu seiner Frau ins Krankenzimmer durfte, machte die Anspannung einer tiefen Erschöpfung Platz. Laut den Ärzten war alles so weit in Ordnung, Karolines Körper sollte stark genug sein, um den erlittenen Flüssigkeits- und Nahrungsmangel zu bewältigen, sie würde die Strapazen der vergangenen Tage ohne bleibende Schäden überstehen und musste jetzt vor allem schlafen, schlafen und wieder schlafen.

Das wäre auch die passende Verschreibung für den Chefinspektor gewesen, doch dieser wollte unbedingt an Karolines Seite bleiben, auch wenn ihn die Krankenschwester schon mehrmals darauf aufmerksam gemacht hatte, dass eigentlich keine Besuchszeit mehr sei und er doch bitte nach Hause gehen solle. Es war mehr als augenscheinlich, dass der gute Mann bei all seiner Fürsorge beinahe vom Sessel fiel.

Tatsächlich hatte Worschädl seinen Kopf schon vornübergebeugt auf Karolines Bett gelegt, als sich sein Handy meldete. Der Ton war peinlich laut gestellt, schien Karoline aber nicht zu stören. Worschädl stand auf und stellte sich ans Fenster.

„Worschädl“, flüsterte er.

„Hier Jürgen Janko.“

„Du meine Güte, es ist drei Uhr früh."

„Die Situation mit den Laboren ... ich sollte sie doch so schnell wie möglich klären. Was ich verspreche, wird gehalten, selbst wenn die Nacht dadurch sehr kurz wird. Sind Sie noch bei Ihrer Frau?"

„Im Krankenhaus, ja."

„Es geht ihr gut?"

„Sogar ausgezeichnet, wenn man bedenkt, wie das alles hätte enden können."

„Gott sei Dank. Wahnsinnsaktion übrigens, die ihr da auf dem Schiff geliefert habt!"

„Sie wissen also schon Bescheid?"

„So etwas spricht sich rasend schnell herum. Auf WhatsApp sogar mitten in der Nacht. Aber jetzt zu diesem Zytostan. In Oberösterreich haben wir genau zwei Labore, die das Medikament für die Verwendung in Krankenhäusern und Arztpraxen aufbereiten dürfen."

„Okay, und die befinden sich ...?"

„... beide in Linz. Da haben wir zuerst die Apotheke am Taubenmarkt."

„Also mitten im Zentrum."

„Und die zweite in der Landwiedstraße."

„Südlicher Stadtrand."

„Richtig."

„Taubenmarkt und Landwiedstraße. Die beiden Apotheken knöpfen wir uns morgen vor. Tolle Arbeit, vielen Dank."

„Freut mich, wenn ich helfen kann. Gute Nacht. Und alles Gute für Ihre Frau."

Worschädl beendete das Gespräch, sah vor sich die Lichter der Stadt und hörte hinter sich die Stimme von Karoline.

„Es ist die Apotheke am Taubenmarkt."

„Karoline, du bist wach?"

„Nicht wirklich, Bertl. Nicht wirklich." Karoline sah schwach und verletzlich aus, bemühte sich aber um ein Lächeln. „Schön, dass wir uns wiederhaben."

„Ich kann dir nicht sagen, wie froh ich bin. Tut mir leid, ich wollte dich nicht wecken."

„Ich schlafe ohnehin gleich wieder ein."

Worschädl griff nach ihrer Hand und streichelte sie.

„Warum die Apotheke am Taubenmarkt?"

„Die vermeintliche Adresse des Labors habe ich im Internet entdeckt. Pferdebahnpromenade."

„Nobelviertel."

„Du sagst es. Ich bin hingefahren. Nach Labor hat es dort allerdings nicht ausgesehen. Eher nach ausladender Privatvilla."

„Und was ist dann passiert?"

„Ich habe mein Fahrrad abgestellt, wollte mich umsehen und bin zum Einfahrtstor gegangen. Das war ein Fehler."

„Dort haben sie dich zusammengeschlagen?"

„Und in einen Wagen geworfen." Über Karolines Wangen liefen Tränen.

„Aber warum, Karoline?"

„Weil ich das Türschild gelesen habe. Den Namen des Apothekers an seiner Privatadresse. Robert, du hast recht gehabt."

„Inwiefern?"

„Es gibt tatsächlich immer einen Zusammenhang."

65

Innovation. Wieder so ein Wort, das sich nicht eins zu eins übersetzen ließ. Lisa behalf sich mit den Gebärden für *neue Ideen.* Den Auftrag für das Dolmetschen dieser Veranstaltung hatte sie sehr kurzfristig angenommen, fürs Anfordern des Vortragstextes war ihr nicht genügend Zeit geblieben, deshalb musste sie ohne jede Vorbereitung ins kalte Wasser springen und übersetzte jetzt hundertprozentig simultan. Noch dazu in einem Fachgebiet, das ihr nicht geläufig war.

Präsentation eines genialen Architekturprojekts. Phänomenale Baukunst im Herzen der Stadt. Realisierung einer Vision. Medizin am Zenit ihrer zukünftigen Möglichkeiten.

Sehr herausfordernd, diese geballten Superlative in Gebärdensprache auszudrücken. Aber Lisa, die in einem blauen, taillierten Kleid mit dezentem Ausschnitt und Dreiviertelärmeln rechts vor dem Redner auf der Bühne stand, gab ihr Bestes. An den Muskelkater, der sie seit dem gestrigen Elektro-Muskel-Stimulationstraining besonders in den Armen und Beinen schmerzte, verschwendete sie dabei keinen Gedanken.

Als hörende Tochter gehörloser Eltern beherrschte sie das Visualisieren von Sprache mit Hilfe von Gestik, Mimik und Mundbild perfekt, doch das Transportieren spezifischer und komplexer Inhalte war auch für sie eine Aufgabe, die äußerste Aufmerksamkeit und Präsenz verlangte.

Immerhin saßen in den bis auf den letzten Platz gefüllten Reihen vor ihr besondere Besucher. Selbst für sie, die sich nur mäßig für Politik oder Wirtschaft interessierte, war erkennbar, dass sich hier die Größen der Stadt und des Bundeslandes versammelt hatten.

Landeshauptmann, Bürgermeister, Landes- und Stadträte und alles, was sonst noch Rang und Namen hatte.

„Mit dem *Lentia MegaMed* setzen wir weitaus mehr als einen grandiosen städtebaulichen Meilenstein." Der Redner, den Lisa aus Seitenblicke-Berichten in Zeitungen und Fernsehsendungen kannte, transportierte seine Worte mit einer kräftigen, vollen Stimme. „Wir reden von nichts Geringerem als der wegweisenden Modernisierung und Internationalisierung unserer Landeshauptstadt Linz!"

Aufbrandender Applaus. Lisa übersetzte ihn, indem sie ihre offenen Hände über den Kopf streckte und sie rasch nach links und rechts drehte. In diesem Moment erstrahlte auf der überdimensionierten Leinwand hinter ihr das animierte Hochglanzfoto eines imposanten, futuristisch anmutenden Gebäudekomplexes mitten in der Stadt: das *Lentia MegaMed*.

Die Gebärdendolmetscherin nahm er nur am Rande wahr. Ihn berauschte der volle Saal. Die ihm zugewandte Stimmung. Die fulminante Wirkung seiner minutiös vorbereiteten, exzellenten Rede.

Faszinierend, dass er sich in den Augen der Zuhörerinnen und Zuhörer wie in einem Spiegel betrachten konnte. Seine hinter dem Rednerpult so unprätentiöse und zugleich stattliche Erscheinung. Headset-Mikrofon, eleganter dunkelblauer Anzug, weißes Hemd, hellblaue Krawatte, goldene Ringe sowohl an der rechten als auch an der linken Hand. Ein selbstbewusster, eloquenter Mann, der sich sehen lassen konnte. Und der gern gesehen wurde.

Lockere, stimmige Körpersprache. Federndes Wippen auf den Zehenballen. Der Blick voll Energie und Zuversicht. Da stand jemand, der an seine Visionen glaubte. Der verwirklichte, wovon er träumte. Der riskierte und gewann.

Wie sehr er doch seine geschliffene Rhetorik liebte. Diese ausgefeilten Sätze mit präzis gesetzten Pausen und raffiniert platzierten Pointen. Wie begeistert jede und jeder Einzelne an seinen Lippen hing. Die politisch prominent besetzte erste Reihe und die restlichen Besucher genauso wie seine Familie, für die er Plätze in der fünften Reihe reserviert hatte.

Eine von ihm bewusst geplante Degradierung. Sein Vater, seine Mutter, die Geschwister und Verwandten sollten am eigenen Leib jene Herabwürdigung verspüren, unter der er in jungen Jahren gelitten hatte. Insbesondere sein Vater sollte sich zurückgesetzt, drittklassig und minderwertig fühlen. Sie alle sollten schmerzhaft erkennen müssen, dass er, als einziges Familienmitglied ohne Doktortitel, sie längst hinter sich gelassen hatte. Dass er sich vom Enfant terrible zu einem großen Sohn der Stadt und des Landes entwickelt hatte.

Einfluss und Macht. Das waren die Drogen, die ihn durchströmten, während er von luxuriösen fachmedizinischen Praxen schwärmte und den bereits beteiligten und zukünftigen Investoren lukrative Renditen versprach.

Nein, er hielt nicht nur einfach eine Rede.

Er lenkte, beeinflusste und manipulierte sein Publikum.

Er lieferte ein großartiges Exempel für die Kraft der Sprache und der Gestik. Er hatte sie alle in der Hand.

Allerdings brachte ihn kurz vor dem Einmünden in sein atemberaubendes Finale etwas Unscheinbares aus dem Tritt. Konkret die hinten aufgehende Tür. Noch konkreter die den Saal betretenden Gestalten, beide männlichen Geschlechts.

Der eine war ihm wohlbekannt, weil er als stellvertretender Bezirkskommandant nach erfolgreich abgeschlossenen Fällen liebend gerne vor die Presse trat.

Für den anderen und weitere Mitglieder einer kulturinteressierten Gruppe hatte er erst vor drei Wochen den Besuch einer Theatervorstellung mit anschließendem Essen bei einem vortrefflichen Italiener organisiert. Durchaus sympathisch, durchaus nette, leider etwas zu neugierige Gattin.

Nein, der war nicht gekommen, weil er sich für ein architektonisches Wunderbauwerk interessierte. Er hatte auch kein Faible für modernste medizinische Technologie.

Der interessierte sich nur für eines.

Nämlich für ihn.

Für den Magister, der sich auch Dottore nannte.

67

Während sich Schweitzer auf die linke Seite des beeindruckend großen Festsaals begab, blieb Worschädl der Mittelgang vorbehalten. Damit hatte er sofort direkten Blickkontakt mit dem Vortragenden und bemerkte sehr wohl, dass sein Auftauchen ein rhetorisches Stolpern verursachte. Magister Gregor Scheibner, italophiler Society-Apotheker mit ausgeprägtem Hang zur Selbstdarstellung, verlor den Faden. Der kunstaffine Gesellschaftslöwe, der als Sponsor und Veranstalter von Charity-Events nicht nur viel Gutes tat, sondern auch gern darüber sprach, fand keinen Weg aus der ungewollten Pause. Sein sonst so telegenes Auftreten beim Überreichen großzügiger Schecks für diverse Sozialprojekte bekam Risse. Die zwei anwesenden Fernsehteams zeichneten einen seltenen Moment des Strauchelns auf.

Scheibners knappes Lächeln in Worschädls Richtung wirkte aufgesetzt. Er musste ahnen, dass ihm heute nicht einfach nur ein guter Bekannter gegenüberstand. Nein, Worschädl war ohne Zweifel in dienstlicher Mission hier. Um ihn, einen anerkannten Wohltäter der Stadt, vor laufenden Kameras zu verhaften.

Trotz der angespannten Situation hatte sich der Apotheker erstaunlich schnell wieder im Griff. Obwohl sich die Lage soeben zu seinen Ungunsten verändert hatte, versprühte er sofort wieder Motivation und Begeisterung.

Deshalb erschien es den versammelten Zuhörerinnen und Zuhörern nicht ungewöhnlich, dass Scheibner seinen Platz hinter dem Pult verließ und sich, frei und sicher sprechend, auf der Bühne nach rechts bewegte.

Bei Worschädl hingegen schrillten sämtliche Alarmglocken, als Scheibner im Schwung seiner glühenden Ansprache hinter der Gebärdendolmetscherin vorbei auf einen Seitenvorhang zusteuerte, jedoch plötzlich innehielt, weil ihm die dort postierte Bezirksinspektorin Sabine Schinagl den Weg durch die Tür zur Garderobe versperrte.

Jetzt musste Scheibner registrieren, dass es für ihn keinen Fluchtweg gab. Er drehte sich zum Publikum. Fixierte Worschädl, als ob er in seinen Augen, seinem Gesicht den Hinweis auf einen letzten Ausweg finden könnte.

Worschädls Hand glitt zum Schulterhalfter. Er konnte unmöglich ahnen, was Scheibner im Schilde führte, befürchtete jedoch, dass dieses Spiel noch lange nicht zu Ende war.

Nachdem ihm Karoline erzählt hatte, welchen Namen sie auf dem Türschild gelesen hatte, konnten sie eruieren, dass es sich bei dem stillen Gesellschafter der Briefkastenfirma *Danube Pharma* um Gregor Scheibner handelte. Alles deutete darauf hin, dass der Apotheker einen Großteil seiner Einnahmen nach Singapur transferiert und so dem steuerlichen Zugriff entzogen hatte.

Zudem lag die Vermutung nahe, dass ausgerechnet Gregor Scheibner, erklärter Liebling dieser Stadt, wichtiger Förderer des jährlichen Stadtmarathons und gern gesehener Gast in höchsten Kreisen, für den Schmuggel von Drogen, gefälschten Medikamenten und einem wertlosen Krebsmittel verantwortlich war.

In seinem Labor, das er im Keller der Apotheke eingerichtet hatte, schien er dafür gesorgt zu haben, dass die echten, sehr teuren Zytostatika durch die Beimengung des gefälschten, spottbilligen Wirkstoffes gestreckt und damit wirkungslos gemacht wurden.

Somit hatte er auch zu verantworten, dass hunderte schwer kranke Krebspatienten in Krankenhäusern und Arztpraxen mit diesem unzulänglichen Mittel behandelt wurden.

Von den damit erzielten Erlösen hatte sich Scheibner sehr wahrscheinlich nicht nur den Kauf seiner pompösen Villa, sondern auch den Erwerb von im Stadtzentrum gelegenen Immobilien zur Errichtung seines so hochmodernen wie größenwahnsinnigen Medizintempels finanziert.

Die ungeheure kriminelle Dimension setzte die Polizeimaschinerie ungewöhnlich schnell in Gang. Nachdem Scheibner weder in seiner Villa noch in seiner Apotheke anzutreffen gewesen war, erfuhren sie von Scheibners Angestellten, auf welcher seiner vielen Hochzeiten er am heutigen Vormittag tanzte. In einem mit 300 Personen gefüllten Festsaal. Eine mehr als heikle Zugriffssituation.

Deshalb wartete Worschädl, dessen Hand unter seinem dünnen Sakko am Pistolengriff lag, noch ab, da mit dem Ziehen der Waffe eine schwer zu kontrollierende Eskalation zu befürchten war.

Vielleicht, dachte er nur Sekunden später, hatte er sich doch zu lange Zeit gelassen. Vermutlich hätten er und seine Kollegen sofort die Bühne stürmen sollen.

Aber keiner von ihnen konnte mit dem Moderationskoffer rechnen, der geöffnet auf einem schmalen Tisch hinter dem Vorhang lag. Und niemand hätte voraussehen können, dass sich Scheibner blitzschnell die darin befindliche Schere greifen und sie nach drei schnellen Schritten der Gebärdendolmetscherin an die Kehle halten würde.

Entsetzte Blicke und Schreie im Publikum. Mehrere Besucher, die sich aufgeregt erhoben.

„Alle bleiben sitzen“, sagte Scheibner laut und ruhig ins Mikrofon. „Niedersetzen, sofort! Wenn sich nur eine Person vom Fleck rührt, landet die Scherenspitze direkt in der Halsschlagader. Und dann blutet die junge Dame vor unseren Augen aus.“

Wo gerade noch Aufbruchsstimmung zu spüren war, herrschten plötzlich Bestürzung und Fassungslosigkeit. Worschädl ließ die Pistole im Halfter und hob beschwichtigend die Hände.

„Bleiben Sie ruhig. Ruhig bleiben bitte. Keine Angst! Ich bin Polizist!“, rief er laut. „Wenn wir alle vernünftig bleiben, wird niemandem etwas passieren.“

„Freut mich sehr, dass der Kriminalbeamte Robert Worschädl zur Kooperation bereit ist“, war Scheibners Stimme durch die Lautsprecher zu hören.

„Dir ist hoffentlich klar, dass da draußen eine Menge weiterer Kollegen warten. Das Haus ist umstellt. Also, was hast du vor, Gregor? Wie soll das hier weitergehen?“

„Eines nach dem anderen. Zuerst legen deine Kollegin und dein Kollege ihre Waffen ganz langsam auf den Boden. Dann kommst du zu mir nach vorn und lieferst deine bei mir ab. Keine Dummheiten. Ich habe nicht die geringste Scheu, der entzückenden jungen Dame die Kehle aufzuschlitzen.“

Der Fokus von Worschädls Chef Stefan Schweitzer litt in diesem Moment unter einer gewissen Einengung. Selbstverständlich nahm er den Tumult, die Aufgeregtheit und auch die Ansage von Scheibner wahr, sein Hauptaugenmerk galt jedoch der Gebärdendolmetscherin, die nach dem gestrigen gemeinsamen Training in ihm ein wahres Feuer entzündet hatte und sich jetzt in der Gewalt des durchgedrehten Apothekers befand.

Ich muss mich bemerkbar machen. Lisa zeigen, dass ich da bin und alles in meiner Macht Stehende unternehmen werde, um sie da herauszuholen.

„Ich mache genau das, was Sie sagen“, rief Schweitzer laut und griff vorsichtig nach seiner Waffe. „Wir folgen Ihren Anweisungen. Und genauso wird sich auch Ihre Geisel verhalten“, betonte er und war erleichtert, weil Lisa unmerklich nickte.

Sie sieht mich, sie erkennt mich, sie weiß, dass ich hier bin, dachte er und sah Lisa aufmunternd und zuversichtlich an.

„Ich bin Bezirkskommandant Schweitzer. Nicht nur meine Leute, sondern auch die Geisel hören exakt auf mein Kommando. Nur so wird sich eine Lösung finden lassen. Achtung, ich nehme jetzt meine Waffe und lege sie auf den Boden“, rief er laut, setzte seine Ankündigung langsam um und hoffte inständig, dass Worschädl, Schinagl und auch Lisa seine Botschaft verstanden hatten.

Für versteckte Hinweise war Lisa in ihrem Zustand nicht empfänglich. Rein visuell war Schweitzers Anwesenheit sehr wohl zu ihr durchgedrungen, doch akustisch ging sein Text vollkommen an ihr vorbei. Scheibners angespanntes Atmen, sein scharfer Schweißgeruch und nicht zuletzt ihre unglaubliche Angst setzten ihre Aufnahmefähigkeit vollends außer Kraft. Lisa war ausschließlich darauf konzentriert, sich so wenig wie möglich zu bewegen. Auf keinen

Fall durfte sie diesem Irren irgendeinen Anlass liefern, mit der Schere zuzustechen.

Sie spürte die Hitze seines Körpers. Die innere Zerrissenheit, weil sein Plan nicht funktionierte und alles aus dem Ruder lief. Die unglaubliche Nervosität, die er mit äußerster Mühe zu verbergen suchte. Ihr war bewusst, dass sie mit ihm einen Hochseilakt zu bestreiten hatte, bei dem jeden Moment der Absturz drohte.

Einziger Hoffnungsschimmer in dieser aussichtslosen Situation war Trainingskollege Stefan Schweitzer, der rechts hinten stand und sie nicht aus den Augen ließ. Jetzt bewegte er sich sogar. In einer Art von fließendem Ablauf. Mit dem einen Fuß nach hinten gestellt und dem anderen nach vorn. Unauffällig und für Lisa vorerst nicht verständlich. Erst bei seinem zweiten Versuch erkannte sie, was er ihr vermitteln wollte. Wobei er mit den Händen signalisierte, dass sie noch etwas warten solle.

Die Spitze der Schere drang in ihre Haut. Gleich darunter lag ihre Halsschlagader. Lisa befürchtete, sich vor Angst in Kürze in die Hose zu machen. War nur zu hoffen, dass Schweitzer wusste, was zu tun war. Und dass er ihr möglichst bald ein Zeichen gab.

Zur selben Zeit bemerkte Schinagl, dass die Kamera eines der anwesenden Fernsehteams auf sie gerichtet war, als sie ihre Waffe vorsichtig aus dem Halfter zog und sie weit nach vorn streckte, damit der Apotheker sie deutlich sehen konnte.

„Alles in Ordnung!“, rief sie. „Kein Grund zur Aufregung!“

„Welche Aufregung? Ist hier irgendjemand aufgeregt?“ Gregor Scheibner wandte sich direkt an das geschockte und unter Hochspannung stehende Publikum. „Nein, oder? Weil sich die Polizistin ganz genau an meine Anweisungen halten wird. Also, Frau ..."

„Schinagl. Sabine Schinagl."

„Frau Schinagl. Keine Eigenwilligkeiten!"

„Auf keinen Fall. Aber Sie wissen, dass Sie Ihre Situation damit nicht verbessern."

„Klappe halten!"

„Dass Sie alles nur noch schlimmer machen."

„Ihr blödes Gequatsche interessiert mich nicht!", wurde sie von Scheibner scharf zurechtgewiesen.

„Bitte! Tun Sie einfach, was er sagt", verschaffte sich Lisa verzweifelt Gehör.

„Okay. Alles klar, tut mir leid", setzte Schinagl zu einem Rückzieher an. Schweitzer hatte zwischen den Zeilen angedeutet, dass er an einer Lösung arbeitete. Die Situation durfte ihnen jetzt auf keinen Fall entgleiten.

„Waffe auf den Boden! Sofort!"

Gregors Befehl füllte den gesamten Saal.

Schinagl nickte, führte die Anweisung aus und richtete sich wieder auf.

„Okay, was kommt als Nächstes?"

„Herr Worschädl wird sich hoffentlich endlich zu mir bequemen."

„Selbstverständlich", sagte Worschädl, während er sich der Bühne näherte und aus dem Publikum lautes Schluchzen vernahm. „Das hier wird ein gutes Ende nehmen", rief er beruhigend. „Alle werden gesund und wohlbehalten nach Hause kommen."

„Was nur funktionieren wird, wenn der Herr Chefinspektor seine Pistole langsam auf das Pult legt."

Langsam. Das kam Worschädl entgegen. Weil sein Hirn unter Hochdruck Szenarien entwarf, die zur Deeskalation der brisanten Lage führen konnten. Er hatte keine Ahnung, was Schweitzer vorhatte und wieso er so explizit auf die Gebärdendolmetscherin hingewiesen hatte. Sicher war nur, dass sie alle fieberhaft nach einer Möglichkeit suchten, diesen Wahnsinn zu beenden. Dabei war nicht abzusehen, wie Gregor auf ein Ablenkungs- oder Störmanöver reagieren würde. Von den nächsten Äußerungen und Schritten hing also nicht nur das Leben der Geisel, sondern auch das von 300 Gästen ab.

„Gregor, du musst uns entgegenkommen. Lass die Frau gehen und nimm mich an ihrer Stelle." Schneller Blickwechsel zwischen Worschädl und Schinagl.

„Keine Option!", antwortete Scheibner.

„Du machst einen Fehler."

„Deine Waffe!"

Worschädl ging mit seiner Pistole in der ausgestreckten rechten Hand zwei Schritte nach vorn, während er die linke in Richtung Schweitzer bewegte. Dann legte er die Waffe aufs Rednerpult.

Sah, dass der Apotheker die Umklammerung löste, um nach der Pistole zu greifen.

Streckte in diesem Augenblick seinen linken Daumen hoch.

Für Schweitzer das Signal, der Gebärdendolmetscherin Lisa zuzunicken.

Lisa setzte ihr volles Vertrauen in Schweitzer und den von ihm angedeuteten Ausfallschritt.

Ließ sich trotz der Scherenspitze an ihrer Kehle wie ein Sack nach unten fallen.

Der Apotheker, der gerade nach der Pistole fasste und zugleich seiner Geisel nicht mehr habhaft war, kam in doppelte Bedrängnis, weil Schinagl ihre am Boden liegende Waffe in Richtung Worschädl kickte.

Hauptgegner des Apothekers war also nun der Chefinspektor, der sich nach der zu ihm schlitternden Waffe bückte, sie hochriss und Scheibner anvisierte.

Der sah sein Spiel in diesem Augenblick verloren und traf die einzige für einen stolzen Feldherrn noch mögliche Entscheidung.

Er ließ die Schere fallen, richtete die Waffe an seine rechte Schläfe und warf für einen letzten Atemzug einen Blick auf sein teilweise erfülltes, am Schluss aber komplett verkorkstes Leben.

Dann fiel der Schuss.

Nur kam er nicht aus seiner Waffe, sondern aus der des Chefinspektors.

Er traf ihn weder in der Brust noch im Kopf, sondern fegte ihm die Pistole aus der Hand.

Nahezu im selben Augenblick fuhr ihm die losstürmende Schinagl wie ein Rammbock in die Seite.

Im Wegtaumeln traf ihn die Faust des Robert Worschädl.

In den Magen.

Ein Eisenhammer.

Während Schweitzer auf die Bühne hetzte und sich schützend über Lisa warf, flog Gregors Spucke durch die Luft. Sein Kopf kippte nach vorn. Er krümmte sich zusammen. Empfing einen brutalen Schlag in die Nieren. Und dann war Worschädl auf und über ihm. Zwang ihn auf den Boden. Fixierte Gregors Arme auf dem Rücken. Packte ihn im Nacken und drückte seinen Kopf gegen den Bühnenboden.

„Einfach so davonstehlen gilt nicht. Das kann ich dir nicht erlauben. Meine Frau ... Du mieses Dreckschwein hättest sie verrecken lassen."

„Man muss Prioritäten setzen", stöhnte Scheibner mit gepresster Stimme ins Mikrofon.

„Die Ermordung von Clemens Löffler und der Auftragsmord an Lorenz Furtner ..."

„Kollateralschäden."

„Und die unzähligen armen Teufel, die wegen deines nutzlosen Medikaments noch schwerer erkrankt oder sogar gestorben sind?"

„Große Ziele verlangen eben ihre Opfer."

Als Reaktion auf diese Bemerkung zog sich Worschädls Hand automatisch zur Faust zusammen und holte Schwung. Gut, dass ihn Schinagls Griff nach seinem Arm im letzten Moment bremste.

So war wenig später in den österreichweiten Fernsehnachrichten nur zu sehen, wie Worschädl Scheibners Nacken losließ und den Mann zusammen mit Schinagl hochzerrte.

Darüber war der langsam einsetzende und sich steigernde Applaus zu hören.

Die Kamera schwenkte zum Publikum, das sich von den Sitzen erhob und erleichtert klatschte.

Schwenk zurück auf die Bühne, wo sich Schweitzer mit Lisa an seiner Hand in aller Bescheidenheit mehrmals verneigte.

Im Hintergrund Worschädl und Schinagl.

Die ihre Arbeit machten und mit dem Apotheker durch die Garderobentür verschwanden.

68

Manchmal braucht es für das große Glück nicht mehr als zwei Menschen an einem kleinen Tisch. Dazu eventuell eine cremige Kardinalschnitte und eine Erdbeertorte mit Schlagobers.

„Schmeckt himmlisch“, schwärmte Karoline und schob sich eine mit Gelee umhüllte Erdbeere in den Mund.

„Ein Wunder, dass ich so etwas herrlich Ungesundes endlich wieder essen darf“, begeisterte sich ihre Freundin Silvia und genoss die süße, weiche Konsistenz ihrer Mehlspeise.

Die beiden Frauen hatten sich für ihr feierliches Nachmittagstreffen extra geschminkt, trugen unter ihren teuersten Schlafmänteln ihre elegantesten Pyjamas und saßen am besten Fenstertisch des Krankenhaus-Cafés. Keiner der anwesenden Gäste, zumeist Patienten oder Verwandte, hätte vermutet, dass die beiden Ladys ihr Wiedersehen beinahe am anderen Ufer des Jordans gefeiert hätten.

Vor einer Woche hatte die Psychotherapeutin aus Zimmer 107 im ersten Stock die Ärztin aus Zimmer 416 im vierten Stock besucht. Ein bilaterales Treffen zwischen Innerer Medizin und Onkologie. Karoline, die stark genug war, um zu gehen, konnte ihre Freundin, die sich im Bett selbstständig aufrichten und sitzen konnte, innig in die Arme schließen.

Nun hatten sich die beiden in bester Laune und Rekonvaleszenz zum Kaffeeplausch – wenn auch im Krankenhaus – getroffen. „Was machen deine Tumormarker?“

„Die sind dank des neuen Medikaments tatsächlich gesunken. Aber natürlich muss ich noch geduldig sein. “

„Unkraut verdirbt nicht, Silvia.“

„Ohne dich hätte ich mein Zelt schon längst am Friedhof aufgeschlagen.“

„Und ohne meinen Bertl würde ich dir dort Gesellschaft leisten“, antwortete Karoline und prostete Silvia mit der Kaffeetasse zu.

„Immerhin haben wir zwei jetzt eine Ahnung davon, wie sich dieses verfluchte Sterben anfühlt.“

Karoline nickte: „Eine Erfahrung, die wir Herrn Scheibner zu verdanken haben.“

„Was dem jetzt wohl durch den Kopf geht?“

„Der wird gekränkt sein. Wie einer, den man in letzter Sekunde um seinen Gipfelsieg gebracht hat.“

„Du glaubst nicht, dass er sich schämt? Dass er bereut?“, fragte Silvia.

„Wer andere zu seinem eigenen Vorteil derart kaltblütig gefährdet, wird keine Einsicht zeigen. Dem fehlt die Fähigkeit zur Empathie. Der hat nichts als sich selbst im Kopf“, antwortete Karoline.

„Klingt ziemlich krank. Woher kommt das?“

„Unter anderem von biografischen Verwerfungen. Seine Ursprungsfamilie wird eine entscheidende Rolle spielen.“

„Dabei sind sowohl seine Eltern als auch seine Geschwister sehr erfolgreich und bekannt.“

„Vielleicht liegt gerade da der Hund begraben“, stellte Karoline eine Vermutung an und wandte sich ihrem herankommenden Ehemann zu.

„Darf ich mich zu den beiden Damen setzen?“, fragte Worschädl.

„Sehr gerne“, antwortete Karoline. „Wir waren ohnehin schon viel zu sehr mit dem psychischen Zustand eines gewissen Apothekers beschäftigt.“

Worschädl rückte einen Sessel heran und nahm Platz. „Das dürft ihr ruhig den Forensikern und Gutachtern überlassen. Silvia, gibt es schon eine Prognose?“

„Noch drei, vier Wochen Krankenhaus, dann sollte es fürs Erste ausgestanden sein.“

„Großartig, gratuliere.“ Worschädl griff nach Silvias Hand und drückte sie. „Und was hat die Visite bei meiner Frau ergeben?“

„Deine Frau wird bereits morgen wieder bei dir zu Hause sein.“

„Schon morgen? Damit habe ich nicht gerechnet.“ Worschädl bemühte sich, geknickt zu wirken.

„Bist du enttäuscht?“

„Na ja. Nach acht Tagen in kompletter Freiheit. Niemand, der mir dreinredet, mich zurechtweist, mich von der Arbeit abhält ...“

„Silvia, hat er es wirklich gewagt, den Zustand ohne mich als erfreulich zu beschreiben?“, wandte sich Karoline an ihre Freundin.

„Hat sich ganz so angehört“, stimmte ihr Silvia zu.

„Dann wird es höchste Zeit, dass ich wieder heimkomme, Bertl. Sonst gewöhnst du dich daran.“

„Und das wollen wir auf keinen Fall riskieren“, grinste Worschädl, drückte seiner Frau einen Kuss auf den Mund und hätte sie am liebsten auf der Stelle mitgenommen.

„Wie wäre es, wenn der Herr Chefinspektor prophylaktisch einen Tisch beim Griechen reserviert?“

„Ist schon passiert. Und wird sich wiederholen, wenn Silvia entlassen wird. Wir feiern immerhin eine doppelte Wiederauferstehung.“

„Stimmt“, bestätigte Karoline und atmete tief durch.

„Genauso fühlt es sich auch an“, meinte Silvia und wischte sich über die Augen.

„Yamas“, sagte Worschädl, lächelte erleichtert und nahm einen tiefen Schluck aus Karolines Wasserglas.

Die Schulklasse von Tobias zeigte sich vom Besuch und den klaren Ansagen eines uniformierten Polizisten namens Robert Worschädl so beeindruckt, dass es im darauffolgenden Schuljahr zu keinen weiteren bedenklichen Vorfällen kam.

Apotheker Gregor Scheibner erwies sich während seines Aufenthalts in der Justizanstalt Linz zu den gegen ihn geäußerten Anschuldigungen nur mäßig auskunftsfreudig. Sein Zellennachbar, ein mehrfach vorbestrafter Gewalttäter, bereitete ihn mit unerfreulichen Anekdoten aus dem Gefängnisalltag auf die bevorstehende mehrjährige Haftstrafe vor.

Stefan Schweitzer überbrückte das Warten auf den nächsten Hearing-Termin mit vermehrten EMS-Trainings und den damit verbundenen häufigeren Begegnungen mit der Gebärdendolmetscherin Lisa. Dafür nahm er auch den jedes Mal wieder herausfordernden Ausfallschritt in Kauf.

Karoline Worschädl beobachtete mit großer Freude, wie rasch sich der Gesundheitszustand ihrer Freundin verbesserte. Bei zunehmend flotten Spaziergängen an der Donau reifte bei Silvia der Entschluss, die Arbeit in ihrer allgemeinmedizinischen Praxis wieder aufzunehmen.

Johanna Pernauer spielte der Bank ihres Mannes nach kurzer Nachdenkpause Informationen über dessen geheime Umtriebigkeiten zu und sorgte damit für seine sofortige Entlassung. Diese Bestrafung erschien ihr zusammen mit der für ihn kostspieligen Scheidung und dem Rauswurf aus dem gemeinsamen Haus als durchaus angemessen.

Chiara Löffler entwickelte sich im griechischen Lieblingsrestaurant der Worschädls zu einer nicht immer pünktlichen, aber sehr herzlichen und beliebten Kellnerin. Mit stabilem Einkommen und gesteigertem Ordnungssinn überzeugte sie außerdem das Jugendamt von ihrer grundsätzlichen Erziehungsfähigkeit.

Der weltweite Handel mit gefälschten Arzneimitteln floriert trotz zum Teil strengster Sicherheitsbestimmungen. Das betrifft nicht nur Muskelaufbaupräparate oder Potenz- und Schlankheitsmittel, sondern auch Antibiotika, Schmerz- und Krebsmedikamente. Die Pharmazeutika enthalten häufig weitaus weniger als die angegebene Menge der vorgeschriebenen Wirkstoffe. Die dramatischen und lebensbedrohlichen Folgen für die Patient:innen kümmern die Hersteller nicht. Aktuelle Fälle belegen, dass sie für die Maximierung ihrer Gewinne buchstäblich über Leichen gehen.

Danksagung

Ich bedanke mich bei Erstleserin Gisi Kirchweger für ihre genauen und hilfreichen Anmerkungen. Außerdem bei meiner Frau Michaela für wertvolle logistische und visuelle Hinweise und bei Brigitte Ortner für ihren sorgfältigen und leseerfahrenen Blick. Mein Dank gilt auch Dietburg Wilflingseder für wesentliche pharmazeutische Tipps, Rudolf Danner für seine versierte medizinische Beratung, Jürgen Brunner für detaillierte sportliche Kenntnisse, Alexander Grabner für sein nautisches Know-how und allen Menschen, die mir Zugänge und Informationen ermöglicht haben. Linda Müller, Valerie Meller und Elisabeth Waldhart vom Haymon Verlag haben den Schreibprozess umsichtig und kompetent begleitet und Martina Eisele hat den Kern der Geschichte gekonnt aufs Cover gebracht. Veronika Schuchter danke ich sehr herzlich für ihr wieder äußerst cleveres und exzellentes Lektorat.

Gefördert von der Stadt Linz und dem Land Oberösterreich.

Linz Kultur L_nz   mit Unterstützung von Kultur ober österreich

MIX
Papier | Fördert gute Waldnutzung
FSC® C083411
FSC www.fsc.org

Auflage:
4 3 2
2026 2025 2024 2023

HAYMON tb **316**

Originalausgabe

www.haymonverlag.at

ISBN 978-3-7099-7964-8

Inhaltliche Betreuung: Haymon Krimi / Linda Müller, Valerie Meller
Lektorat: Veronika Schuchter; Haymon Krimi / Valerie Meller
Projektleitung: Haymon Krimi / Valerie Meller, Elisabeth Waldhart
Buchinnengestaltung nach Entwürfen von himmel. Studio für Design und Kommunikation, Innsbruck/Scheffau – www.himmel.co.at
Satz: Da-TeX Gerd Blumenstein, Leipzig
Umschlaggestaltung: Eisele Grafik · Design, München , unter Verwendung von: istockphoto.com / Bunte Pulverexplosion (traffic_analyzer).
Autorenfoto: Reinhard Winkler

Gedruckt auf umweltfreundlichem,
chlor- und säurefrei gebleichtem Papier.